临床合理用药丛书

神经与精神系统合理用药

主 编 王宪英 刘国强

中国医药科技出版社
ZHONGGUOYIYAOKEJICHUBANSHE

图书在版编目（CIP）数据

神经与精神系统合理用药/王宪英，刘国强主编. —北京：
中国医药科技出版社，2009.1
（临床合理用药丛书/樊德厚总主编）
ISBN 978 - 7 - 5067 - 3985 - 6

Ⅰ. 神…　Ⅱ. ①王…②刘…　Ⅲ. ①神经系统疾病—用药法
Ⅳ. R741.05

中国版本图书馆 CIP 数据核字（2008）第 175199 号

美术编辑	陈君杞
责任校对	张学军
版式设计	郭小平

出版　中国医药科技出版社
地址　北京市海淀区文慧园北路甲 22 号
邮编　100082
电话　发行:010 - 62227427　邮购:010 - 62236938
网址　www. cspyp. cn
规格　958×650mm ¹⁄₁₆
印张　21 ¼
字数　267 千字
印数　1—4000
版次　2009 年 1 月第 1 版
印次　2009 年 1 月第 1 次印刷
印刷　北京通州皇家印刷厂
经销　全国各地新华书店
书号　ISBN 978 - 7 - 5067 - 3985 - 6
定价　**39.00 元**

◎ 内容提要

本书分为 2 篇 7 章，主要介绍了目前临床中神经与精神系统常用的西药、中成药。西药篇对每种药物详细介绍了药品名称、药物概述、药动学、用药指征、用法用量、药物相互作用、禁忌证、不良反应、用药指导、制剂与规格、贮藏等内容；中成药篇对每种中成药详细介绍了药物组成、功能与主治、临床应用、用法与用量、不良反应、注意事项、剂型与规格、贮藏等内容。本书适合于临床医师，尤其是神经与精神科医师参考使用。

《临床合理用药丛书》编委会

● **总 主 编**

樊德厚

● **副总主编**

刘保良

● **编 委**（按姓氏笔画排序）

王成章　　王志勇　　王宪英　　刘冬梅

刘国强　　刘保良　　刘焕龙　　杜文力

张丽英　　张俊贞　　张靖霄　　杨宗伟

苏喜改　　胡玉录　　柴爱军　　董振咏

蔡长春　　樊德厚

《神经与精神系统合理用药》编委会

- **主 编**

  王宪英　刘国强

- **副主编**

  李雪靖　杨　劼　解　皓　王　伟

- **编 委**

  王宪英　刘国强　李雪靖　杨　劼

  解　皓　王　伟　王　华　陈丽平

  郄素会　段秀芬　郭　鸿　梁立革

  马　天

总　前　言

　　1985 年，在内罗毕国际合理用药专家研讨会上，提出了"对症开药、供药适时"等六项合理用药（rational drug use）内容。1987年，世界卫生组织（WHO）又提出了"处方用药应为适宜的药物"等五项关于合理用药的具体要求。当前，就全球范围来看，一般所指的合理用药包括安全、有效、经济、适当四个基本要素。

　　随着改革开放的不断深入，中国医药产业也在 30 年间得到了巨大的发展，药物品种随着医药科技的发展而迅速增加，现在国内常用的处方药物已达 7000 种之多，然而在当前的临床药物治疗过程中，药物治疗水平并未伴随着药品种类的增加而提高，药品浪费、药疗事故、药源性疾病等不合理用药现象时有发生，这些药品的不合理使用，在危及人类健康与生命安全的同时，也增加了社会的负担和资源的消耗。

　　2008 年 8 月，卫生部副部长、国家食品药品监督管理局局长邵明立撰写署名文章《建立国家基本药物制度 满足群众基本用药需求》，指出："健全和落实医疗卫生机构合理用药的制度与责任"是建立国家基本药物制度的重要举措之一。

　　中国是一个人口大国，近年来，随着社会经济的不断发展和人口老龄化进程的加快，相对短缺的医疗资源与广大人民群众健康需求之间的矛盾日益突出。为了进一步提高合理用药水平，落实邵明立局长的讲话精神，我们在国家食品药品监督管理局的指导之下，组织全国医药卫生各领域的专家教授编写了这套《临床合理用药丛书》。

　　在这套丛书的编写出版过程中，我们着重加强了以下几方面的工作，以期达到"普及合理用药知识、提高临床药物治疗水平"的目标。①确定了以指导协助临床医师合理用药为目的的编写思路；②组织了来自医疗卫生一线的编写队伍，他们在临床工作中积累了大量而丰富的合理用药经验；③聘请了药学界的相关院士、专家教授，由他们对该套丛书进行审定，进一步保证了该套丛书的科学性和权威性。

本丛书共包括心血管系统、消化系统、呼吸系统、神经与精神系统、内分泌系统、泌尿与生殖系统、肿瘤科、妇产科、骨科、儿科、皮肤科、五官科及疼痛与风湿免疫、抗感染药物 14 个分册，内容全面、翔实。在"科学性、新颖性、实用性"的基础上，着重于药物相互作用、药物不良反应、用药指导等内容的介绍。除《抗感染药物的合理应用》内容只有西药篇外，其他 13 个分册的内容均包括西药篇与中成药篇。

1. 西药篇的编写内容

药物名称：包括了药物的中文通用名称、英文通用名称，主要根据《中国药品通用名称》、《中华人民共和国药典》（2005 年版）收载的名称确定。以上文献未收载的名称则以国家食品药品监督管理局批准的化学药品说明书确定。

【商品名或别名】依据《当代药品商品名与别名词典》而收载。

【药物概述】简要介绍药物的基本情况，如分类、作用机制等。

【药动学】分别描述药物的起效及持续时间、吸收、分布、代谢、排泄和体外清除等内容。

【用药指征】本书收载的临床适应证包括国家食品药品监督管理局批准的药品适应证和权威参考文献所收载的临床应用信息。对仅来源于国外文献的临床应用信息，在其后注明"（国外资料）"字样。

【用法与用量】常规剂量下按不同给药途径及不同疾病分别叙述。成人和儿童、老年人用法和用量分别论述。用量的内容包括药物的单次剂量、用药次数、日剂量、疗程以及起始剂量、维持剂量、最大剂量等。

【药物相互作用】包括药物与药物之间、药物与食物之间、药物与其他影响因素之间的相互作用。其中相互之间起促进作用或正向作用的用"＋"表示；相互之间起抑制、降低或反向作用的用"－"表示；相互作用不很明确或具有双向作用的用"±"表示。

【禁忌证】列举了药物使用的禁用、忌用、慎用信息。

【不良反应】包括用药后可能出现的各种不良现象，根据具体内容，按照不良反应的系统性、严重程度或发生频率等顺序编写。如果有解救措施亦在文中列出。

【用药指导】包括服药时间、给药方式、用药中的注意事项、用药过量或出现严重不良反应时的应对方法以及医生或患者在使用药物过程中可能出现的相关问题等内容，旨在掌握药物的正确使用方法，对药物使用过程中可能出现的问题有所预见。

【制剂与规格】包括药物的各种剂型及每种剂型的单位剂量等内容。

【贮藏】列举各剂型的贮藏方法、储存条件。

2. 中成药篇的编写内容

药品名称：收载于《中华人民共和国药典》（2005 年版）者以药典名称为正名；药典未收录者以药品批准颁布件所定药名为准。

【药物组成】一般写出全方药味，均未写药量。某些品种只写出部分药味，在末位药加"等"字表示。

【功能主治】用中医术语写出功能与主治，力求体现辨证论治特点，对现代研究成果则用现代医学术语表达。

【临床应用】尽可能辨病与辨证相结合，将该药物治疗的中医病症与相适应的西医病名列出。

【用法与用量】包括制剂的使用方法及单次剂量，每日应用次数，成人及儿童用药区别等。

【注意事项】包括一般的不良反应、禁忌证、配伍禁忌、服用方法等内容。

【不良反应】包括见诸报道的不良反应、过敏反应及过量中毒症状、解救方法等内容。

【规格与包装】指剂型与最小包装剂量。

【贮藏】列举药物的存储条件。

通过这套丛书的出版，我们希望能够为加快社区和农村医药卫生发展、健全公共卫生体系、改善基本医疗服务、保障人民群众合理用药、促进医药卫生事业全面健康协调发展贡献一份力量。

由于时间仓促，不足之处在所难免，请广大读者批评指正。

中国医药科技出版社

2008 年 10 月

总前言

目 录
CONTENTS

👉 **西 药 篇**

目

录

目
录

3

目

录

目
录

中成药篇

目

录

西 药 篇

第一章

中枢神经系统用药

第一节　脑功能恢复药
（影响脑代谢功能和促智药）

吡硫醇（Pyritinol）

【商品名或别名】脑复新。

【药物概述】吡硫醇为维生素 B_6 的衍生物，具有促智和脑激活作用。本品能激活脑内胆碱，能系统使脑皮质内突触后胆碱能神经元活性增强，同时激活脑内多巴胺，增强大脑对缺氧的耐受性。也可增加颈动脉血流量，改善脑血流量和脑生物电活动。

【药动学】本品静脉注射后 8～40min 达血药浓度峰值，在神经系统可维持 1～6h。本品口服易吸收，药物可分布至全身各组织，其中脑、肝、肾、乳汁中浓度较高。主要由肝脏代谢，由肾脏清除。半衰期为 3～4h。

【用药指征】用于治疗器质性精神障碍、老年痴呆、脑震荡综合征、脑动脉硬化、智力发育不良等，可改善头痛、头晕、失眠、记忆力减退等症状。

【用法用量】

1. 口服给药　每次 100～200mg，每日 3 次。

2. 静脉注射或静脉滴注　每次 200～400mg，每日 1 次。

【禁忌证】对本品过敏者禁用。

【不良反应】偶可引起皮疹、恶心，注射部位出现静脉炎、疼痛，停药后可消失。

【制剂与规格】片剂：①100mg；②200mg。胶囊剂：100mg。糖浆剂：1ml：100mg。注射剂：①100ml：200mg；②250ml：400mg。

【贮藏】避光，密闭保存。

甲氯芬酯（Meclofenoxate）

【商品名或别名】速尿丁，氯酯醒。

【药物概述】本品是一种中枢兴奋药，对于抑制状态的中枢神经系统有明显的兴奋作用。主要作用于大脑皮质，能促进脑细胞的氧化还原代谢，增加对糖的利用。

【药动学】本品口服后经肠道吸收，肝脏代谢，并经肾脏排泄。

【用药指征】

1. 用于外伤性昏迷、新生儿缺氧症及其他原因所致的意识障碍。

2. 用于老年性精神病、酒精中毒及某些中枢和周围神经症状。

3. 可用于儿童遗尿症。

【用法用量】

1. 口服给药　每次 0.1～0.3g，每日 3 次，最大剂量可达每日 1.5g。

2. 肌内注射　①常规剂量：每次 0.25g，每日 1～3 次。②成人昏迷状态：每次 0.25g，每 2h 1 次。

3. 静脉滴注　每次 0.25g，每日 1～3 次。

【禁忌证】对本品过敏者；长期失眠、易激动或精神过度兴奋者；锥体外系疾病患者；有明显炎症者禁用。

【不良反应】偶见兴奋、头痛、恶心、呕吐、胃痛、胃部不适、血压波动及注射部位血管疼痛等。

【用药指导】本品水溶液易水解，应在肌内注射或静脉滴注前现配现用。

【制剂与规格】片剂：0.1g。胶囊剂：0.1g。粉针剂：① 0.1g；② 0.25g。

【贮藏】避光，密闭保存。

吡拉西坦（Piracetam）

【商品名或别名】脑复康，吡咯烷酮，吡乙酰胺。

【药物概述】本品属于 γ－氨基丁酸的环化衍生物，具有对抗物理、化学因素所致的脑功能损害作用，可改善学习、记忆和回忆能力及由缺氧引起的逆行性遗忘。

【药动学】本品口服易吸收，口服后 30 ~ 45min，血药浓度达峰值。在体内分布较广，并易透过血－脑脊液屏障和胎盘屏障。血浆蛋白结合率较低，约为 30%，在体内不被代谢，不能由肝脏分解。服药后 26 ~ 30h 有 94% ~ 98% 的药物以原形由肾清除，清除半衰期为 5 ~ 6h。

【用药指征】

1. 用于急性脑血管意外，脑外伤后、手术后、脑炎后的记忆障碍。

2. 也可用于治疗因脑外伤所致的颅内高压。

3. 用于儿童发育迟缓。

4. 用于老年性脑功能不全。

5. 也可用于酒精中毒性脑病、肌阵挛性癫痫，还可用于一氧化碳中毒后的记忆和思维障碍。

【用法用量】

1. 口服给药　片剂，每次 0.8 ~ 1.6g，4 ~ 8 周为 1 个疗程；分散片，每次 0.8g，每日 3 次，3 ~ 6 周为 1 个疗程；口服液，每次 0.8 ~ 1.6g，每日 3 次，一般 3 ~ 6 周为 1 个疗程。

2. 肌内注射　每次 1g，每日 2 ~ 3 次。

3. 静脉注射　每次 4 ~ 6g，每日 2 次，7 ~ 14 日为 1 个疗程。

4. 静脉滴注　①改善脑代谢：每次 4 ~ 8g，每日 1 次。②降低颅内压：每次 16 ~ 20g，每 6 ~ 8h 静脉滴注 1 次，连续用药3 ~ 5 日。

【药物相互作用】

－　与华法林等抗凝药联用，可延长凝血酶原时间，抑制血小板聚集。

【禁忌证】锥体外系疾病患者；重度肝、肾功能障碍者；孕妇及新生儿禁用。

【不良反应】

1. 中枢神经系统 可见神经质、焦虑不安、易兴奋、头晕、头痛、睡眠障碍及抑郁。

2. 胃肠道 常见恶心、呕吐、口干、腹部不适、食欲减退、腹胀、腹泻等症状。

3. 肝 偶见轻度肝功能损害。

4. 皮肤 偶见皮疹、荨麻疹。

【用药指导】本品无特殊解救药，如用药过量，应按药物过量治疗的一般原则进行处理，并给予对症支持治疗。

【制剂与规格】片剂：0.4g。分散片：0.8g。口服液：①10ml：0.4g；②10ml：0.8g。注射剂：①5ml：1g；②20ml：4g；③50ml：10g。

【贮藏】避光，密闭保存。

茴拉西坦（Aniracetam）

【商品名或别名】益灵舒，阿尼西坦，茴酰咯酮，顺坦。

【药物概述】本品为 γ－内酰胺类脑功能改善药，是 γ－氨基丁酸（GABA）的环化衍生物。可通过血－脑脊液屏障，选择性作用于中枢神经系统，对脑细胞代谢具有激活作用，并对神经细胞有保护作用。本品还可通过影响谷氨酸受体系统而产生促智作用。

【药动学】本品口服后迅速吸收。服药后，药物迅速分布于肝、肾，并能透过血－脑脊液屏障，主要在肝脏代谢。服药后 24h，77%～85% 以代谢产物形式从尿中排出，4% 经粪便排出，极少量以原形排出。

【用药指征】

1. 用于有轻中度学习、记忆和认知功能障碍的血管性痴呆和阿尔茨海默病。

2. 用于脑梗死、脑出血及多灶性脑梗死等脑血管疾病后的记忆功能减退。

3. 用于中老年良性记忆障碍。

4. 用于儿童脑功能发育迟缓者。

【用法用量】口服给药：每次 0.2g，每日 3 次，1~2 个月为 1 个疗程。

【禁忌证】过敏者禁用。

【不良反应】

1. 长期服用本品者有轻度白细胞、血小板计数和血红蛋白改变。

2. 少数患者服药后出现头晕，偶有兴奋、躁动，但以嗜睡者较多。

3. 消化道症状主要为口干、食欲减退、便秘，停药后可消失。

4. 偶可出现过敏反应。

【用药指导】本品的安全剂量范围为每日 0.3~1.8g。

【制剂与规格】片剂：0.05g。分散片：0.1g。胶囊剂：①0.1g；②0.2g。颗粒剂：1g∶0.1g。口服液：①10ml∶0.1g；②10ml∶0.2g。

【贮藏】避光，密闭保存。

艾地苯醌（Idebenone）

【商品名或别名】羟癸甲氧醌。

【药物概述】本品为脑代谢、精神症状改善药，可激活脑线粒体呼吸活性，改善脑缺血的脑能量代谢，改善脑内葡萄糖利用率，使脑内 ATP 产生增加，抑制脑线粒体生成过氧化脂质，抑制脑线粒体膜脂质过氧化作用所致的膜障碍。

【药动学】据资料报道，6 例脑卒中后遗症患者饭后口服本品 30mg，T_{max} 为 3.31h，消除半衰期 7.69h，尿中未检出原形药物，均为代谢物。24h 内尿中排泄率 7.32%。

【用药指征】用于慢性脑血管病及脑外伤等引起的脑功能损害。能改善主观症状、语言、焦虑、抑郁、记忆减退、智能下降等精神行为障碍。

【用法用量】口服给药：每次 30mg，每日 3 次，饭后服用。

【不良反应】主要有过敏反应、皮疹、恶心、食欲不振、腹泻、兴奋、失眠、头晕等。偶见白细胞减少，肝功能损害。

【制剂与规格】片剂：30mg。

【贮藏】室温保存。

奥拉西坦（Oxiracetam）

【商品名或别名】倍清醒，欧兰同。

【药物概述】本品可促进磷酰胆碱和磷酰乙醇胺合成，促进脑代谢，透过血－脑屏障对特异性中枢神经通路有促进作用，改善智力和记忆。

【药动学】本品口服吸收速度快并分布于全身体液，达峰时间约 1h，半衰期为 $3.34 \pm 1.5h$，药物消除迅速，约 40% 的原形药在服药后 48h 内经尿排出。

西药篇

【用药指征】适用于轻中度血管性痴呆，老年性痴呆以及脑外伤等症状引起的记忆与智能障碍。

【用法用量】口服给药：每次 800mg，每次 2 ~ 3 次。静脉滴注：每次 4 ~ 6g，每日 1 次。

【禁忌证】对本品过敏者禁用。

【不良反应】尚未发现明显不良反应。

【制剂与规格】胶囊剂：0.4g。注射剂：5ml : 1g。

【贮藏】避光，密闭，在阴凉干燥处保存。

氨酪酸（Aminobutyric Acid）

【商品名或别名】γ - 氨基丁酸，利安。

【药物概述】本品有降低血氨及促进脑代谢作用，能增强葡萄糖磷酸酯酶活性，恢复脑细胞功能。

【用药指征】

1. 用于脑卒中后遗症、脑动脉硬化症、头部外伤后遗症以及尿毒症、煤气中毒等所致昏迷。

2. 也用于偏瘫、记忆障碍及语言障碍、精神发育迟滞等。

【用法用量】

1. 口服给药　每日 3g，分 3 次服。

2. 静脉滴注　每次 0.75 ~ 1.0g，2 ~ 3h 内静滴完毕。

【禁忌证】 对本品过敏者禁用。

【不良反应】 偶见灼热感、恶心、头晕、失眠、便秘、腹泻。大剂量可出现共济失调、肌无力、血压下降、呼吸抑制。

【用药指导】 本品静脉滴注时必须在充分稀释后缓慢进行。

【制剂与规格】 片剂：0.25g。注射剂：5ml∶1g。

【贮藏】 密闭保存。

胞磷胆碱（Citicoline）

【商品名或别名】 胞磷胆碱钠，尼可林，二磷酸胞苷胆碱，胞二磷胆碱。

【药物概述】 本品为胞嘧啶核苷酸的衍生物，接近于脑组织中固有的成分。主要作用是以辅酶形式促进中枢神经的代谢，尤其是促进胆碱磷脂类的生物合成和核苷酸类的补救途径，使机体脑中磷脂类含量和核苷酸类含量增高、代谢及转换速度加快。并能增进脑血流量和脑中氧代谢率，并促活胆碱能上行网状激活系统，改善机体的意识状态。

【药动学】 注射后血药浓度迅速下降，30min 后降至注入时的 1/3，1 ~ 2h 后基本稳定。本品以肝内分布最多，较难通过血 - 脑脊液屏障，约 0.1% 可进入脑内，但在脑内停留时间很长。

【用药指征】 主要用于急性颅脑外伤、脑手术后的意识障碍。

【用法用量】

1. 肌内注射　每日 100 ~ 300mg，分 1 ~ 2 次给药。

2. 静脉滴注　每次 200 ~ 600mg，10 ~ 14 日为 1 个疗程，疗程中应间隔 10 ~ 14 日。

【药物相互作用】

　+　与脑多肽合用，对改善脑功能有协同作用。

－ 本品用于抗震颤麻痹患者时，不宜与左旋多巴合用，否则可引起肌僵直恶化。

【禁忌证】处于严重颅脑内损伤急性期的患者禁用。

【不良反应】偶可引起失眠、头痛、头晕、恶心、呕吐、厌食、面潮红、兴奋、暂时性低血压等。

【用药指导】

1. 在脑出血急性期和严重脑干损伤时，不宜大剂量，并应与止血药、降颅压药合用。

2. 肌内注射一般不采用，若用时应注意经常更换注射部位。

【制剂与规格】注射液：①2ml：0.1g；②2ml：0.25g。胞磷胆碱葡萄糖注射液：50ml：0.25g。胞磷胆碱氯化钠注射液：100ml：0.5g。

【贮藏】避光，阴凉处保存。

脑活素（Cerebrolysin）

西
药
篇

【商品名或别名】脑蛋白水解物，施普善，奥利达，脑多肽，菲克天欣，维汀，康脑灵。

【药物概述】本品是动物蛋白质酶降解而产生的器官特异性氨基酸和多肽复合物，是脑功能改善药。可透过血－脑脊液屏障，进入神经细胞，促进蛋白质合成，增加脑组织的抗缺氧能力，从而改善脑能量代谢。

【药动学】本品注射后可很快分布于各组织中，在体内被代谢、同化、利用，剩余成分由肾脏排出体外。

【用药指征】

1. 用于脑卒中，脑外伤术后及脑供血不足引起的脑功能障碍，脑震荡或脑挫伤后遗症，脑膜炎或严重脑部感染继发的功能紊乱，注意力不集中和记忆障碍等。

2. 可用于多种类型痴呆。

【用法用量】

1. 肌内注射、静脉注射　每次5ml，每日1次，连用10～20次。然后改为1周2～3次。

2. 静脉滴注　推荐剂量 10～30ml，于生理盐水 250ml 中稀释后缓慢滴注，约 60～120min 滴完。用药 10～20 次为 1 个疗程。

【药物相互作用】

　　+　与胞磷胆碱、复方丹参、维生素 B_{12} 等联用，具有协同作用，可提高疗效。

　　+　与单胺氧化酶抑制剂联用，具有相加作用。

　　–　与抗抑郁药联用，可导致精神紧张。

【禁忌证】严重肾功能不全者、癫痫持续状态及大发作间歇期患者及孕妇禁用。

【不良反应】偶可引起过敏反应、诱发癫痫发作、引起血尿素氮升高，还可见呕吐、腹泻、过敏性休克反应。

【用药指导】

　　1. 本品不能与平衡氨基酸注射液混合输注，因可能出现氨基酸不平衡。

　　2. 皮下注射不超过 2ml；肌内注射不超过 5ml；静脉注射不超过 10ml。

【制剂与规格】注射剂：①1ml；②2ml；③5ml。

【贮藏】避光、凉暗处保存。

小牛血去蛋白提取物
（Deproteinized Calf blood Extractives）

【商品名或别名】鸿源，人福尔，血活素，爱维治，小牛血提取物。

【药物概述】本品为不含蛋白质的小牛血液提取物，含有低分子肽和核酸衍生物。能改善氧和葡萄糖的吸收及利用，从而提高 ATP 的周转，为细胞提供较高的能量，在脑功能降低（低血压）和能量需求增加（修复、再生）等情况下，本品可促进与能量有关的功能代谢，改善细胞功能，增加血供。

【用药指征】

　　1. 全身给药可用于脑部血液循环障碍和营养障碍性疾病（如脑

卒中、脑外伤等），并改善因其所致的神经功能损伤。还可用于末梢循环障碍及其所致的动脉血管病、腿部溃疡等。

2. 全身给药或软膏局部给药可用于皮肤移植术、烧伤、烫伤等的伤口愈合。

3. 眼膏用于创伤性及感染性角膜炎，角膜溃疡；免疫及神经营养因素所致的角膜、结膜病变；多种眼科手术后。

4. 口腔膏剂可用于口腔黏膜、牙龈及嘴唇的损伤、炎症或溃疡；也可作为拔牙及牙石刮除术后的敷料。

【用法用量】

1. 静脉给药

（1）脑部缺血性损害：每次 20～30ml 静脉滴注，每日 1 次，连续 2～3 周。

（2）动脉血管病：每次 20～50ml 静脉滴注，每日 1 次，或每次 20～50ml 动脉或静脉注射，每周数次，4 周为 1 个疗程。

（3）腿部或其他慢性溃疡、烧伤：每次 10ml 静脉注射，每日 1 次或每周数次。

2. 经眼给药　用眼膏涂眼，每日 2～4 次。

3. 口腔给药　用口腔膏涂抹患处，每日 3～5 次。

【禁忌证】对本品过敏者禁用。

【不良反应】罕见过敏反应，较大剂量用药可引起胃部不适。

【用药指导】

1. 注射液不宜与其他药物混合输注，因为混合时，即使混合液澄清也不能排除药物相互作用可能产生的理化变化。

2. 本品注射液是高渗溶液，用于肌内注射时应缓慢，每次不超过 5ml。静脉输注时须加等渗溶液。

【制剂与规格】注射剂：①2ml：80mg；②5ml：200mg。眼膏剂：5g：1g。口腔膏剂：5g：0.25g（5%）。软膏剂：20g：2g（10%）。

【贮藏】密闭保存。

丁咯地尔（Buflomedil）

【商品名或别名】赛莱乐，盐酸丁咯地尔，步复迈。

【药物概述】本品为血管活性药，是 α 肾上腺素受体阻断药。通过抑制血管 α 受体，松弛血管平滑肌，扩张血管，从而能有效地增加末梢血管或缺氧组织的血流量，还能抑制血小板聚集，降低血液黏度，改善血液流动性，增强红细胞变形能力。

【药动学】口服生物利用度为 50% ~ 80%，而肌内注射为 100%。蛋白结合率为 60% ~ 80%，分布半衰期为 0.14h，表观分布容积为 82 ~ 109L/kg。20% 在肝脏代谢，45% 由肾脏排泄。

【用药指征】

1. 用于慢性脑血管供血不足及其引起的症状，如：眩晕、耳鸣、智力减退、记忆力下降、注意力不集中等。

2. 用于周围血管疾病，如雷诺综合征、血栓闭塞性脉管炎、糖尿病引起的微循环障碍及其引起的间歇性跛行、血管性痉挛、冻疮及缺氧所致疼痛等。

【用法用量】

1. 口服给药 每日 450 ~ 600mg，分 2 ~ 3 次服用。

2. 静脉滴注 每日 1 次，每次 100 ~ 200mg。

【药物相互作用】

+ 与苯那普利或钙通道阻滞剂等药物合用时，降压作用可能增强，导致低血压。

【禁忌证】对本品过敏患者；分娩后不久或动脉出血患者；甲亢患者；心绞痛或急性心肌梗死患者禁用。

【不良反应】

1. 心血管系统 可引起低血压伴头晕，罕有心悸、心房颤动、高血压。

2. 中枢神经系统 可出现一过性的轻微头痛、头晕和晕厥。

3. 胃肠道 可出现轻度且短暂的胃肠功能紊乱。

4. 皮肤 可出现轻微且短暂的瘙痒和红斑。

5. 过敏反应　有风疹、全身瘙痒报道。

【用药指导】

1. 与抗高血压药物合用，密切检测心律和血压。

2. 用药期间避免驾车或操纵机器。

【制剂与规格】片剂：150mg。胶囊剂：150mg。注射剂：①5ml：50mg；②250ml：0.1g。

【贮藏】密闭保存。

单唾液酸四己糖神经节苷酯
（Monosialotetrahexosylganglioside）

【商品名或别名】施捷因，申捷，博司捷。

【药物概述】本品能促进中枢神经系统在遭受各种原因损害后进行功能修复，还对损伤后的继发性神经退化有保护作用，可改善脑血流动力学参数和减轻损伤后脑水肿，并且有清除氧自由基的作用，从而减轻其对神经细胞膜的损害。

【药动学】本品对神经组织有极大的亲和力，能透过血-脑屏障，注射后约80%被肝脏代谢，其余部分与神经细胞膜稳定结合，主要通过肾脏排泄。

【用药指征】主要用于中枢神经系统创伤或血管性病变（如脑损伤、脊髓损伤、脑血管意外）。

【用法用量】

1. 肌内注射　每日20~40mg，1次或分次注射。病变在急性后的维持治疗每日40mg，维持6周。

2. 静脉滴注　每日20~40mg，1次或分次缓慢滴注。病变急性期每日100mg，持续21日后改用维持量。

【禁忌证】对本品过敏者；神经节苷酯累积病患者；肝肾功能严重障碍者禁用。

【不良反应】少数患者可能出现皮疹样反应。

【用药指导】出现皮疹样反应时，应停药。

【制剂与规格】注射剂：①2ml：20mg；②5ml：100mg。

西
药
篇

【贮藏】室温，干燥处保存。

第二节　中枢兴奋药

尼克刹米（Nikethamide）

【商品名或别名】可拉明，烟酸乙胺，烟酸二乙胺。

【药物概述】本品能直接兴奋延髓呼吸中枢，使呼吸加深加快，也可通过刺激颈动脉窦和主动脉体的化学感受器，反射性地兴奋呼吸中枢，并提高呼吸中枢对二氧化碳的敏感性。

【药动学】本品易吸收，起效快，作用时间短暂。单次静脉注射作用只能维持 5～10min。经肾脏排泄。

【用药指征】

1. 用于中枢性呼吸功能不全、各种继发性呼吸抑制、慢性阻塞性肺疾病伴高碳酸血症。

2. 也用于肺心病引起的呼吸衰竭，以及麻醉药或其他中枢抑制药的中毒解救。

【用法用量】

1. 皮下、肌内、静脉注射　每次 0.25g～0.5g，必要时 1～2h 重复给药。

2. 静脉滴注　3～3.75g 加入 500ml 液体中，滴速 25～30 滴/min。

【药物相互作用】

+　与其他中枢神经兴奋药合用，有协同作用，可引起惊厥。

【禁忌证】抽搐、惊厥患者；小儿高热而无中枢性呼吸衰竭时禁用。

【不良反应】常见烦躁不安、抽搐、恶心等，较大剂量时可出现心律加快、全身瘙痒、皮疹，大剂量时可出现多汗、呕吐、面部潮红、血压升高、心悸、心律失常、震颤、惊厥甚至昏迷。

【用药指导】

1. 出现血压升高、心悸、多汗、呕吐、震颤及肌僵直时，应立即停药。

2. 本品与鞣酸、有机碱的盐类及各种金属盐类配伍，均可能产生沉淀。

【制剂与规格】 注射剂：① 1ml：0.25g；② 1.5ml：0.375g；③2ml：0.5g。

【贮藏】 避光，密封保存。

多沙普仑（Doxapram）

【商品名或别名】 多普兰，二苯吗啉酮，吗啉吡咯酮。

【药物概述】 本品为呼吸兴奋药，小剂量可刺激颈动脉窦化学感应器，反射性地兴奋呼吸中枢；大剂量时可直接兴奋延髓呼吸中枢、脊髓及脑干，使潮气量增加。本品还有增加心排血量的作用。

【药动学】 本品静脉给药后 20～40s 起效，1～2min 达到最大效应，药效持续 5～12min。主要在肝脏代谢。

【用药指征】

1. 用于全麻药引起的呼吸抑制或呼吸暂停，也用于自发呼吸存在但通气量不足的患者。

2. 用于药物过量引起的轻、中度中枢神经抑制。

3. 用于急救给氧后动脉血氧分压低的患者。

4. 也可用于慢性阻塞性肺疾病引起的急性呼吸功能不全、呼吸窘迫、潮气量低等。

5. 还可用于麻醉术后，加快患者苏醒。

【用法用量】

1. 静脉注射

（1）中枢抑制催醒：每次 1～2mg/kg，必要时 5min 后可重复 1 次。维持量为每 1～2h 注射 1～2mg/kg，直至获得疗效。总量不超过每日 300mg。

（2）术后催醒：每次 0.5～1mg/kg，必要时 5min 后可重复 1

次，总量不超过 2mg/kg。

（3）呼吸衰竭：每次 0.5～1mg/kg，必要时 5min 后可重复 1
次，1h 用量不超过 300mg。

2. 静脉滴注

（1）术后催醒：用 5% 葡萄糖注射液或生理盐水稀释至 1mg/ml
滴注，总量不超过 4mg/kg。

（2）呼吸衰竭：每次 0.5～1mg/kg，临用前用葡萄糖氯化钠溶
液稀释，总量不超过每日 3000mg。

【药物相互作用】

－ 与碳酸氢钠合用时，本品的血药浓度升高，毒性明显增强。

＋ 与咖啡因、肾上腺素受体激动药等有协同作用。

＋ 与单胺氧化酶抑制药及升压药合用，可使升压效应更显著。

【禁忌证】甲状腺功能亢进者；嗜铬细胞瘤患者；颅内高压患
者；脑血管病、脑外伤、脑水肿患者；癫痫或惊厥发作者；严重肺
部疾病患者禁用。

【不良反应】

1. 可见头痛、呼吸困难、心律失常、恶心、呕吐、腹泻、尿潴
留、血压升高等。

2. 少见呼吸频率加快、眩晕、多汗等。

【用药指导】

1. 静脉滴注时速度宜慢，以免引起溶血。

2. 如骤然出现低血压，呼吸困难加重，应停药。

【制剂与规格】注射剂：①1ml：20mg；②5ml：100mg。

【贮藏】避光，密闭保存。

戊四氮（Pentetrazol）

【商品名或别名】可拉唑，戊四唑。

【药物概述】本品为中枢兴奋药，对脑和脊髓均有兴奋作用。主
要兴奋脑干，能直接兴奋呼吸中枢及血管运动中枢，使呼吸增加、
血压微升。

【药动学】本品口服或经注射给药易吸收，迅速经肝脏代谢，随尿排出。

【用药指征】

1. 用于解救严重疾病以及巴比妥类药或麻醉药中毒引起的中枢性呼吸衰竭。

2. 还可用于癫痫的脑电图诱发试验诊断。

【用法用量】

1. 肌内、皮下注射　每次 0.05 ~ 0.1g，每 2h 1 次；极量为每日 0.3g。

2. 静脉注射　应缓慢注射，每 1 ~ 2min 注入 0.1g，其余同肌内注射。

【禁忌证】急性心内膜炎患者；主动脉瘤患者；吗啡或普鲁卡因中毒患者禁用。

【不良反应】剂量较大时可引起反射亢进、惊厥。

【用药指导】静脉注射用于癫痫的诊断时，当脑电图上出现痫性放电或患者出现抽动，应立即停止给药。

【制剂与规格】注射剂：① 1ml∶0.1g；② 3ml∶0.3g。

【贮藏】避光，密闭保存。

贝美格（Bemegride）

【商品名或别名】美解眠，乙甲哌啶二酮。

【药物概述】本品为中枢兴奋药，主要兴奋脑干，对呼吸中枢的兴奋强而迅速，但维持时间短。本品对所有中枢抑制药，包括巴比妥类及其他催眠药均有对抗作用，亦可减轻硫喷妥钠的麻醉深度。

【药动学】本品作用迅速，静脉给药后作用维持 10 ~ 20min。

【用药指征】

1. 用于解救巴比妥类、格鲁米特、水合氯醛等药物中毒。

2. 用于加速硫喷妥钠麻醉后的苏醒，也可用于其他静脉全麻药的催醒药。

3. 脑电图诊断癫痫时可用本品诱发异常脑电活动。

【用法用量】

1. 静脉注射　每次 50mg，每 3 ~ 5min 注射 1 次，至病情改善为止。

2. 静脉滴注　每次 50mg，稀释于 5% 葡萄糖注射液 250 ~ 500ml 中滴注。

【禁忌证】 吗啡中毒者禁用。

【不良反应】

1. 可引起低血压、意识混乱。

2. 可引起卟啉病急性发作。

【用药指导】 静脉给药速度不可太快，注射时须准备短效巴比妥类药。

【制剂与规格】 注射剂：① 10ml∶50mg；② 20ml∶50mg。

【贮藏】 避光，密闭保存。

二甲弗林（Dimefline）

【商品名或别名】 回苏灵。

【药物概述】 本品为中枢兴奋药，对呼吸中枢有较强的兴奋作用。其作用强度比尼可刹米强约 100 倍，促苏醒率高。用药后可见肺换气量明显增强，二氧化碳分压下降。

【药动学】 本品口服吸收迅速、安全；起效快，作用维持 2 ~ 3h。

【用药指征】

1. 用于各种原因引起的中枢性呼吸衰竭，以及麻醉药、催眠药引起的呼吸抑制。

2. 也可用于外伤、手术等引起的虚脱和休克。

【用法用量】

1. 口服给药　每次 8 ~ 16mg，每日 2 ~ 3 次。

2. 肌内注射　每次 8mg。

3. 静脉注射、滴注　每次 8 ~ 16mg。

【禁忌证】 有惊厥病史或痉挛病史者；吗啡中毒者；肝、肾功能不全者；孕妇及哺乳期妇女禁用。

【不良反应】可出现恶心、呕吐、皮肤烧灼感等。

【用药指导】

1. 给药前应准备短效巴比妥类药物，作为惊厥时的急救用药。

2. 静脉给药速度须缓慢，并应随时注意病情发展。

【制剂与规格】片剂：8mg。注射剂：2ml∶8mg。

【贮藏】避光，密闭保存。

洛贝林（Lobeline）

【商品名或别名】山梗菜碱，半边莲碱。

【药物概述】本品为呼吸兴奋药，可刺激颈动脉窦和主动脉体的化学感应器，反射性地兴奋延髓呼吸中枢而使呼吸加快，但对呼吸中枢无直接兴奋作用。本品对迷走神经中枢和血管运动中枢也有反射性兴奋作用，对自主神经节先兴奋后阻断。

【药动学】静脉注射后作用持续时间短，通常为20min。

【用药指征】主要用于各种原因引起的中枢性呼吸抑制。常用于新生儿窒息、一氧化碳中毒、吸入麻醉药或其他中枢抑制药（如阿片、巴比妥类）中毒，传染病（如肺炎、白喉等）引起的呼吸衰竭。

【用法用量】

1. 肌内、皮下注射　每次10mg；极量为每次20mg，每日50mg。

2. 静脉注射　每次3mg；极量为每次6mg，每日20mg。

【不良反应】

1. 可见恶心、呕吐、呛咳、头痛、心悸等。

2. 大剂量用药可出现心动过缓；剂量继续增大可出现心动过速、传导阻滞、呼吸抑制、惊厥等。

【用药指导】

1. 本品禁止与碘、鞣酸以及铅、银等盐类药配伍。与碱性药物配伍可产生山梗素沉淀。

2. 静脉给药应缓慢。

【制剂与规格】注射剂：①1ml∶3mg；②1ml∶10mg。

【贮藏】避光，密闭保存。

士的宁（Strychnine）

【商品名或别名】士的年，番木鳖碱。

【药物概述】本品对脊髓有选择性兴奋作用，对大脑皮质也有一定兴奋作用。本品安全范围窄，过量易产生惊厥。

【药动学】本品起效快，迅速在肝内代谢，仅有20%的原形从尿排出。

【用药指征】用于巴比妥类中毒、瘫痪、弱视。

【用法用量】皮下或肌内注射：常用量每次1～3mg，极量5mg。

【禁忌证】高血压患者；动脉硬化患者；肝功能不全患者；癫痫患者；吗啡中毒脊髓处于兴奋状态患者；孕妇及哺乳期妇女禁用。

【不良反应】可出现惊厥、呼吸肌痉挛和呼吸运动受限。

【用药指导】本品排泄缓慢，有积蓄作用，故使用时间不宜太长。

【制剂与规格】注射剂：①1ml∶1mg；②1ml∶2mg。

【贮藏】密封，避光保存。

一叶萩碱（Securinine）

【商品名或别名】硝酸一叶萩碱。

【药物概述】本品对脊髓有选择性兴奋作用，增强反射及肌肉紧张度。

【药动学】本品体内代谢较快，无蓄积作用。未被代谢的少量药物经尿排出。

【用药指征】用于小儿麻痹后遗症和面神经麻痹。

【用法用量】皮下或肌内注射：每次2～4mg，每日1～2次，2～4周为1个疗程。

【不良反应】注射部位疼痛、肿胀，部分患者有心悸、头痛症状。

【用药指导】注射时切不可注入血管。

【制剂与规格】注射剂：①1ml：4mg；②2ml：16mg。

【贮藏】密闭保存。

哌甲酯（Methylphenidate）

【商品名或别名】利他林，利太林，哌醋甲酯。

【药物概述】本品为中枢神经兴奋药，能兴奋中枢的多种精神性活动，促使患者思维敏捷或精神振作，并解除疲劳。

【药动学】本品口服经胃肠道易吸收，每次给药作用可维持 4h 左右，在体内迅速代谢，半衰期为 30min，经肾排泄。

【用药指征】

1. 用于消除催眠药引起的嗜睡、倦怠及呼吸抑制。

2. 用于治疗注意缺陷和多动障碍、发作性睡病。

3. 还用于治疗抑郁症、痴呆、外伤性脑损伤等。

【用法用量】

1. 口服给药　每次 10mg，每日 2~3 次，饭前 45min 给药。

2. 皮下、肌内、静脉注射　每次 10~20mg。

【药物相互作用】

－　抗高血压药（包括利尿性抗高血压药）与本品合用时，其疗效可减弱。

＋　中枢兴奋药及肾上腺受体激动药与本品合用，作用相加。

－　抗癫痫药、抗凝药及保泰松等与本品合用，其体内过程延长，血药浓度升高，可出现毒性反应。

＋　抗 M 胆碱药（如阿托品等）与本品合用时可增效。

【禁忌证】青光眼患者；焦虑者；激动或过度兴奋者；孕妇及哺乳期妇女禁用。

【不良反应】常见头晕、头痛、失眠、嗜睡、食欲减退、口干、恶心、呕吐、心悸等，偶见腹痛、高血压。

【用药指导】

1. 每日最后一次给药要至少应在睡前 4h 服用。

2. 停药时应逐渐递减用量。

3. 使用单胺氧化酶抑制剂者，应在停药 2 周后，再使用本品。

【制剂与规格】 片剂：①10mg；②20mg。注射剂：1ml：20mg。

【贮藏】 避光，密闭保存。

第三节　镇静、催眠及抗焦虑药

本类药物对中枢神经系统有广泛的抑制作用，产生镇静、催眠和抗焦虑效应。一般讲镇静、催眠及抗焦虑并无严格的区别，常因剂量的不同产生不同的效果。本类药物长期使用几乎都可产生耐受性和依赖性，突然停药时可产生戒断症状，故应严格控制用药，必须注意避免长期应用。

一、苯二氮䓬类

地西泮（Diazepam）

【商品名或别名】 安定，苯甲二氮䓬。

【药物概述】 本品为长效苯二氮䓬类药物，可引起中枢神经系统不同部位的抑制，随着剂量的增大，临床表现可自轻度的镇静到催眠甚至昏迷。

【药动学】 本品口服吸收快，肌内注射慢而不规则、不完全，直肠灌注吸收较快。本品脂溶性高，易透过血－脑脊液屏障和胎盘屏障。蛋白结合率达 99%。本品在肝脏代谢，主要经肾脏由尿排泄，也可从乳汁排出。

【用药指征】

1. 镇静催眠　用于治疗失眠。

2. 抗焦虑　用于焦虑症及伴焦虑的抑郁症。

3. 抗癫痫、抗惊厥。

4. 中枢性肌肉松弛作用。

5. 还可用于酒精依赖性戒断综合征、麻醉前给药、紧张性头痛、恐惧症、特发性震颤等。

【用法用量】

1. 口服给药

（1）镇静：每次 2.5～5mg，每日 3 次。

（2）催眠：每次 5～10mg，睡前服。

（3）抗焦虑、抗惊厥、癫痫发作：每次 2.5～10mg，每日 2～4 次。

（4）急性酒精戒断：初始剂量每次 10mg，每日 3～4 次，以后可减少到每次 5mg，每日 3～4 次。

2. 肌内注射、静脉注射

（1）基础麻醉或静脉全麻：10～30mg。

（2）镇静、催眠或急性酒精戒断：初始剂量为 10mg，以后按需每隔 3～4h 加 5～10mg。24h 总量以 40～50mg 为限。

（3）焦虑性神经症：每次 2～10mg，根据需要每日重复 3～4 次。

【药物相互作用】

＋ 本品与全麻药、镇痛药、单胺氧化酶抑制剂、三环类抗抑郁药及可乐定等合用，可相互增效。

＋ 丙泊酚可延长本品镇静效应的持续时间。

－ 与安普那韦、利托那韦合用，本品的血药浓度升高。

－ 大环内酯类抗生素可以抑制肝酶对本品的代谢，使本品的血药浓度升高。

－ 西咪替丁、双硫仑、奥美拉唑、普萘洛尔等可使本品的清除率降低，清除半衰期延长。

－ 伊曲康唑、酮康唑可升高本品的血药浓度，并增加本品的不良反应。

－ 口服避孕药、丙戊酸钠、异烟肼可减慢本品的代谢，升高本品的血药浓度。

－ 本品可减慢扑米酮的代谢。

—　本品可使酮洛芬、苯妥英、地高辛的清除率降低，血药浓度升高。

—　本品可增加筒箭毒、三碘季胺酚的作用，但可减弱氯琥珀胆碱的肌肉松弛作用。

—　雷尼替丁可明显降低本品的稳态血药浓度（口服），提高本品的血浆清除率。

—　与利福平、利福布汀合用，本品的排泄增加，血药浓度降低。

—　抗酸药可延迟本品的吸收。

—　茶碱可以逆转本品的镇静作用。

—　本品可降低左旋多巴的疗效。

【禁忌证】青光眼患者；重症肌无力患者；新生儿；分娩前或分娩时禁用。

【不良反应】

1. 较常见的有嗜睡、头晕、乏力等，大剂量可见共济失调、震颤。

2. 较少见的有思维迟缓、视物模糊、便秘、口干、头痛、恶心或呕吐、排尿困难、构音障碍。

3. 偶见低血压、呼吸抑制、尿潴留、忧郁、精神紊乱。

4. 罕见过敏反应、肝功能损害、肌无力、粒细胞减少、白细胞减少、皮疹。

5. 与钙通道阻滞剂合用，可使血压下降加重。

【用药指导】

1. 对本品耐受差的患者初始剂量宜小。

2. 需持续发挥疗效时应口服给药或静脉注射。

3. 本品属于长效药，原则上不应做连续静脉滴注。

4. 应避免长期大量使用而产生依赖性。

【制剂与规格】片剂：①2.5mg；②5mg。注射剂：2ml：10mg。

【贮藏】避光，密闭保存。

氯硝西泮（Clonazepam）

【商品名或别名】 氯硝安定，氯硝基安定，静康。

【药物概述】 本品为苯二氮䓬类药，具有广谱抗癫痫作用。其作用与地西泮相似，但抗惊厥作用较地西泮强，且作用迅速。

【药动学】 本品口服吸收快而完全。口服 30～60min 后起效，1～2h 达血药浓度峰值，作用持续 6～8h。本品脂溶性高，分布迅速，在肝脏代谢，主要以代谢产物形式经肾脏排泄。

【用药指征】

1. 主要用于控制各型癫痫发作，对失神发作、婴儿痉挛症、肌阵挛发作、运动不能性发作及 Lennox – Gastaut 综合征有效。

2. 静脉注射可用于缓解癫痫持续状态。

3. 还可用于焦虑状态及失眠。

【用法用量】

1. 口服给药 起始剂量为每次 0.5mg，每日 3 次，每 3 日增加 0.5～1mg，直到发作被控制。

2. 肌内注射 每次 1～2mg，每日 2～4mg。

3. 静脉注射 癫痫持续状态：每次 1～4mg，30s 左右缓慢注射，如病情未能控制，每隔 20min 后可重复剂量 1～2 次，兴奋躁动者可适当加大剂量，必要时可静脉滴注。

【药物相互作用】

＋ 与西咪替丁、普萘洛尔合用本品清除减慢、半衰期延长。

－ 异烟肼可抑制本品清除，致血药浓度增高。

＋ 与中枢神经系统抑制药、阿片类镇痛药、单胺氧化酶抑制剂或具有中枢神经抑制作用的降压药合用时，中枢神经抑制作用增强。

－ 与三环类抗抑郁药合用时，可增加中枢神经抑制作用。

－ 与利福平合用本品消除增加，血药浓度降低。

－ 本品可降低左旋多巴的作用。

－ 本品可降低地昔帕明的稳态血药浓度水平。

－ 与卡马西平合用，两药的代谢均加快，血药浓度降低。

－　与丙戊酸钠合用时，在少数病例中可出现失神持续状态。

【禁忌证】新生儿、孕妇、哺乳妇女禁用。

【不良反应】

1. 常见嗜睡、头晕、共济失调、行走不稳、行为紊乱、异常兴奋、神经过敏、易激惹、肌力减退。

2. 少见行为障碍、思维不能集中、易怒、精神错乱、幻觉、抑郁、还可有视物模糊、便秘、腹泻、眩晕、头痛、气管分泌物增多、恶心、呕吐、排尿困难、语言不清、口干。

3. 罕见皮疹或瘙痒、咽痛、发热、异常出血、乏力等。

【用药指导】

1. 药物用量因人而异，开始时用小剂量，逐渐调整剂量。停药时剂量宜递减。

2. 本品长期应用可产生耐药性，应用 3 个月之后疗效可降低，需要调整剂量。

【制剂与规格】片剂：①0.5mg；②2mg。注射剂：1ml：1mg。

【贮藏】避光、密闭保存。

去甲西泮（Nordazepam）

【商品名或别名】Nordaz，去甲安定。

【药物概述】本品具有抗焦虑、镇静、肌肉松弛及抗惊厥作用。

【药动学】本品口服吸收快而完全，经肝代谢成奥沙西泮，仍具有抗焦虑作用，血浆蛋白结合率为97%。平均半衰期为65h。

【用药指征】用于治疗各型焦虑症。

【用法用量】口服给药：严重焦虑症患者，每晚 7.5～15mg，每日 1 次，此后每日维持量 3.75mg。

【药物相互作用】

＋　中枢性肌松药可增加本品的镇静作用。

【禁忌证】哺乳期妇女禁用。

【不良反应】少数患者可出现嗜睡、乏力、近事遗忘、恶心、呕吐、震颤等。

【用药指导】

1. 长期用药勿突然停药，以免发生戒断症状。

2. 用药期间勿驾驶及操作机械。

【制剂与规格】 片剂：7.5mg。

【贮藏】 密闭保存。

氯氮䓬（Chlordiazepoxide）

【商品名或别名】甲氨二氮杂䓬，甲氨二氮䓬，利眠宁。

【药物概述】本品为苯二氮䓬类，小剂量时有抗焦虑作用，随着剂量增加，可引起镇静、催眠、记忆障碍等。大剂量可致昏迷，此外，本品还具有中枢性肌肉松弛作用和抗惊厥作用。

【药动学】本品口服完全吸收，血药浓度个体差异较大。口服后0.5~2h 血药浓度达高峰。血药浓度达到稳态需要 5~14 日，长期用药在体内有一定量的蓄积，代谢产物可滞留在血液中数日甚至数周，清除缓慢。

【用药指征】

1. 治疗焦虑性神经症，可缓解焦虑、紧张、不安等症状。

2. 治疗失眠症。

3. 治疗肌张力过高或肌肉僵直性疾病。

4. 与抗癫痫药合用，可控制癫痫发作。

5. 治疗急性酒精戒断综合征。

【用法用量】

1. 口服给药

（1）抗焦虑：①轻度或中度焦虑、紧张：每次 5~10mg，每日3~4 次。②重度焦虑或紧张：每次 20~25mg，每日 3~4 次。

（2）术前镇静：每次 5~10mg，每日 3~4 次。

2. 肌内、静脉注射

（1）用于酒精戒断综合征：首次注射 50~100mg，2~4h 后可以重复注射，但 24h 内不能超过 300mg。

（2）急性或严重焦虑：首次注射 50~100mg，必要时给予每次

25～50mg，每日3～4次。

（3）术前镇静：术前1h注射50～100mg。

【药物相互作用】

＋　与全麻药、镇痛药、单氧化酶抑制剂和三环类抗抑郁药、可乐定等合用时，可相互增效。

－　西咪替丁可抑制本品的肝脏代谢，从而清除减慢，血药浓度升高。

±　抗真菌药酮康唑、伊曲康唑等，可增加本品的血药浓度，本品疗效提高，毒性增加。

＋　当归可抑制本品代谢，增强本品的肌肉松弛作用。

－　双硫仑能影响肝代谢，增强本品的血药浓度。

＋　本品与抗高血压药（如钙通道阻滞剂或利尿降压药）合用时，可使降压作用增强。

－　本品与卡马西平合用时，可使两者的血药浓度下降，清除半衰期缩短。

－　与左旋多巴合用时，可降低后者的疗效。

－　与抗酸药合用时可延迟本品的吸收。

【禁忌证】 对本品过敏者；白细胞减少者；孕妇；哺乳妇女禁用。

【不良反应】

1. 常见嗜睡、乏力、头痛、眩晕、恶心、便秘等。

2. 偶见皮疹、中毒性肝损害、骨髓抑制、男性阳痿等。

3. 大剂量时可引起共济失调、皮疹、粒细胞减少及尿闭等症状。

【用药指导】

1. 本品应小剂量多次服用。

2. 用药期间避免从事有潜在危险的工作，如驾驶、操作机械和高空作业等。

3. 长期大量用药后，停药前应缓慢减量。

【制剂与规格】 片剂：① 5mg；② 10mg。粉针剂：① 50mg；②100mg。

【贮藏】避光、密封保存。

阿普唑仑（Alprazolam）

【商品名或别名】佳乐定，甲基三唑安定。

【药物概述】本品为苯二氮䓬类的中枢神经抑制药，可引起中枢神经系统不同部位的抑制。随着用量的增大，临床表现可自轻度的镇静到催眠甚至昏迷。

【药动学】本品口服吸收迅速、完全，血药浓度达峰时间1～2h，血药浓度达稳态时间为2～3日。吸收后分布全身，可透过胎盘屏障，并可泌入乳汁，血浆蛋白结合率为80%。经肝脏代谢，肾脏排泄，半衰期通常为12～15h。

【用药指征】

1. 可用于抗焦虑、抗抑郁。

2. 还用于镇静催眠、抗恐惧及抗癫痫，并能缓解急性酒精戒断症状。

【用法用量】口服给药：

（1）抗焦虑：初始剂量为每次0.4mg，每日3次。可按需逐渐增加剂量，最大剂量为每日4mg。

（2）镇静催眠：每次0.4～0.8mg，睡前服。

（3）抗恐惧：每次0.4mg，每日3次，可按需逐渐增加剂量，最大剂量为每日10mg。

（4）抗抑郁：常用剂量为每次0.8mg，每日3次。

【药物相互作用】

＋　与全麻药、镇痛药、单胺氧化酶抑制剂和三环类抗抑郁药合用时，可相互增效。

－　与西咪替丁合用时，使本品清除减慢，血药浓度升高。

－　异烟肼可抑制本品的清除，使本品的血药浓度增高。

＋　与抗高血压药或利尿降压药合用，可使降压作用增强。

－　与地高辛合用，可增加地高辛血药浓度而引起中毒。

－　与利福平合用，本品的清除增加，血药浓度降低。

－　与左旋多巴合用，可降低后者的疗效。

±　与普萘洛尔合用，可导致癫痫发作的类型和频率改变。

【禁忌证】 对本品过敏者；青光眼患者；严重呼吸功能不全者；严重肝功能不全者；孕妇；哺乳妇女；儿童禁用。

【不良反应】

1. 可见疲乏、头晕、头痛、口干、恶心、呕吐、便秘、排尿障碍、视物模糊、注意力涣散、目眩及嗜睡等。

2. 少见动作迟缓、心理反常、腹泻、多涎、精神紊乱及抑郁等。

3. 长期用药可成瘾。

【用药指导】

1. 服药后不应驾驶车辆或操作机器。

2. 应避免长期大剂量使用。

3. 停药时应逐渐减少用量。

【制剂与规格】 片剂：①0.25mg；②0.4mg；③0.5mg；④1mg。胶囊剂：0.3mg。

【贮藏】 避光，密封保存。

奥沙西泮（Oxazepam）

【商品名或别名】 去甲羟基安定，舒宁，氯羟氧二氮草。

【药物概述】 本品为苯二氮草类催眠镇静药，属短、中效药，具有抗惊厥、抗癫痫、抗焦虑、镇静催眠、中枢性骨骼肌松弛和暂时性记忆缺失作用。随着用量的增大，临床表现可自轻度的镇静到催眠甚至昏迷。长期应用可产生依赖性。

【药动学】 本品口服吸收较慢，口服后 45~90min 起效，2~4h 血药浓度达峰值，数日后血药浓度达稳态，本品能通过胎盘屏障，血浆蛋白结合率约为 86%~89%，主要经肝脏代谢，肾脏排泄，半衰期通常为 5~12h。

【用药指征】 主要用于短期缓解焦虑、紧张、激动，也可用于神经官能症、失眠、癫痫及焦虑伴抑郁的辅助治疗，并能缓解急性酒精戒断症状。

【用法用量】口服给药：

（1）抗焦虑、镇静催眠、急性酒精戒断症状：每次 15～30mg，每日 3～4 次。

（2）一般性失眠：每次 15mg，睡前服。

【药物相互作用】

　＋　与全麻药、镇痛药、单胺氧化酶 A 型抑制药，三环类抗抑郁药及可乐定合用时，可相互增效。

　－　西咪替丁可抑制本品的中间代谢产物，从而使本品血药浓度升高。

　＋　与抗高血压药或利尿药合用于全麻时，后者降压作用增强。

　－　与钙通道阻滞药合用时，可能使低血压加重。

　－　抗酸药可延迟本品吸收。

　－　与卡马西平合用时，两者的血药浓度均下降，消除半衰期缩短。

　－　本品可降低左旋多巴的疗效。

【禁忌证】孕妇及 6 岁以下儿童禁用。

【不良反应】较常见萎靡不振，少见视物模糊、头晕、头痛、恶心、呕吐、排尿不畅、口齿不清及共济失调等，罕见白细胞减少、过敏反应、肝功能损害、记忆障碍、视力变化、肌痉挛及红斑狼疮。

【用药指导】

1. 对本品耐受量小的患者初始剂量宜小。

2. 本品有成瘾性，不宜长期大量使用。

3. 长期用药骤停可能发生撤药症状，停药应逐渐减量。

【制剂与规格】片剂：①15mg；②30mg。

【贮藏】避光，密封保存。

劳拉西泮（Lorazepam）

【商品名或别名】氯羟安定，氯羟二氮䓬，罗拉，思力佳。

【药物概述】本品为中效的苯二氮䓬类中枢神经抑制药，可引起中枢神经系统不同部位的抑制，随着用量的增加，可引起自轻度的镇静到催眠，甚至昏迷。

【药动学】本品口服吸收良好，迅速；肌内注射吸收迅速，完全，血药浓度达峰时间口服为 1~6h，肌内注射为 1~1.5h。本品在血浆中及脑中有效浓度可维持数小时。本品易通过胎盘屏障，血浆蛋白结合率为 85%，经肝脏代谢，肾脏排泄，半衰期为 10~18h。

【用药指征】

1. 主要用于抗焦虑。

2. 可用于镇静催眠。

3. 可用于抗惊厥及癫痫持续状态。

4. 可用于治疗紧张性头痛。

5. 可作麻醉前及内镜检查前的辅助用药。

6. 注射剂可用于癌症化疗时止吐。

【用法用量】

1. 口服给药

（1）抗焦虑：每次 1~2mg，每日 2~3 次。

（2）镇静催眠：每次 2mg，睡前服。

2. 肌内注射

（1）抗焦虑、镇静催眠：0.05mg/kg，最大剂量 4mg。

（2）癫痫持续状态：1~4mg。

3. 静脉注射

（1）癌症化疗止吐：2~4mg 在化疗前 30min 注射。

（2）癫痫持续状态：每次 0.05mg/kg，最大剂量为 4mg，若癫痫持续发作或复发 10~15min 重复注射，12h 内用量通常不超过 8mg。

【药物相互作用】

－ 丙磺舒、丙戊酸钠可使本品的清除率降低，血药浓度升高。

＋ 本品可增强洛沙平、氯氮平的镇静作用。

－ 口服避孕药可增加本品的代谢，使本品疗效降低。

－ 本品和乙胺嘧啶合用可能导致肝毒性。

【禁忌证】对苯二氮䓬类药物过敏者；重症肌无力患者；青光眼患者禁用。

【不良反应】

1. 可出现疲劳、共济失调、肌力减弱、恶心、胃不适、头痛、头晕、乏力、激动、眼功能障碍及便秘等。

2. 偶见不安、精神紊乱、视物模糊等。

3. 静脉注射可引起静脉炎、血栓形成。

4. 大剂量用药可出现无尿、皮疹、粒细胞减少。

【用药指导】

1. 服药期间应避免驾车及操纵机器。

2. 停药应逐渐减量，骤停会出现戒断综合征。

3. 静脉注射速度应低于2mg/min。

【制剂与规格】片剂：① 0.5mg；② 1mg；③ 2mg。注射剂：①1ml：2mg；②1ml：4mg；③2ml：2mg；④2ml：4mg。

【贮藏】避光，密封保存。

氟西泮（Flurazepam）

【商品名或别名】安眠灵，氟苯安定，氟安定。

【药物概述】本品为长效的苯二氮䓬类镇静催眠药，可缩短入睡时间，延长总睡眠时间，减少觉醒次数。本品通过抑制大脑边缘系统对脑干网状结构的控制而发挥催眠、抗焦虑作用，用于治疗焦虑导致的失眠效果较好。

【药动学】本品口服经胃肠道吸收完全。口服后15~45min起效，0.5~1h血药浓度达峰值，7~10h血药浓度达稳态，可透过胎盘屏障。本品经肝脏代谢，有明显的首关效应，缓慢经肾脏由尿排泄，也可泌入乳汁。代谢产物可滞留在血液中数日，导致后遗效应。

【用药指征】适用于反复发作的失眠或睡眠障碍以及需要睡眠休息的急慢性疾病。

【用法用量】口服给药：每次15~30mg，睡前服。

【药物相互作用】

+ 本品与全麻药、镇痛药、单胺氧化酶抑制剂、三环类抗抑郁药及可乐定等合用时，可相互增效。

+　丙泊酚可延长本品镇静效应的持续时间。

　　-　与安普那韦、利托那韦合用，本品的血药浓度升高。

　　-　大环内酯类抗生素可以抑制肝酶对本品的代谢，使本品的血药浓度升高。

　　-　西咪替丁、双硫仑、奥美拉唑、氟伏沙明可使本品的清除率降低，消除半衰期延长。

　　-　伊曲康唑、氟康唑可升高本品的血药浓度，并增加本品的不良反应。

　　-　口服避孕药、丙戊酸钠、异烟肼可减慢本品的代谢，升高本品的血药浓度。

　　-　本品可使酮洛芬、苯妥英、地高辛的清除率降低，血药浓度升高。

　　-　与卡马西平合用时，两者的血药浓度下降，清除半衰期缩短。

　　-　本品可增加筒箭毒、三碘季铵酚的作用，但可减弱氯琥珀胆碱的肌肉松弛作用。

　　-　雷尼替丁可以明显降低本品的稳态血药浓度，提高本品的血浆清除率。

　　-　与利福平、利福布汀合用时，本品的排泄增加，血药浓度降低。

　　-　抗酸药可延迟本品的吸收。

　　-　茶碱可以逆转本品的镇静作用。

　　-　本品可降低左旋多巴的疗效。

　　+　与钙通道阻滞剂合用，可使血压下降加重。

　　-　合用治疗剂量的本品和丁丙诺啡，会引起呼吸系统和心血管系统衰竭。

　　【禁忌证】青光眼患者；重症肌无力患者；新生儿；分娩前或分娩时禁用。

　　【不良反应】

　　1. 较常见的有嗜睡、头晕、乏力等，大剂量可见共济失调。

2. 较少见的有思维迟缓、视物模糊、便秘、口干、头痛、恶心或呕吐、排尿困难、构音障碍。

3. 偶见低血压、呼吸抑制、尿潴留，忧郁、精神紊乱。

4. 罕见过敏反应、肝功能损害、肌无力、粒细胞减少、白细胞减少、皮疹。

【用药指导】

1. 避免长期大量用药而成瘾。

2. 骤然停药可能发生撤药症状。

3. 本品在用药第 2～3 日显效，停药后 1～2 日药效仍持续。

【制剂与规格】胶囊剂：①15mg；②30mg。

【贮藏】遮光、密封，在干燥处保存。

氟硝西泮（Flunitrazepam）

【商品名或别名】氟硝安定，氟硝基安定，罗眠乐。

【药物概述】本品为苯二氮䓬类药物，有催眠、遗忘、镇静、抗焦虑、肌肉松弛和抗惊厥作用，其中催眠和遗忘的作用更显著。

【药动学】本品肌内注射和舌下给药吸收良好，口服给药约吸收80%～90%，食物可降低其吸收的速度和程度。口服或肌内注射本品后 20～30min 出现镇静作用，1～2h 达最大效应，口服后的镇静作用持续 8h。

【用药指征】用于手术前镇静及各种失眠症，亦可用作静脉麻醉药（单用或诱导麻醉）。

【用法用量】

1. 口服给药　用于失眠症，1～2mg，每晚睡前服。

2. 肌内注射　手术前给药常用量 1～2mg。

3. 静脉注射　诱导麻醉常用量 1～2mg。

【药物相互作用】

＋　具有中枢抑制作用的药物都会加重本品的镇静作用及对呼吸系统和心血管系统抑制作用。

＋　与丹参、当归、黄芩合用时可增加本品的中枢抑制作用。

－　西咪替丁、丙戊酸钠使本品的代谢减慢，半衰期延长。

－　茶碱可降低本品的镇静效应。

【禁忌证】青光眼患者；重症肌无力患者；孕妇；哺乳妇女禁用。

【不良反应】

1. 可出现口渴、畏食，腹泻、腹痛、便秘等胃肠道反应。

2. 也会出现皮疹、面红等过敏反应。

3. 有时出现兴奋、错乱、头晕、头痛等反应。

4. 大剂量连用时偶见依赖性，肝肾功能临床检验值异常。

【用药指导】

1. 本品有产生依赖性的可能，宜使用能控制症状的最低剂量做短程治疗。

2. 静脉注射宜缓慢，以免引起呼吸抑制和低血压。

【制剂与规格】片剂：①1mg；②2mg。粉针剂：2mg。

【贮藏】避光保存。

艾司唑仑（Estazolam）

【商品名或别名】三唑氯安定，舒乐安定。

【药物概述】本品为高效的苯二氮䓬类镇静催眠药，作用于大脑边缘和脑干网状结构，能降低大脑组织氧化过程，加强大脑保护性抑制作用。有较强的镇静、催眠、抗惊厥、抗焦虑作用，以及较弱的中枢性骨骼肌松弛作用。

【药动学】本品口服吸收良好，1～2h血药浓度达峰值，可迅速分布于全身各组织，以肝、脑中的药物浓度最高，可透过胎盘屏障。在肝脏代谢，代谢物经肾排泄，也可泌入乳汁。

【用药指征】

1. 主要用于失眠、焦虑、紧张及恐惧。

2. 也可用于抗癫痫和抗惊厥。

3. 麻醉前给药，可缓解术前紧张、焦虑。

【用法用量】

1. 口服给药

（1）镇静：每次 1～2mg，每日 3 次。

（2）催眠：每次 1～2mg，睡前服。

（3）抗癫痫，抗惊厥：每次 2～4mg，每日 3 次。

（4）麻醉前给药：每次 2～4mg，术前 1h 服。

2. 肌内注射

（1）抗惊厥：每次 2～4mg，2h 后可重复 1 次。

（2）麻醉前给药：每次 2mg，术前 1h 注射。

【药物相互作用】

＋　与全麻药、镇痛药、单胺氧化酶抑制剂、三环类抗抑郁药、可乐定等合用，可相互增效。

－　与西咪替丁、酮康唑合用，本品的血药浓度升高。

＋　与钙通道阻滞药合用，可使血压下降加重。

－　与卡马西平合用，两者的血药浓度均下降，消除半衰期缩短。

－　与普萘洛尔合用，两者的血药浓度均降低。

【禁忌证】对本品过敏者；重症肌无力患者；中枢神经系统处于抑制状态的急性酒精中毒者禁用本品注射剂；急性闭角型青光眼患者禁用本品注射剂；严重慢性阻塞性肺疾病患者禁用本品注射剂。

【不良反应】常规剂量未见明显不良反应，用量过大时，可出现轻微乏力，口干，嗜睡，头胀，头晕等，减少剂量可自行消失。

【用药指导】应避免长期大量使用而成瘾；长期使用本品停药前应逐渐减量。

【制剂与规格】片剂：①1mg；②2mg。注射剂：1ml：2mg。

【贮藏】避光，密封保存。

溴西泮（Bromazepam）

【商品名或别名】溴安定，宁神定，溴氮平。

【药物概述】本品是一种苯二氮䓬类抗焦虑药，作用类似地西泮，但疗效较强。

【药动学】口服吸收较快，1～4h 达血药浓度峰值，生物利用度为 84%，药物在肝脏广泛代谢，给药量的 70% 经肾排泄，2%～6% 经粪便排泄。

【用药指征】主要用于抗焦虑，也可用于镇静、催眠。

【用法用量】口服给药：每次 1.5～3mg，每日 2～3 次。

【药物相互作用】见氟西泮。

【不良反应】大剂量用药时有嗜睡、乏力等。长期用药可致依赖性。

【禁忌证】重症肌无力患者，哺乳期妇女禁用。

【用药指导】

1. 本品应避免长期大量应用，停药前应缓慢减量。

2. 用药期间应避免驾驶、操作机械和高空作业等。

【制剂与规格】片剂：①1.5mg；②3mg；③6mg。

【贮藏】避光、密闭保存。

咪达唑仑（Midazolam）

【商品名或别名】多美康，咪达唑仑，咪唑安定，速眠宁。

【药物概述】本品为短效的苯二氮䓬类镇静催眠药，具有抗焦虑、催眠、抗惊厥、肌肉松弛和近事遗忘等药理作用。

【药动学】本品脂溶性高，口服后吸收迅速，0.5～1h 血药浓度达峰值，吸收后分布于全身各部位，可透过血－脑脊液屏障及胎盘屏障，蛋白结合率为 96%，药物主要在肝脏代谢，代谢产物多数由肾排泄，也可泌入乳汁，长期用药无蓄积。

【用药指征】

1. 用于各种失眠症的短期治疗，特别适用于入睡困难或过早觉醒者。

2. 用于手术前或机械性诊断检查前的镇静以及重症监护患者的镇静。

3. 椎管内麻醉及局部麻醉时辅助用药。

4. 全麻诱导及维持。

【用法用量】

1. 口服给药

（1）失眠症：每晚睡前 7.5~15mg。

（2）麻醉前给药：7.5~15mg，麻醉诱导前 2h 服用。

（3）镇静抗惊厥：每次 7.5~15mg。

2. 肌内注射　术前给药，一般为 10~15h，术前 20~30min 给药。

3. 静脉给药　全麻诱导，0.1~0.25mg/kg。

（1）全麻维持：分次静脉注射，剂量和给药间隔时间取决于患者当时需要。

（2）ICU 患者镇静：先静脉注射 2~3mg，继之以 0.05mg/（kg·h）静脉滴注维持。

【药物相互作用】

－　本品与其他中枢神经系统抑制药同时应用时，可增强中枢神经系统的抑制作用。

＋　本品可增强麻醉药的镇痛作用。

－　与西咪替丁、法莫替丁、雷尼替丁或尼扎替丁合同时，使本品浓度增高，半衰期延长。

－　红霉素等大环内酯类抗生素可抑制本品的代谢，提高血药浓度。

±　与地尔硫䓬合用时，本品血浆清除率下降，可能会出现过度镇静。

－　与卡马西平合用，本品的血药浓度下降，消除半衰期缩短。

－　与左旋多巴合用时，可降低后者的疗效。

【禁忌证】重症肌无力患者；严重心、肺功能不全者；严重肝功能不全者；儿童禁用。

【不良反应】

1. 较常见有低血压、急性谵妄、定向力缺失、幻觉、焦虑、神经质等。

2. 较少见视物模糊、轻度头痛、头晕、咳嗽等。

【用药指导】

1. 本品剂量必须个体化。

2. 静脉注射速度必须缓慢。

3. 骤然停药可引起反跳性失眠，建议失眠改善后逐渐减少用量。

4. 用药后 12h 内不得驾车或操作机器。

【制剂与规格】片剂：①7.5mg；②15mg。注射剂：①1ml：5mg；②5ml：15mg；③5ml：25mg。

【贮藏】密封保存。

三唑仑（Triazolam）

【商品名或别名】海乐神，三唑苯二氮䓬。

【药物概述】本品为苯二氮䓬类安定药。该药具有抗惊厥、抗癫痫、抗焦虑、镇静催眠、中枢性骨骼肌松弛和暂时性记忆缺失（或称遗忘）作用。本类药物作用于中枢神经系统的苯二氮䓬受体（BZR），加强中枢抑制性神经递质 γ-氨基丁酸（GABA）与 GABA 受体的结合，增强 GABA 系统的活性。本品可引起依赖性，表现为身体依赖和心理依赖，停药后出现撤药症状。

【药动学】本品口服吸收快而完全。口服 15~30min 生效，2h 血药浓度达峰值。血浆蛋白结合率约为 90%，$t_{1/2}$ 为 1.5~5.5h。大部分经肝脏代谢，代谢产物经肾排泄，仅少量以原形排出。多次服用很少体内蓄积。可通过胎盘，分泌入乳汁。

【用药指征】用于镇静、催眠。

【用法用量】口服给药：常用量 0.25~0.5mg，睡前服。

【药物相互作用】

－　与中枢抑制药合用可增加呼吸抑制作用。

－　与易成瘾和其他可能成瘾药合用时，成瘾的危险性增加。

＋　与酒及全麻药、可乐定、镇痛药、吩噻嗪类、单胺氧化酶 A 型抑制药和三环类抗抑郁药合用时，可彼此增效，应调整用量。阿片类镇痛药的用量至少应减至 1/3，以后按需逐渐增加。

+　　与抗高血压药和利尿降压药合用，可使降压作用增强。

　　±　　与西咪替丁、红霉素合用，可抑制本品在肝脏的代谢，引起血药浓度升高，必要时减少药量。

　　±　　与扑米酮合用由于减慢后者代谢，需调整扑米酮的用量。

　　－　　与左旋多巴合用时，可降低后者的疗效。

　　－　　与利福平合用，增加本品的消除，血药浓度降低。

　　－　　异烟肼抑制本品的消除，致血药浓度增高。

　　－　　与地高辛合用，可增加地高辛血药浓度而致中毒。

　　【禁忌证】对本品过敏者；急性闭角型青光眼患者；重症肌无力患者禁用。

　　【不良反应】较多见：头晕、头痛、倦睡。较少见：恶心、呕吐、头昏眼花、语言模糊、动作失调。少数可发生晕厥、幻觉。

　　【用药指导】

　　1. 癫痫患者突然停药可引起癫痫持续状态。

　　2. 避免长期大量使用而成瘾，如长期使用应逐渐减量，不宜骤停。

　　3. 对本类药耐受量小的患者初用量宜小。

　　【制剂与规格】片剂：① 0.125mg；② 0.25mg。

　　【贮藏】密闭保存。

溴替唑仑（Brotizolam）

　　【商品名或别名】溴噻二氮唑，溴噻二氮。

　　【药物概述】本品为短效苯二氮䓬类镇静催眠药，具有催眠、镇静、抗惊厥、肌肉松弛等作用，低剂量时具有较好的催眠效果，可缩短入睡时间，减少觉醒次数，延长总睡眠时间。

　　【药动学】本品口服吸收迅速而完全，血药浓度达峰时间为0.5~2h，生物利用度为70%，体内分布广泛，以肝、肾中浓度最高。本品经肝脏代谢，大部分经肾排泄。

　　【用药指征】

　　1. 主要用于失眠症。

2. 还可用于术前催眠。

【用法用量】口服给药：

（1）失眠症：每次 0.25mg，睡前服。

（2）术前催眠：每次 0.5mg。

【药物相互作用】

＋ 与中枢性抑制药以及西咪替丁、水合氯醛、乙氯维诺、羟丁酸钠合用，本品作用增强。

＋ 当归、厚朴、西番莲、缬草根与本品合用，可增加中枢神经系统抑制作用。

－ 茶碱可降低本品疗效。

【禁忌证】精神病患者；重症肌无力患者；急性闭角型青光眼患者；孕妇；哺乳期妇女；18 岁以下患者禁用。

【不良反应】

1. 偶见胃肠道不适、头痛、眩晕等。

2. 大剂量用药可见次晨乏力、注意力涣散。

3. 还可能产生药物耐受性或短暂性遗忘。

【用药指导】

1. 本品可使高血压患者血压下降，使用时应注意。

2. 用药期间不宜驾驶车辆或操作机器。

【制剂与规格】片剂：0.25mg。

【贮藏】密封保存。

二、苯二氮䓬类拮抗剂

氟马西尼（Flumazenil）

【商品名或别名】氟马尼，安易醒，来醒。

【药物概述】苯二氮䓬类药物（BZs）与 γ－氨基丁酸受体结合形成复合物，本品则竞争性地置换受体上的 BZs，可逆转 BZs 对 BZ 受体的完全激动作用。

【药动学】口服本品后，95％以上可被吸收。静脉给药的血药浓度呈线性分布。本品的蛋白结合率为5%左右，结合的血浆蛋白2/3为清蛋白。在脑内不被代谢，几乎完全在肝脏代谢，半衰期平均为0.85h。药物主要由肾脏排泄。

【用药指征】

1. 终止苯二氮䓬类药诱导、维持的全身麻醉。

2. 苯二氮䓬类药中毒的诊断与解毒。

3. 暂时性改善肝性脑病的精神状态。

【用法用量】注射给药：

（1）苯二氮䓬类药物中毒急救：初始剂量为0.3mg，如在60s内未达到要求的清醒程度，可重复注射，直到患者清醒或总剂量达2mg。如再次出现倦睡，可每小时静脉滴注0.1～0.4mg，滴注速度应根据病情调节，直到达到要求的清醒程度。

（2）终止麻醉：建议初始剂量为15s内静脉注射0.2mg，如静脉注射后60s内未达到要求的清醒程度，可再注射0.1mg，必要时可每隔60s重复注射1次，直到总剂量达1mg，通常用量为0.3～0.6mg。

【药物相互作用】

－ 本品可缩短硫喷妥钠麻醉效应持续状态。

【禁忌证】对本品及安定类药过敏患者；妊娠早期患者；正应用苯二氮䓬类药控制癫痫持续状态或颅内压增高患者；严重抗抑郁药中毒患者禁用。

【不良反应】

1. 用药后偶有潮红、恶心、呕吐，但症状轻微短暂。

2. 个别患者在使用后产生频死感。

3. 快速注射给药偶见焦虑、心悸和恐惧感，一过性血压增高及心率增加。

4. 癫痫患者使用本品后，可出现抽搐作用。

【用药指导】

1. 术后，在外周肌肉松弛药的作用消失前，不应注射本品。

2. 在用本品解救苯二氮䓬类过量中毒时，应同时注意呼吸和心血管功能，必要时进行人工呼吸，维持血容量及心脏功能，并采取措施促进药物经尿排泄。

【制剂与规格】注射剂：①5ml：0.5mg；②10ml：1mg。

【贮藏】阴凉处保存。

三、巴比妥酸盐类

苯巴比妥（Phenobarbital）

【商品名或别名】苯巴比妥钠，鲁米那，鲁米那钠。

【药物概述】本品为长效巴比妥类，其中枢性抑制作用随剂量而异。具有镇静、催眠、抗惊厥作用。并可抗癫痫，对癫痫大发作与局限性发作及癫痫持续状态有良效；对癫痫小发作疗效较差；而对精神运动性发作则往往无效。本品还有增强解热镇痛药的作用，并能诱导肝脏微粒体葡萄糖醛酸转移酶活性，促进胆红素与葡萄糖醛酸结合，降低血浆胆红素浓度，治疗新生儿高胆红素血症。

【药动学】口服及注射本品易被吸收，可分布于各组织与体液，虽进入脑组织慢，但脑组织内浓度最高。骨骼肌内药量最大，并能透过胎盘。主要由肝脏代谢，由肾脏排泄。肾小管有再吸收作用，使作用持续时间延长。

【用药指征】

1. 镇静　用于焦虑不安、烦躁、甲状腺功能亢进、高血压、功能性恶心、小儿幽门痉挛等症。

2. 催眠　偶用于顽固性失眠。

3. 抗惊厥　用于中枢兴奋药中毒或高热、破伤风、脑炎、脑出血等疾病引起的惊厥。

4. 抗癫痫　用于癫痫大发作、局限性发作及癫痫持续状态。

5. 可用于麻醉前给药。

6. 用于治疗高胆红素血症。

【用法用量】

1. 口服给药　极量：每次250mg，每日500mg。

（1）镇静：每次15～30mg，每日2～3次。

（2）催眠：每日 30～100mg，晚间顿服。

（3）抗癫痫：每次 15～30mg，每日 3 次。

（4）抗惊厥：每日 90～180mg，分 3 次服，或在晚间顿服。

（5）抗高胆红素血症：每次 30～60mg，每日 3 次。

2. 肌内注射　极量：每次 250mg，每日 500mg。

（1）催眠：每次 100mg。

（2）镇静、抗癫痫：每次 15～30mg，每日 2～3 次。

（3）癫痫持续状态：每次 100～200mg，必要时可 4～6h 重复 1 次。

（4）抗惊厥：每次 100～200mg，必要时可 4～6h 重复 1 次。

（5）麻醉前给药：每次 100～200mg，术前 0.5～1h 注射。

（6）术后给药：每次 100～200mg。必要时重复，24h 内总量可达 400mg。

3. 静脉注射　癫痫持续状态：每次 200～250mg，必要时 6h 重复 1 次。极量：每次 250mg，每日 500mg。

【药物相互作用】

＋　与全麻药、中枢性抑制药或单胺氧化酶抑制药等合用时，可相互增强作用。

＋　与解热镇痛药合用，可增强镇静作用。

－　右旋哌甲酯可抑制本品的代谢。

－　与丙戊酸钠合用时，本品的血药浓度升高，丙戊酸钠的半衰期缩短，肝毒性增加。

－　本品可影响灰黄霉素的吸收，降低其疗效。

－　本品可使卡马西平和琥珀酰胺类药物的消除半衰期缩短，血药浓度降低。

－　考来烯胺可减少或延缓本品的吸收。

－　本品为肝药酶诱导药，与三环类抗抑郁药、皮质激素、洋地黄类药、奎尼丁、氟哌啶醇、氯丙嗪、环孢素、氯霉素、土霉素、多西环素、甲硝唑、米非司酮、口服抗凝药、睾丸酮、口服避孕药、孕激素或雌激素合用时，可使上述药物的代谢加快。

【禁忌证】 对本品过敏者；贫血患者；糖尿病未控制的患者；严重肺功能不全、支气管哮喘、呼吸抑制患者；严重肝、肾功能不全患者禁用。

【不良反应】

1. 常见头晕、嗜睡、乏力、关节肌肉疼痛、恶心、呕吐等。

2. 少见皮疹、药物热、剥脱性皮炎等过敏反应。

3. 可能出现认知障碍、记忆缺损。

4. 罕见巨幼细胞贫血和骨软化。

5. 大剂量时可出现眼球震颤、共济失调和严重的呼吸抑制。

【用药指导】

1. 长期用药治疗癫痫应逐渐减量，以免导致癫痫发作，甚至出现癫痫持续状态。

2. 静脉注射速度不应超过每分钟60mg，过快可引起呼吸抑制。

【制剂与规格】 片剂：①10mg；②15mg；③30mg；④100mg。注射剂：①1ml：100mg；②2ml：200mg。

【贮藏】 密闭保存。

异戊巴比妥（Amobarbital）

【商品名或别名】 阿米妥，阿米妥钠。

【药物概述】 本品为中效巴比妥类镇静催眠药，对中枢神经系统有抑制作用，因剂量不同而具有镇静、催眠、抗惊厥等不同作用。

【药动学】 口服本品或注射其钠盐均易吸收。分布于体内各组织及体液中，在脑、肾、肝有较高浓度。本品脂溶性高，易通过血-脑脊液屏障。在肝脏代谢，主要经肾脏排泄，也可泌入乳汁。

【用药指征】 主要用于催眠、镇静、抗惊厥以及麻醉前给药。

【用法用量】

1. 口服给药 极量：每次200mg，每日600mg。

（1）催眠：100～200mg，睡前顿服。

（2）镇静：每次20～40mg，每日2～3次。

2. 肌内注射 极量：每次250mg，每日500mg。

（1）催眠：每次 100~200mg。

（2）镇静：每次 30~50mg，每日 2~3 次。

3. 静脉注射　极量：每次 250mg，每日 500mg。

（1）催眠：同肌内注射。

（2）镇静：同肌内注射。

（3）抗惊厥：缓慢注射 300~500mg。

【药物相互作用】

＋　全麻药、中枢神经抑制药或单胺氧化酶抑制药等与本品合用，可相互增加效能。

－　与人生长激素合用，本品的消除半衰期延长。

－　利福平与利福喷汀可诱导肝药酶，增加本品的代谢。

－　本品与灰黄霉素合用，可影响后者的吸收而降低其疗效。

－　本品与口服避孕药或雌激素合用，可使雌激素代谢加快，降低避孕药的避孕效果。

－　本品与皮质激素、洋地黄类、土霉素或三环类抗抑郁药合用可使上述药物代谢加快，从而降低其疗效。

－　本品可增加奎尼丁的代谢而减弱其作用。

－　本品与卡马西平或琥珀酰胺类药物合用时，可使上述药物的消除半衰期缩短、血药浓度降低。

【禁忌证】对本品过敏者；贫血患者；有哮喘史者；糖尿病未控制者；严重肝、肾功能不全者；严重肺功能不全患者。

【不良反应】偶见过敏。严重者可见皮肤和黏膜红斑、皮疹、坏死性结膜炎、知觉异常、精神活动功能低下、发音困难、运动失调、昏迷等。

【用药指导】

1. 本品肌内注射应注射于大肌肉（如臀大肌）。

2. 本品静脉注射应选择较粗的静脉，以减少局部刺激。

3. 本品停药时需逐渐减量，以免引起撤药症状。

【制剂与规格】片剂：100mg。胶囊剂：100mg。粉针剂：①100mg；②250mg；③500mg。

【贮藏】避光，密闭保存。

司可巴比妥（Secobarbital）

【商品名或别名】司可钠，速可眠，速可巴比妥。

【药物概述】本品为短效巴比妥类催眠药，可选择性地抑制中枢神经系统，使之由兴奋转向抑制，出现镇静、催眠，甚至昏迷。在高剂量时，本品可以达到麻醉的效应。

【药动学】本品起效快，口服 15min 后起效；维持时间短，约 2 ~3h。口服易由胃肠道吸收，脂溶性较高，易透过血 – 脑脊液屏障进入脑组织。在肝脏代谢，由肾脏排出。

【用药指征】

1. 主要用于入睡困难的失眠。

2. 可用于破伤风等引起的惊厥。

3. 也可用于麻醉前给药。

【用法用量】

1. 口服给药　极量：每次 300mg。

（1）催眠：每次 50 ~200mg。

（2）镇静：每次 30 ~50mg，每日 3 ~4 次。

（3）麻醉前给药：200 ~300mg，术前 1h 给药。

2. 肌内注射

（1）催眠：每次 100 ~200mg。

（2）镇静：每次 1. 1 ~2. 2mg/kg。

（3）抗惊厥：每次 5. 5mg/kg，需要时可每隔 3 ~4h 重复给药。

3. 静脉注射

（1）催眠：每次 50 ~250mg。

（2）镇静：同肌内注射。

（3）抗惊厥：同肌内注射。

【药物相互作用】

＋　碳酸酐酶抑制药可增强本品的药效。

－　本品与氯霉素合用，本品代谢减少，氯霉素代谢增加。

—　肾上腺皮质激素、环孢素、洋地黄苷类、奎宁等与本品合用，药效可降低。

—　本品可诱导肝微粒体酶，与乙酰氨基酚类药物、口服避孕药、雌激素、普萘洛尔、茶碱、阿普洛尔合用可导致上述药物代谢增加，疗效降低。

—　与奎尼丁合用可降低其疗效。

—　与布洛芬类药合用，可缩短消除半衰期，降低作用强度。

【禁忌证】对本品过敏者；贫血患者；糖尿病未控制的患者；严重肝功能不全者；严重肺功能不全者；有哮喘病史者禁用。

【不良反应】

1. 常见的不良反应有头晕、步态不稳、共济失调。

2. 偶见或罕见的不良反应有：粒细胞减少，血小板减少、低血压、皮疹、水肿、幻觉、肝功能损害、黄疸、骨痛及肌无力等。

【用药指导】

1. 本品静脉注射应选用较粗的静脉，以减少刺激。

2. 本品肌内注射应注射于大肌肉（如臀大肌）。

3. 长期使用本品停药时应逐渐减量，以免发生撤药综合征。

【制剂与规格】胶囊剂：100mg。粉针剂：①50mg；②100mg。

【贮藏】密封保存。

四、其他镇静、催眠及抗焦虑药

丁螺环酮（Buspirone）

【商品名或别名】丁螺旋酮，盐酸丁螺环酮。

【药物概述】本品为氮杂螺环癸烷二酮化合物，是一种新型抗焦虑药。本品不具有抗惊厥及肌肉松弛作用，无明显的镇静作用与依赖性。

【药动学】本品经胃肠道吸收速度、完全。口服 20mg，40～90min 后血药浓度达峰值。但首过作用限制了其生物利用度。本品的蛋白结合率高达 95%，主要在肝脏代谢，18%～38% 随粪便排泄。

【用药指征】本品适用于各种类型焦虑症的治疗。

【用法用量】口服给药：每次 5～10mg，每日 3 次。

【药物相互作用】

－ 本品剂量超过每日 30mg 时，与其他中枢抑制药合用，易产生过度镇静。

－ 地尔硫草、维拉帕米、红霉素、伊曲康唑等可抑制本品的代谢，升高本品的血药浓度，增加不良反应。

－ 本品与洋地黄类药合用，使洋地黄的血药浓度升高。

－ 利福平可诱导本品的首关代谢，降低本品的抗焦虑作用。

－ 避孕药可降低本品作用。

－ 本品与降糖药合用可增加心血管系统的毒性。

－ 氯氮平与本品合用，可增加出现胃肠道出血和高血糖症的危险。

－ 本品与单胺氧化酶抑制剂合用，可能发生高血压危象。

【禁忌证】癫痫患者；重症肌无力患者；急性闭角型青光眼患者；严重肝、肾功能不全者；孕妇；哺乳期妇女；儿童禁用。

【不良反应】

1. 常见头晕、头痛、恶心、不安、烦躁。

2. 可见多汗、便秘、食欲减退。

3. 少见视物模糊、注意力涣散、口干、肌痛、耳鸣、胃部不适、疲乏、多梦、失眠、激动、兴奋。

4. 偶见心电图异常、血清丙氨酸氨基转移酶轻度升高。

5. 罕见胸痛、精神紊乱、抑郁、心动过速、肌肉麻木。

【用药指导】

1. 本品显效时间约为 2 周，故达到最大剂量后应继续治疗2～3 周。

2. 用药期间不宜驾驶车辆和操作机器。

【制剂与规格】片剂：①5mg；②10mg。

【贮藏】密闭保存。

佐匹克隆（Zopiclone）

【商品名或别名】 唑吡酮，奥贝舒欣，吡嗪哌酯。

【药物概述】 本品为环吡咯酮类第三代镇静催眠药，有镇静催眠、抗焦虑、肌肉松弛和抗惊厥等作用。其催眠作用迅速，较适用于不能耐受次晨残留作用的患者。

【药动学】 本品口服吸收迅速，15～30min 起效，1.5～2h 血药浓度达峰值。生物利用度为 80%，在组织中分布较广，可通过血－脑脊液屏障，血浆蛋白结合率约为 45%，经肾脏由尿排出，少量自粪便排出，也可分泌入乳汁。

【用药指征】 用于治疗失眠症。

【用法用量】 口服给药：每次 7.5mg，睡前服。

【药物相互作用】

＋ 与神经肌肉阻断药或其他中枢神经抑制药合用，镇静作用可增强。

－ 红霉素可增加本品的血药浓度。

－ 静脉同时给予甲氧氯普胺可升高本品的血药浓度。

－ 与卡马西平合用，本品的血药浓度升高，而卡马西平的血药浓度降低。

－ 阿托品、利福平可降低本品的血药浓度。

【禁忌证】 失代偿的呼吸功能不全者；重症睡眠呼吸暂停综合征患者；重症肌无力患者；严重肝功能不全者禁用。

【不良反应】

1. 少见易激惹、精神紊乱。部分患者出现头痛、乏力。

2. 偶见口干、口苦、肌无力、遗忘及日间嗜睡。

3. 长期服药后骤然停药会出现戒断症状，可见较轻的激动、焦虑、肌痛、噩梦、恶心及呕吐，罕见意识混浊。

【用药指导】

1. 服药后应避免驾车或操纵机器。

2. 骤然停药应注意监护。

3. 呼吸功能不全者用药剂量应适当调整。

【制剂与规格】片剂：①3.75mg；②7.5mg。胶囊剂：7.5mg。

【贮藏】避光、密封保存。

唑吡坦（Zolpidem）

【商品名或别名】乐坦，诺宾，思诺思。

【药物概述】本品是一种咪唑类镇静催眠药，具有较强的镇静催眠作用，无抗惊厥、肌松及抗焦虑作用。其作用特点为：可缩短入睡时间，减少夜间苏醒次数，增加睡眠总时间，改善睡眠质量。

【药动学】本品口服吸收良好，口服后 7～27min 起效，血药浓度达峰时间为 0.5～3h，作用持续 6h，蛋白结合率为 92%，在肝脏广泛代谢，48%～67% 由尿排出，20%～42% 由粪便排出，少量可泌入乳汁。

【用药指征】用于偶发性、暂时性或慢性失眠症的短期治疗。

【用法用量】口服给药：常用剂量为每次 10mg，睡前服。剂量不超过每日 20mg。疗程应尽量短，长期失眠不应超过 4 周。

【药物相互作用】

＋　与催眠药、抗焦虑药、麻醉止痛药、抗癫痫药和有镇静作用的抗组胺药合用，能增强中枢抑制作用。

－　伊曲康唑、氟康唑、酮康唑可使本品清除减少，血药浓度升高。

＋　抑制肝酶的药物可能增强本品的作用。

－　与抗抑郁药合用可增加出现幻觉的危险性。

－　利福平可使本品的代谢增加、血药浓度及药效降低。

【禁忌证】重症肌无力患者；严重肝功能不全者；抑郁型精神病患者；18 岁以下患者；孕妇；哺乳妇女禁用。

【不良反应】

1. 可见嗜睡、头晕、头痛、恶心、腹泻、共济失调，手足笨拙。

2. 少见记忆障碍、夜间烦躁、复视、颤抖、心率加快、呼吸困难、皮疹、呕吐。

3. 另有报道出现低血压、过敏反应、敌对、紧张、幻觉、易激惹及人格分裂。

【用药指导】

1. 本品剂量的个体差异很大，应当逐渐调整。

2. 本品起效快，应在睡前服用。

3. 本品通常不宜长期服用，如长期服药，则应逐渐停药，以免出现戒断症状和反跳性失眠。

【制剂与规格】 片剂：①5mg；②10mg。

【贮藏】防热、防潮保存。

甲丙氨酯（Meprobamate）

【商品名或别名】安宁，甲丁双脲，眠尔通。

【药物概述】本品为非苯二氮䓬类抗焦虑药，具有抗焦虑、镇静催眠和中枢性肌肉松弛作用。

【药动学】口服吸收良好，血药浓度达峰时间为 2～3h，在体内分布较均匀，也可透过胎盘。在肝脏代谢，经肾脏排泄，也可分泌入乳汁。

【用药指征】

1. 主要用于焦虑性神经症，可缓解焦虑、紧张、不安等症状。

2. 可用于失眠。

3. 用于肌张力过高或肌肉僵直疾病。

4. 还可用于癫痫失神发作。

【用法用量】

1. 口服给药

（1）抗焦虑　每次 0.2g，每日 2～3 次。

（2）治疗失眠　每次 0.4g，睡前服用。

（3）抗癫痫　每次 0.2～0.4g，每日 2～3 次。

2. 肌内、静脉注射　每次 0.4g，每隔 4～6h 1 次。

【药物相互作用】

— 与单胺氧化酶抑制药、三环类抗抑郁药、全麻药、巴比妥类、苯二氮䓬类以及其他中枢抑制药合用，出现相加的中枢神经系统及呼吸系统抑制作用。

— 与阿片类镇痛药合用时，可出现呼吸抑制。

【禁忌证】 白细胞减少者；卟啉病患者；6 岁以下儿童；孕妇；哺乳期妇女禁用。

【不良反应】

1. 常见嗜睡。

2. 少见无力、低血压、心悸、头痛、肌电图快波增多等。

3. 偶见过敏反应及严重的骨髓抑制。

4. 长期用药可成瘾，停药后可产生撤药综合征。

【用药指导】

1. 用药期间不宜驾驶车辆、操作机械或高空作业。

2. 长期应用后如需停药应逐渐减量，以免发生撤药反应。

【制剂与规格】 片剂：① 0.2g；② 0.4g。粉针剂：0.1g。

【贮藏】 密闭保存。

扎来普隆（Zaleplon）

【商品名或别名】 安维得，顺思，思威坦。

【药物概述】 本品具有镇静、催眠、抗焦虑、肌肉松弛、抗惊厥等作用，能缩短入睡时间。

【药动学】 本品口服后 30min 起效，血药浓度达峰时间为 1h。单次给药作用持续 6h 以上。本品广泛分布于各组织，在肝脏广泛代谢，71% 经肾脏排泄，17% 随粪便排泄，少量药物可分泌至乳汁。

【用药指征】 用于入睡困难的失眠症的短期治疗，能缩短入睡时间。

【用法用量】 口服给药：每次 5～10mg，持续用药时间不超过 7～10 日。

【药物相互作用】

+ 西咪替丁可使本品的血药浓度升高，作用增强。

− 利福平可使本品的血药浓度降低，疗效降低。

【禁忌证】 严重的呼吸困难或胸部疾病患者；严重肌无力患者；严重肝、肾功能不全者；儿童；孕妇；哺乳妇女禁用。

【不良反应】

1. 可见较轻的头痛、嗜睡、眩晕、口干、多汗、食欲缺乏、胸痛、恶心、呕吐、乏力、站立不稳、复视，及其他视力异常、精神错乱等。

2. 偶见一过性白细胞升高、一过性氨基转移酶升高。

3. 长期服用可能会产生药物依赖性。

【用药指导】

1. 服用本品后必须保证有 4h 以上的睡眠时间。

2. 服药后应避免驾驶车辆、操作机械。

【制剂与规格】 片剂：5mg。胶囊剂：5mg。

【贮藏】 避光、密封，于阴凉干燥处保存。

西

药

篇

第四节　镇　痛　药

镇痛药主要作用于中枢神经系统。大多数镇痛药属于阿片类生物碱及其同类人工合成品，如吗啡、可待因、哌替啶等。它们在镇痛剂量时可选择性地减轻或缓解疼痛感觉，消除因疼痛引起的精神紧张、烦躁不安等不愉快情绪，但不影响意识、触觉、听觉等，有助于耐受疼痛。多数镇痛药连续应用可成瘾，不宜长期应用。大多数镇痛药对呼吸中枢有抑制作用，中毒剂量可因呼吸中枢抑制而死亡。本类药物多是通过激动阿片受体而产生镇痛和抑制效应的。

一、阿片类受体激动剂

吗啡（Morphine）

【**商品名或别名**】美菲康。

【**药物概述**】盐酸吗啡为阿片受体激动药，药理作用如下：①通过模拟内源性抗痛物质脑啡肽的作用，激动中枢神经阿片受体（μ、κ 及 δ 型）而产生强镇痛作用，对持续性钝痛效果强于间断性锐痛和内脏绞痛。②有较明显的镇静作用，可使患者产生欣快感，改善疼痛患者的紧张情绪。③可抑制呼吸中枢，降低呼吸中枢对二氧化碳的敏感性。④可抑制咳嗽中枢，产生镇咳作用。⑤可兴奋平滑肌，增加肠道平滑肌张力引起便秘并使胆道、输尿管、支气管平滑肌张力增加。⑥可促进内源性组胺释放而使外周血管扩张、血压下降；可使脑血管扩张，颅内压增高。⑦尚有缩瞳、镇吐等作用。

【**药动学**】本品口服后自胃肠道吸收，血药浓度不高。单次给药镇痛作用可维持 4 ~ 6h。皮下和肌内注射后吸收迅速，皮下注射30min 后即可吸收 60%。约 1/3 与血浆蛋白结合，分布于肺、肝、脾、肾等组织。可透过胎盘屏障到达胎儿体内。本品主要在肝脏代谢，经肾脏排泄，少量经胆汁和乳汁排泄。

【**用药指征**】

1. 用于使用其他镇痛药无效的急性剧痛，如严重创伤、烧伤、晚期癌症等引起的疼痛。

2. 用于心肌梗死而血压尚正常者的镇静，并减轻心脏负担。

3. 用于心源性哮喘，暂时缓解肺水肿症状。

4. 用于麻醉和手术前给药，使患者安静并进入嗜睡状态。

5. 偶用于恐惧性失眠、镇咳、止泻。

【**用法用量**】

1. 口服给药　常用量：每次 5 ~ 15mg，每日 15 ~ 60mg。极量：每次 30mg，每日 100mg。

2. 皮下注射　常用量：每次 5 ~ 15mg，每日 15 ~ 40mg。极量：

每次 20mg，每日 60mg。

3. 静脉注射

（1）镇痛：常用量每次 5～10mg。对于重度癌痛患者，首次剂量范围可较大，每日 3～6 次。

（2）静脉全麻：不应超过 1mg/kg，不够时加用作用时效短的本类镇痛药。

4. 硬膜外注射　用于手术后镇痛，自腰脊部位注入硬膜外间隙，1 次极限量为 5mg，胸脊部位应减为每次 2～3mg，按一定的间隔时间可重复给药多次。

5. 蛛网膜下隙注射　单次 0.1～0.3mg，原则上不再重复给药。

【药物相互作用】

－　与吩噻嗪类药、镇静催眠药、三环类抗抑郁药、抗组胺药、巴比妥类麻醉药（如甲己炔巴比妥、硫喷妥钠）、哌替啶、可待因、美沙酮、芬太尼等合用，本品的呼吸抑制作用会加剧和延长。

－　本品可使艾司洛尔的血药浓度升高。

＋　本品可增强香草醛类药物的抗凝血作用。

－　本品可增强硫酸镁静脉给药后的中枢抑制作用。

－　本品可增强氮芥、环磷酰胺的毒性。

－　纳洛酮与烯丙吗啡可拮抗本品的作用。

－　生长抑素、利福布汀和利福平可降低本品的疗效。

－　本品可抑制并延迟美西律的吸收。

－　本品能减弱曲伐沙星、利尿药的作用。

【禁忌证】对本品或其他阿片类药物过敏者；中毒性腹泻患者；休克尚未控制者；炎性肠梗阻患者；通气不足、呼吸抑制者；支气管哮喘患者；慢性阻塞性肺疾病患者；肺源性心脏病代偿失调者；颅内高压或颅脑损伤患者；甲状腺功能减退者；肾上腺皮质功能不全患者；前列腺肥大、排尿困难者；严重肝功能不全患者；孕妇和临盆产妇；哺乳期妇女；早产儿禁用。

【不良反应】

1. 心血管系统　可致外周血管扩张，产生直立性低血压，表现为眩晕甚至晕厥；偶可产生轻度的心动过缓或心动过速。

2. 呼吸系统 直接抑制呼吸中枢，抑制咳嗽反射，可能会导致某些患者（如开胸手术后患者）出现肺不张和感染。少见支气管痉挛和喉头水肿等。

3. 精神神经系统 可出现一过性黑矇、嗜睡、注意力分散、思维力减弱、表情淡漠、抑郁、烦躁不安、惊恐、畏惧、视力减退、视物模糊或复视，少见耳鸣，甚至可出现妄想、幻觉。

4. 胃肠道 常见恶心、呕吐（反复使用本品后，呕吐中枢受到抑制，恶心和呕吐可减轻或消除）、便秘、腹部不适、腹痛、胆绞痛、胆管内压上升等。

5. 泌尿系统 可见少尿、尿频、尿急、排尿困难。

6. 代谢或内分泌系统 长期使用本品，可致男性睾丸酮分泌减少，第二性征退化；女性排卵受影响，可出现闭经，泌乳抑制。

7. 眼 瞳孔缩小如针尖状。

8. 皮肤 偶见荨麻疹、瘙痒和皮肤水肿。

【用药指导】本品注射液不得与碱性液（氨茶碱、巴比妥类钠盐等）、溴或碘化物、碳酸氢盐、氧化剂（如高锰酸钾）、植物收敛剂、氢氯噻嗪、肝素钠、苯妥英钠、呋喃妥因、新生霉素、甲氧西林、氯丙嗪、异丙嗪、哌替啶、酮洛酸、磺胺嘧啶，铁、铝、镁、银、锌化合物等配伍，否则可致混浊和沉淀。

【制剂与规格】片剂：① 5mg；② 10mg。缓 释 片：① 10mg；②30mg。控释片：①10mg；②30mg；③60mg。注射剂：① 0.5ml：5mg；② 1ml：10mg。

【贮藏】避光、密闭、阴凉干燥处保存。

哌替啶（Pethidine）

【商品名或别名】杜冷丁，盐酸杜冷丁，度冷丁。

【药物概述】本品是目前常用的人工合成阿片类镇痛药。与吗啡相似，本品通过激动中枢神经系统的阿片 μ 及 κ 受体而产生镇痛、镇静作用，且效力约为吗啡的 1/10～1/8，但维持时间较短。本品有呼吸抑制作用，无吗啡样镇咳作用。本品能短时间提高胃肠道括约肌及平滑肌的张力，减少胃肠蠕动，但引起便秘及尿潴留的发生率低于吗啡。对胆道括约肌的兴奋作用可使胆道压力升高，亦较吗啡弱。本品有轻微的阿托品样作用，可使心率增加。

【药动学】本品口服或注射给药均可吸收。肌内注射后 10min 即出现镇痛作用，持续时间 2～4h。口服有首关效应，故血药浓度较低。本品可透过胎盘屏障。主要经肝脏代谢，经肾排泄，少量经乳汁排出。

【用药指征】

1. 用于各种剧痛，如创伤、烧伤、烫伤、手术后疼痛、内脏绞痛（与阿托品配伍应用）、分娩疼痛等。

2. 用于心源性哮喘，有利于肺水肿的消除。

3. 麻醉前用药，或作部分麻醉、静脉复合麻醉辅助用药。

4. 与氯丙嗪、异丙嗪等合用进行人工冬眠。

【用法用量】

1. 口服给药　镇痛：常用量每次 50～100mg，每日 200～400mg；极量每次 150mg，每日 600mg。

2. 皮下注射　镇痛：常用量每次 25～100mg，每日 100～400mg；极量每次 150mg，每日 600mg。2 次用药间隔不宜少于 4h。

3. 肌内注射

（1）镇痛：见皮下注射项。

（2）分娩镇痛：阵痛开始时给药，常用量为每次 25～50mg，4～6h 按需要重复。极量：每次量以 50～75mg 为限。

（3）麻醉前给药：术前 30～60min 给予 1～2mg/kg。

4. 静脉注射　镇痛：每次以 0.3mg/kg 为限。

5. 静脉滴注　麻醉维持中，按 1.2～2mg/kg 计算总用量，配成稀释液，通常按 1mg/min 给药。

6. 硬膜外注射　手术后镇痛或缓解晚期癌症患者中至重度疼痛；24h 总用量以 2.1～2.5mg/kg 为限。晚期癌症患者应个体化给药，剂量可比常规大，并可逐渐增加至疗效满意。

【药物相互作用】

＋ 巴比妥类药、吩噻嗪类药、三环类抗抑郁药、硝酸酯类抗心绞痛药等可增强本品的作用。

－ 本品可增强抗凝药（双香豆素、茚满二酮等）的作用，合用时后者应按凝血酶原时间酌减用量。

－ 纳洛酮、尼可刹米、丙烯吗啡可降低本品的镇痛作用。

【禁忌证】

中毒性腹泻患者；急性呼吸抑制、通气不足者；慢性阻塞性肺疾病患者；支气管哮喘患者；严重肺功能不全者；肺源性心脏病患者；室上性心动过速者；颅脑损伤、颅内占位性病变、颅内高压者；正使用单胺氧化酶抑制剂或停用 14 日内患者；排尿困难者禁用。

【不良反应】

1. 可出现轻度的眩晕、出汗、口干、恶心、呕吐、心动过速、直立性低血压等。

2. 可出现脑脊液压升高、胆管内压升高。静脉注射后可出现外周血管扩张、血压下降，尤其是与吩噻嗪类药物（如氯丙嗪等）以及中枢抑制药合用时。

3. 严重时可出现呼吸困难、焦虑、兴奋、疲倦、排尿困难、尿痛、震颤、发热、咽痛。

【用药指导】

1. 在疼痛原因未明确前，忌用本品，以防掩盖症状，贻误诊治。

2. 慢性重度疼痛的晚期癌症患者不宜长期使用本品。

【制剂与规格】片剂：① 25mg；② 50mg。注射剂：① 1ml：50mg；② 2ml：100mg。

【贮藏】阴凉干燥处、密闭保存。

阿法罗定（Alphaprodine）

【商品名或别名】安那度，安侬痛。

【药物概述】本品为阿片受体激动剂。其镇痛作用比吗啡迅速，但作用时间短。

【药动学】本品皮下注射 5min 即见效，可维持 2h。静脉注射后 1～2min 见效，维持 0.5～1h。本品易透过胎盘。

【用药指征】

1. 用于需短时间止痛的情况，如小手术时以及手术后的止痛。

2. 与阿托品合用于胃肠道、泌尿道等平滑肌痉挛性止痛。

【用法用量】

1. 皮下注射　每次 10～20mg，每日 20～40mg。

2. 静脉注射　每次 20mg。极量：每次 30mg，每日 60mg。

【禁忌证】对本品过敏者禁用。

【不良反应】可见眩晕、无力、多汗等。

【用药指导】本品有成瘾性，不宜久用。

【制剂与规格】注射剂：①1ml：10mg；②1ml：20mg；③1ml：40mg。

【贮藏】密闭保存。

美沙酮（Methadone）

【商品名或别名】阿米酮，美散酮，盐酸美沙酮。

【药物概述】本品为人工合成的阿片受体激动药，主要作用于 μ 受体。本品起效慢、作用时间长，适用于慢性疼痛，镇痛效力与吗啡相当；对急性创伤痛常缓不济急，故少用。本品的特点是口服有效，抑制吗啡成瘾者戒断症状时作用时间长，重复给药仍有效；耐药性及成瘾性发生较慢，戒断症状略轻，但脱瘾较难。

【药动学】本品口服吸收迅速，30min 后即可在血液中测到，约 4h 内达血药浓度峰值。皮下注射 10min 后即可出现在血浆中，皮下或肌内注射后约 1h 脑组织中达最高浓度。主要分布在肝、肺、肾和脾脏，只有少部分进入脑组织。血浆半衰期为 7.6h。本品主要在肝脏代谢，随尿排泄，少量以原形经胆汁排泄。尿液呈酸性时本品排泄增加。

【用药指征】

1. 适用于慢性疼痛，较少用于急性创伤。

2. 用于各种阿片类药物的戒毒治疗，尤其适用于海洛因依赖；也用于吗啡、阿片、哌替啶、二氢埃托啡等的依赖。

【用法用量】

1. 口服给药

（1）疼痛：常用量为每次 5～10mg，每日 10～15mg，极量为每次 10mg，每日 20mg。

（2）阿片类药物成瘾：剂量应根据戒断症状严重程度和患者身体状况及反应而定。开始剂量为 15～20mg，可酌情加量。

2. 肌内注射、皮下注射　常用量为每次 2.5～5mg，每日 10～15mg；极量为每次 10mg，每日 20mg。

【药物相互作用】

－　氟伏沙明和氟康唑可增加本品的血药浓度。

－　异烟肼、吩噻嗪类、尿液碱化剂可减少本品的排泄，合用时需酌情减量。

＋　本品与其他镇痛药、镇静催眠药、抗抑郁药等合用时，可加强这些药物的作用。

－　本品与抗高血压药合用，可致血压下降过快，严重时可发生昏厥。

－　苯妥英和利福平可加快本品代谢，合用时本品用量应增加。

－　尿液酸化剂可加快本品排泄，合用时应注意调整用量。

－　赛庚啶、甲基麦角酰胺、利福布汀、卡马西平和氯化铵可降低本品的作用。

－　本品可降低去羟肌苷的生物利用度。

【禁忌证】 对本品过敏者；呼吸功能不全者；中毒性腹泻患者；妊娠和分娩期间妇女；婴幼儿禁用。

【不良反应】

1. 可使脑脊液压升高。

2. 能促使胆道括约肌收缩，使胆管系的内压上升。

3. 可出现性功能减退，男性服用后精液少，且可有乳腺增生。

4. 可出现头痛、眩晕、恶心、出汗、嗜睡、便秘等。

5. 本品久用也能成瘾，快速和突然停药可出现戒断症状，表现为失眠、流涕、喷嚏、流泪、食欲缺乏、腹泻等。

【用药指导】

1. 本品注射液仅供皮下或肌内注射，不宜用做静脉注射。

2. 口服液或注射液与碱性液、氧化剂、糖精钠以及苋菜红等接触，药液显混浊。

3. 停用单胺氧化酶抑制剂（如呋喃唑酮，丙卡巴肼等）14～21日后，才可应用本品。

【制剂与规格】片剂：①2.5mg；②7.5mg；③10mg。口服液：①10ml：1mg；②10ml：2mg；③10ml：5mg；④10ml：10mg。注射液：1ml：5mg。

【贮藏】密闭保存。

丁丙诺非（Buprenorphine）

【商品名或别名】布诺啡，叔丁啡，盐酸丁丙诺非。

【药物概述】本品为 ν、κ 受体的部分激动剂和 δ 受体的拮抗剂，与 ν、κ 阿片受体亲和力强，解离较慢，因而镇痛作用强于哌替啶、吗啡且作用持续时间长，且本品身体依赖性和精神依赖性均低于吗啡和哌替啶。本品可置换出结合于 μ 受体的其他麻醉性镇痛药，从而产生拮抗作用。

【药动学】本品肌内注射后吸收好，很快达到峰值。舌下含片主要经舌下黏膜吸收，口服有显著的首关效应。本品进入体内后迅速分布到脑和其他组织，以脑和肝内浓度最高，可透过胎盘和血－脑脊液屏障。血浆蛋白结合率为96％。在肝脏代谢，68％由粪便排出，27％以代谢产物形式经肾脏排泄。

【用药指征】

1. 用于多种癌性疼痛、手术后疼痛、烧伤痛、脉管炎引起的肢体痛、心绞痛及其他内脏痛。

2. 用于多种阿片类药物依赖的脱毒治疗及维持治疗。

【用法用量】

1. 舌下含服　常规用法：每次 0.2 ~ 0.8mg，每隔 6 ~ 8h 1 次。

2. 肌内注射　每次 0.15 ~ 0.3mg，每隔 6 ~ 8h 1 次，或按需注射。必要时可适当增加剂量。

3. 静脉注射　缓慢推注，其余参见肌内注射项。

【药物相互作用】

　+　本品与单胺氧化酶抑制药有协同作用。

　-　与中枢神经抑制药合用，本品的呼吸抑制作用会增强。

　-　本品与其他阿片受体激动药合用，可引起后者的戒断症状。

【禁忌证】对本品过敏者禁用。

【不良反应】

1. 常见头晕、头痛、恶心、呕吐、嗜睡、便秘等。

2. 可见出汗、皮疹、肝细胞坏死或黄疸。

3. 罕见直立性低血压、晕厥、呼吸抑制。

【用药指导】

1. 本品有一定的成瘾性，应按国家对精神药品的管理条例使用。

2. 舌下含片不得咀嚼或吞服，含化期间不要吞咽。

【制剂与规格】舌下含片：① 0.2mg；② 0.4mg；③ 0.5mg；④1mg；⑤ 2mg。注射剂：① 1ml：0.15mg；② 1ml：0.3mg；③2ml：0.6mg。

【贮藏】避光、密闭保存。

二氢埃托啡（Dihydroetorphine）

【商品名或别名】双氢埃托啡。

【药物概述】本品为麻醉性镇痛药，是阿片受体激动药（尤其对 μ 受体亲和力高）。舌下给药与注射用药镇痛作用相似，镇痛相对效价约为吗啡的 1.2 万倍，但镇痛有效时间较短。本品尚有镇静、解痉和呼吸抑制作用。

【药动学】本品口服给药无效，舌下给药吸收良好，10 ~ 15min 起效，维持 3 ~ 4h；肌内注射 10min 后起效，维持 3 ~ 4h，静脉给药

2～5min 起效，维持 30～90min；皮下注射生物利用度几乎为 100%。

【用药指征】

1. 用于镇痛，如创伤性疼痛、手术后疼痛、晚期癌症疼痛及其他诊断明确的剧烈疼痛（如急腹痛），包括使用吗啡、哌替啶无效的剧痛。

2. 注射液也可用作麻醉诱导前用药、静脉复合麻醉、阻滞麻醉辅助用药。

【用法用量】

1. 舌下含服 用于镇痛，每次 20～40μg，必要时可于 3～4h 后重复用药。每次极量 60μg，每日极量 180μg，连续用药不超过 3 日。

2. 肌内注射

（1）镇痛：每次 10～20μg，必要时可于 3～4h 后重复用药。每次极量 30μg，每日极量 90μg。连续用药通常不超过 3 日。

（2）阻滞麻醉辅助用药：0.1～0.2μg/kg。

3. 静脉注射

（1）静脉全麻诱导前用药：气管插管辅助或控制呼吸下，每小时予 0.4～0.5μg/kg，手术结束前 1h 停用，总量不超过 3μg/kg。

（2）静脉复合麻醉：首次 0.3～0.6μg/kg。以后每 40～60min 追加首剂的一半，手术结束前 40min 停止用药。

4. 静脉滴注

（1）急性剧痛：0.1～0.2μg/（kg·h）。持续滴注时间不超过 24h。

（2）静吸复合麻醉：气管插管辅助或控制呼吸下，给药0.2～0.3μg/（kg·h），持续吸入氧化亚氮或低浓度恩氟烷及异氟烷。

【药物相互作用】

＋ 中枢神经系统抑制药与本品有协同作用。

－ 尼可刹米、洛贝林可部分对抗本品的呼吸抑制作用。

【禁忌证】颅脑外伤、意识障碍者；肺功能不全者；诊断不明的急腹症患者禁用。

【不良反应】

1. 可见头晕、恶心、呕吐、乏力、出汗等。

2. 偶见呼吸减慢至每分钟 10 次左右。

3. 连续多次使用可产生耐受性及依赖性（较吗啡轻），止痛持续时间也会缩短。

【用药指导】

1. 慢性疼痛和非剧烈疼痛（如牙痛、头痛、风湿痛、痔疮痛或局部组织小创伤痛等）不宜使用本品。

2. 本品片剂只可舌下含化，不可将药片吞服。

3. 严禁静脉快速推注，并随时注意呼吸变化，以免呼吸骤停。

【制剂与规格】片剂：①20μg；②40μg。注射剂：①1ml∶10μg；②1ml∶20μg。

【贮藏】密闭，遮光，于阴凉通风处保存。

羟考酮（Oxycodone）

【商品名或别名】奥施康定，氢考酮，羟氢可待因酮。

【药物概述】本品为半合成的纯阿片受体激动药，其药理作用及作用机制与吗啡相似，主要通过激动中枢神经系统内的阿片受体而起镇痛作用，镇痛效力中等。本品也可通过直接作用于延髓的咳嗽中枢而起镇咳作用。此外，本品还具有抗焦虑、镇静作用。

【药动学】本品口服吸收迅速，1h 后达最大效应，单剂作用可持续 3~4h。本品进入体内后可分布于骨骼肌、肝脏、肠道、肺、脾和脑组织中。蛋白结合率为 45%。本品在肝脏广泛代谢，代谢产物为有活性的去甲羟考酮和羟氢吗啡酮。本品主要经肾脏排泄。

【用药指征】适用于缓解中至重度疼痛，如关节痛、背痛、癌性疼痛、牙痛、手术后疼痛。

【用法用量】口服给药：

（1）一般镇痛：使用本品控释片，每 12h 1 次，剂量取决于患者疼痛严重程度和既往镇痛药用药史。①首次服用阿片类药物或曾用弱阿片类药物的重度疼痛患者，初始剂量一般为 5mg，每 12h 1

次。然后根据病情调整剂量直至理想效果。大多数患者的最高剂量：每小时200mg。②已接受口服吗啡治疗的患者，改用本品的日剂量换算比例为：口服本品10mg相当于口服吗啡20mg。

（2）术后疼痛：使用本品复方胶囊，每次1~2粒（每粒含羟考酮5mg、对乙酰氨基酚500mg），间隔4~6h可重复用药。

【药物相互作用】

＋ 本品与中枢神经抑制药［如镇静药（如地西泮）、催眠药、全身麻醉药、吩噻嗪类药、中枢性止吐药］合用时，可加强中枢抑制作用。

＋ 本品与抗抑郁药、降压药合用具有叠加作用。

＋ 单胺氧化酶抑制剂可使本品作用增强。

－ 利福平为细胞色素P-450诱导药，可使本品经肝脏的代谢增加、血药浓度降低。

－ 阿片受体拮抗药（除纳曲酮外）与本品合用时，可减弱本品的镇痛效力和（或）促发戒断症状，两者合用时应谨慎。

【禁忌证】对本品过敏者；可疑或确诊的麻痹性肠梗阻患者；慢性支气管哮喘或慢性阻塞性呼吸道疾病者；高碳酸血症患者；明显呼吸抑制者（包括缺氧性呼吸抑制）；颅脑损伤者；急腹症患者；胃排空延迟者；肺源性心脏病患者；中重度肝功能障碍者；重度肾功能障碍者；慢性便秘者；孕妇及哺乳期妇女禁用。

【不良反应】

1. 心血管系统　偶见血管扩张，可出现低血压（包括直立性低血压）。罕见面红、心悸、室上性心动过速。

2. 精神神经系统　常见头晕、头痛、嗜睡、乏力。偶见紧张、失眠、意识模糊、感觉异常、焦虑、抑郁、恶梦，思维异常等，罕见眩晕、抽搐、定向障碍、情绪改变、幻觉、激动、遗忘、感觉过敏、不适、言语障碍、震颤、晕厥。

3. 代谢或内分泌系统　常见口干、多汗。偶见发热、寒战。罕见脱水、水肿（如外周性水肿）。

4. 呼吸系统　偶见呼吸困难。罕见支气管痉挛。

5. 肌肉骨骼系统　罕见张力异常（过高或过低）、肌肉不自主收缩。

6. 泌尿生殖系统　可见排尿困难、输尿管痉挛。罕见闭经、性欲减退、阳痿。

7. 消化系统　常见便秘（缓泻药可预防）、恶心（可用止吐药治疗）、呕吐（可用止吐药治疗）。可见胆道痉挛、血清淀粉酶一过性升高。偶见畏食、腹泻、腹痛、消化不良、呃逆。罕见胃炎、吞咽困难、嗳气、肠梗阻、味觉异常、口渴。

8. 皮肤　偶见皮疹。罕见皮肤干燥、荨麻疹。

9. 眼　罕见视觉异常、瞳孔缩小和绞痛。

10. 其他　罕见过敏反应、戒断综合征。

【用药指导】

1. 停用控释型制剂时，应逐渐减量，以免发生戒断症状。

2. 手术前或手术后24h内不宜使用。

3. 控释型制剂只能整片（粒）吞服，不能咀嚼或研磨后服用。

4. 本品可引起嗜睡，用药期间从事机械操作或驾车时应小心。

5. 癌症、慢性疼痛：使用本品复方胶囊，每次1~2粒，每日3次。

【制剂与规格】片剂：5mg。控释片：①5mg；②10mg；③20mg；④40mg。

【贮藏】不超过25℃处保存。

曲马朵（Tramadol）

【商品名或别名】曲马多，奥多，舒敏，倍平。

【药物概述】本品为非阿片类中枢性镇痛药，临床镇痛效果个体差异性较大。本品作用强度为吗啡的1/8~1/10。本品尚有镇咳作用，强度为可待因的50%。不影响组胺释放，也无致平滑肌痉挛的作用。

【药动学】本品口服几乎完全吸收，肌内注射与口服给药同效，血药浓度差异很小。本品口服后具有较高的组织亲和力，在肺、脾、肝和肾中含量最高，可透过胎盘。药物在肝脏代谢，主要经尿排出，也可经乳汁排出。

【用药指征】

1. 用于各种中、重度急慢性疼痛，如癌症疼痛、术前术后疼痛、心脏病突发性疼痛、关节痛、神经痛、分娩痛、骨折和肌肉骨骼疼痛、创伤和劳损性疼痛、牙痛等。

2. 也可用于肾结石和胆结石体外电击波碎石术中的重要辅助用药。

【用法用量】

1. 口服给药　单次剂量为 50～100mg，必要时 4～6h 可重复使用。连续用药不超过 48h，累计用量不超过 800mg。

2. 肌内注射、皮下注射　每次 50～100mg，必要时可重复。

3. 静脉注射　每次 100mg，缓慢注射。

4. 静脉滴注　每日 100～200mg，以 5% 或 10% 的葡萄糖注射液稀释后滴注。

5. 直肠给药　使用栓剂，用量同口服给药项。

【药物相互作用】

－　奎尼丁、利托那韦克抑制或减少本品的代谢，增加本品的血药浓度和潜在的不良反应。

－　本品与苯海拉明合用可增强中枢抑制作用。

＋　本品与中枢抑制药合用时，镇静和镇痛作用增强。

＋　本品可延长巴比妥类药物的麻醉持续时间。

－　卡马西平可降低本品的血药浓度。

－　纳洛酮可消除本品的镇痛作用。

－　本品与华法林、苯丙羟香豆素合用可增加出血的危险。

－　本品与单胺氧化酶抑制药合用，可引起躁狂、昏迷、惊厥，甚至严重的呼吸抑制导致死亡。

【禁忌证】对本品过敏者；乙醇、镇静药、镇痛药、其他中枢神经系统药物急性中毒患者；严重颅脑损伤、意识模糊、呼吸抑制者；正使用单胺氧化酶抑制药患者禁用。

【不良反应】

1. 常见出汗、嗜睡、头晕、恶心、呕吐、食欲减退及排尿困难等。

2. 少见心悸、心动过缓、直立性低血压或循环性虚脱。偶见胸闷。

3. 极少见乏力、情绪改变、认知和感知改变。

4. 静脉注射过快可出现面部潮红、多汗和一过性心动过速。

【用药指导】

1. 本品用于镇痛时宜用最低剂量，且不宜用于轻度疼痛。

2. 本品不宜长期使用。

3. 用药期间不宜驾驶和操作机械。

4. 本品对呼吸和心血管系统影响较小，较适用于老年人和患有呼吸道疾病患者的镇痛，用于急性胰腺炎患者的镇痛较安全。

【制剂与规格】片剂：50mg。缓释片：100mg。胶囊剂：50mg。缓释胶囊：100mg。滴剂：1ml：100mg。栓剂：100mg。注射剂：①2ml：50mg；②2ml：100mg。

【贮藏】避光、阴凉干燥处，密闭保存。

布桂嗪（Bucinnazine）

【商品名或别名】布桂利嗪，强痛定，盐酸强痛定。

【药物概述】本品为速效镇痛药，镇痛效果为吗啡的 1/3，但比解热镇痛药强。对皮肤、黏膜和运动器官的疼痛有明显的抑制作用，对内脏器官疼痛的镇痛效果较差。本品成瘾性较吗啡弱，但有不同程度的耐受性。本品尚有中枢抑制、镇咳、降压、增加下肢及脑血流量、抗组胺和麻醉等作用。

【药动学】本品口服后易吸收，口服后 10～30min 或皮下注射 10min 起效，镇痛效果维持 3～6h。本品体内代谢有明显种族差异，主要以代谢产物的形式从尿和粪便中排出。

【用药指征】适用于神经痛、偏头痛、炎症性头痛、痛经、关节痛、手术后疼痛、外伤性疼痛、牙痛及癌性疼痛等。

【用法用量】

1. 口服给药　每次 30～60mg，每日 90～180mg。

2. 皮下注射、肌内注射　每次 50～100mg，每日 1～2 次。

【不良反应】偶见恶心、眩晕、困倦、黄视、全身发麻等，停药后可消失。

【制剂与规格】片剂：①30mg；②60mg。注射剂：①2ml：50mg；②2ml：100mg。

【贮藏】避光、阴凉干燥处密闭保存。

布托啡诺（Butorphanol）

【商品名或别名】诺杨。

【药物概述】本品为合成的阿片受体激动－拮抗药，本品镇痛作用较强，同等剂量下，其镇痛效力为吗啡的 5～8 倍，哌替啶的 30～50 倍。镇咳作用亦较强，为可待因的 10 倍，且作用持久。此外本品还具有一定的麻醉拮抗作用。

【药动学】本品口服后经胃肠道吸收良好，但首关效应明显，生物利用度为 5%～17%。肌内注射后吸收迅速而完全，10min 起效，30～60min 血药浓度达峰值。静脉注射后 1min 起效，4～5min 达最大效应。本品在肝脏广泛代谢，主要经肾排泄，约有 11%～14% 可由胆汁排出。

【用药指征】

1. 用于缓解中至重度疼痛，如癌性疼痛、手术后疼痛、外伤及平滑肌痉挛引起的疼痛等。

2. 用于各种原因引起的干咳。

【用法用量】

1. 口服给药　每次 4～16mg，每 3～4h 1 次。

2. 肌内注射

（1）镇痛：每次 1～2mg，必要时每 3～4h 重复给药 1 次。

（2）麻醉前给药：于手术前 60～90min，肌内注射 2mg。

3. 静脉注射　每次 0.5～2mg。

4. 经鼻给药 每次 1~2mg，每日 3~4 次。

【药物相互作用】

＋ 本品与中枢神经系统抑制药合用时，中枢抑制作用增强。

－ 纳洛酮可拮抗本品的呼吸抑制作用。

【禁忌证】对本品过敏者及 18 岁以下患者禁用。

【不良反应】

1. 心血管系统 常见血管舒张、心悸，还可见低血压、晕厥。

2. 中枢神经系统 常见嗜睡、头晕、虚弱、头痛、焦虑、意识模糊、欣快、失眠、神经质、感觉异常、震颤等。

3. 呼吸系统 常见支气管炎、咳嗽、呼吸困难、鼻出血、鼻充血、咽炎、鼻炎、上呼吸道感染。

4. 泌尿系统 可见排尿障碍。

5. 胃肠道 常见恶心、呕吐、畏食、口干、味觉异常、便秘、胃痛。

6. 皮肤 常见热感、多汗或湿冷、瘙痒，其他可见皮疹或风团。

7. 其他 可见视物模糊、耳痛、耳鸣。

【用药指导】

1. 本品可引起嗜睡，用药期间不宜从事机械操作或驾驶。

2. 用药期间避免饮酒。

【制剂与规格】片剂：4mg。注射剂：①1ml：1mg；②1ml：2mg；③1ml：4mg。鼻喷剂：2.5ml：25mg。

【贮藏】密闭、避光保存。

美普他酚（Meptazinol）

【商品名或别名】消痛定，甲氮草酚。

【药物概述】本品化学结构与吗啡相似，是阿片 μ 受体激动剂，还是 μ 受体拮抗剂。为强效镇痛剂，对呼吸抑制作用较弱。

【药动学】本品口服、肌内注射及直肠给药吸收迅速、完全。口服有首关效应。95% 经肝脏代谢，24h 内 60% 以上从尿排泄。半衰期为 3.5~5h，血浆蛋白结合率为 27%，可以透过胎盘屏障。

【用药指征】主要用于中等强度疼痛，外伤、术后、产科疼痛及肾绞痛。

【用法用量】

1. 口服给药　每 1h 20mg。

2. 肌内注射　每次 75～100mg，需要时 2～4h 重复使用。

3. 静脉注射　每次 50～100mg，需要时 2～4h 重复 1 次。

【药物相互作用】

－　纳洛酮可对抗本品的呼吸抑制作用。

－　本品不宜于碱性药物合用。

【禁忌证】孕妇及哺乳期妇女禁用。

【制剂与规格】片剂：200mg。注射剂：1ml：100mg。

【贮藏】密闭保存。

二、非麻醉性镇痛药

喷他佐辛（Pentazocine）

【商品名或别名】镇痛新，盐酸喷他佐辛，镇痛灵。

【药物概述】本品为阿片受体部分激动药，作用于 κ 受体，大剂量时有轻度竞争性拮抗吗啡的作用，主要用于镇痛。本品镇痛效果为吗啡的 1/3，呼吸抑制作用约为吗啡的 1/2。

【药动学】本品口服及注射给药均易吸收。口服首关效应明显，1h 后发挥作用，1～3h 达血药浓度峰值，血浆蛋白结合率约为 60%，主要在肝脏代谢，肾脏排泄。

【用药指征】适用于各种剧烈及（或）顽固性疼痛的镇痛。

【用法用量】

1. 口服给药　每次 25～50mg。必要时每 3～4h 1 次。

2. 肌内注射、静脉注射、皮下注射　每次 30mg。必要时每 3～4h 1 次。

【药物相互作用】

＋　本品可使环孢素血药浓度增加。

- 吗啡拮抗药可降低本品的疗效，并可促发戒断综合征。

- 本品可减弱吗啡的镇痛作用。

【禁忌证】 对本品、纳洛酮及吗啡过敏者；急性酒精中毒及震颤性谵妄患者；不明原因的急腹症患者；惊厥患者禁用。

【不良反应】

1. 可见恶心、呕吐、出汗、眩晕、便秘、兴奋、幻视、嗜睡、噩梦、思维障碍及发音困难等，甚至可出现癫痫大发作性抽搐。

2. 大剂量用药时可引起呼吸抑制、血压升高和心动过速等。

【用药指导】

1. 本品与头孢哌酮呈配伍禁忌。

2. 肌内注射宜变换部位进行，注射后患者应平卧半小时。

3. 用药期间不应驾车或操纵机器。

4. 患者对本品产生依赖性，应逐渐减量至停药。

【制剂与规格】 片剂：①25mg；②50mg。注射剂：①1ml：15mg；②1ml：20mg。

【贮藏】 密闭，阴凉干燥处保存。

四氢帕马丁（Tetrahydropalmatine）

【商品名或别名】 硫酸四氢帕马丁，延胡索乙素。

【药物概述】 本品为非麻醉性镇痛药，其镇痛作用比哌替啶弱，比解热镇痛药强。本品对慢性持续性疼痛及内脏钝痛效果较好，对急性锐痛及晚期癌痛效果较差。

【药动学】 本品口服经胃吸收良好，镇痛作用 10～30min 出现，可持续 3～5h。本品在脂肪组织中分布最多，肺、肝、肾次之。主要经肾排泄。

【用药指征】

1. 用于消化系统疾病等内科疾病引起的钝痛。

2. 也可用于一般性头痛、脑震荡后疼痛、痛经、分娩痛及分娩后宫缩痛。

3. 还可用于紧张性疼痛或因疼痛所致的失眠。

【用法用量】

1. 口服给药

（1）镇痛：每次 100～150mg，每日 2～4 次。

（2）痛经：每次 50mg。

（3）催眠：每次 100～200mg。

2. 皮下注射　镇痛：每次 60～100mg。

【药物相互作用】

　+　东莨菪碱可增强本品引起僵住的作用。

　−　毒扁豆碱可降低本品引起僵住的作用。

【不良反应】 常见嗜睡，偶见眩晕、乏力、恶心、血压降低、心率减慢等。

【用药指导】

1. 用药期间不要驾驶及操作机械。

2. 本品有一定的耐受性。

【制剂与规格】 片剂：50mg。注射剂：① 2ml:60mg；② 2ml:100mg。

【贮藏】 避光，密闭保存。

奈福泮（Nefopam）

【商品名或别名】 平痛新。

【药物概述】 本品为一种新型镇痛药，不具有非甾体抗炎药的特性，亦非阿片受体激动剂。对中、重度疼痛有效，肌内注射本品 20mg 相当于 12mg 吗啡效应，对呼吸、循环系统无作用。

【药动学】 本品口服 15～30min 后迅速吸收，但首关作用明显。肌内注射达峰时间为 1.5h，由肝脏代谢失活，无耐受和依赖性。

【用药指征】

1. 用于术后止痛、癌痛、急性外伤痛。

2. 亦用于急性胃炎、胆道蛔虫症、输尿管结石等内脏平滑肌绞痛。

3. 局部麻醉、针麻等麻醉辅助用药。

【用法用量】

1. 口服给药　每次 20~60mg，每日 60~180mg。

2. 肌内注射、静脉注射　每次 20mg，必要时每 3~4h 1 次。

【禁忌证】严重心血管疾病、心肌梗死或惊厥者禁用。

【不良反应】常见嗜睡、恶心、出汗、口干、头晕、头痛等，少见皮疹、厌食、欣快和癫痫发作。

【制剂与规格】片剂：20mg。胶囊剂：20mg。注射剂：2ml：20mg。

【贮藏】密闭保存。

氢麦角胺（Dihydroergotamine）

【商品名或别名】二氢麦角胺，甲磺酸双氢麦角胺，赛格乐。

【药物概述】本品具有 α 肾上腺素受体阻断作用，对血管运动中枢的抑制作用比麦角胺强，对脑血管具有选择性松弛作用，能缓解脑血管痉挛。本品还可使扩张的颈外动脉血管收缩并降低其搏动的幅度。

【药动学】本品口服有首关作用，生物利用度低。肌内注射后 15~30min 起效，作用维持 3~4h。本品在肝脏广泛代谢，主要随粪便排泄，也可通过乳汁排泄。

【用药指征】主要用于偏头痛急性发作及血管性头痛。

【用法用量】

1. 口服给药　每次 1~3mg，每日 2~3 次。

2. 肌内注射　每次 1~2mg，每日 1~2 次。

【药物相互作用】

－　本品与可卡因、肾上腺素、去甲肾上腺素、利多卡因、氯雷他定、米多君、伪麻黄碱等药联用，可因协同作用而使血压骤升。

－　本品与佐米曲坦、琥珀酸舒马坦、利扎曲坦、那拉曲坦联用，可因协同作用而致血管痉挛反应延长。

【禁忌证】对麦角生物碱过敏者；孕妇及哺乳期妇女禁用。

【不良反应】可见恶心、呕吐、腹泻、浮肿等。

1. 本品口服吸收不佳，故治疗偏头痛时多采取注射，但冠心病患者应口服给药。

2. 应避免持续使用本品。

【制剂与规格】片剂：1mg。注射剂：1ml∶1mg。

【贮藏】密闭保存。

麦角胺（Ergotamine）

【商品名或别名】酒石酸麦角胺碱。

【药物概述】本品主要通过直接收缩平滑肌，使扩张的颅外动脉收缩。本品可使脑动脉血管的过度扩张与搏动恢复正常，从而减轻头痛。另外，本品也可兴奋子宫平滑肌，有催产作用。

【药动学】本品口服后经胃肠道吸收不佳且不规则。直肠给药或吸入给药可增加本品的吸收率和（或）吸收程度。皮下注射也比口服给药效果好。本品在肝脏代谢，主要经胆汁排泄，少量以原形随尿及粪便排出。

西
药
篇

【用药指征】

1. 主要用于偏头痛，能缓解其症状。

2. 也可用于其他神经性头痛。

【用法用量】

1. 口服给药　每次 1～2mg，每日不超过 6mg。

2. 皮下注射　每次 0.25～0.5mg。

【药物相互作用】

＋　本品与咖啡因合用有协同作用，可提高疗效，减少不良反应。

＋　与硝酸甘油、戊四硝酯、硝酸异山梨酯、单硝酸异山梨酯等合用，本品的生物利用度提高。

－　本品与普萘洛尔、噻马洛尔等合用，可导致外周缺血。

－　本品与四环素、红霉素、克拉霉素、安普那韦、利托那韦等合用，可引起急性麦角中毒。

－　本品能减弱他克莫司的代谢。

【禁忌证】对本品过敏者；甲状腺功能亢进者；肝功能不全者；肾功能不全者；孕妇；哺乳期妇女禁用。

【不良反应】

1. 常见（手、趾、脸部）麻木和刺痛感，下肢肿胀，恶心及呕吐。

2. 少见焦虑、精神紊乱、幻觉、胸痛、胃痛、胃胀气等。

【用药指导】

1. 本品不能预防和根治偏头痛，通常宜在头痛发作时短期使用。

2. 如果出现肢端麻木或刺痛感，应停药。

【制剂与规格】片剂：① 0.5mg；② 1mg。

【贮藏】密闭保存。

麦角胺咖啡因（Ergotamine and Caffeine）

【商品名或别名】麦加。

【药物概述】本品为酒石酸麦角胺和咖啡因的复方制剂。麦角胺是一种 α 肾上腺素受体阻断药，直接兴奋外周和脑血管的平滑肌，抑制血管舒缩中枢，使血管收缩，脑动脉的过度扩张与搏动恢复正常，从而使头痛减轻。麦角胺还可拮抗 5－羟色胺受体。咖啡因也可收缩脑血管，降低脑血流，与麦角胺合用有协同作用。

【药动学】麦角胺口服吸收少而不规则，与咖啡因合用可增加麦角胺的溶解度，促进麦角胺的吸收。口服后 1～2h 起效，0.5～3h 达血药浓度峰值。本品在肝脏代谢，90% 转化为代谢物并随胆汁排出，少量原形物随尿及粪便排出。

【用药指征】

1. 主要用于偏头痛发作早期，减轻头痛。

2. 也可用于血管扩张性头痛、组胺引起的头痛。

【用法用量】口服给药：每次 1～2 片，在偏头痛发作时立即服用。如 30～60min 后症状不能缓解，可再服 1～2 片。每日极量为 6 片，每周极量为 10 片。

【药物相互作用】

+ 异烟肼和甲丙氨酯能使咖啡因增效。

− 口服避孕药可能降低咖啡因的清除率。

+ 余参见"麦角胺"。

【禁忌证】对本品过敏者；肝、肾功能不全者；冠心病患者；高血压患者；心绞痛患者；闭塞性血管病患者；活动期溃疡病患者；甲状腺功能亢进患者禁用。

【不良反应】

1. 心血管患者　偶见脉搏微弱、心前区疼痛，少见或罕见胸痛。大剂量时可出现暂时性心律失常。

2. 精神神经系统　常见手、趾、脸部麻木和刺痛感，可见四肢乏力，偶见感觉异常，少见或罕见焦虑、意识模糊，幻视。

3. 代谢或内分泌系统　常见脚和下肢肿胀。

4. 肌肉骨骼系统　常见肌肉疼痛。

5. 胃肠道　可见腹痛、腹泻，少见或罕见胃痛、气胀。

6. 皮肤　大剂量时可出现瘙痒。

7. 其他　长期使用可产生精神依赖，突然停药可出现反跳性头痛。

【用药指导】

1. 本品无预防和根治偏头痛作用，只宜头痛发作时短期使用。

2. 本品在偏头痛刚发作时立即服用效果佳，在有先兆时服用效果最佳。偏头痛发作后不宜服用本品。

【制剂与规格】片剂：每片含酒石酸麦角胺 1mg，咖啡因 100mg。

【贮藏】密闭、避光，置阴凉干燥处保存。

佐米曲普坦（Zolmitriptan）

【商品名或别名】帝宁，天疏，佐米曲坦。

【药物概述】本品是选择性 5 − HT_{1D} 或 5 − HT_{1B} 受体激动剂，通过激动颅内血管和三叉神经系统感觉神经上的 5 − HT_{1D} 或 5 − HT_{1B} 受体，引起颅内血管收缩并抑制前炎症神经肽的释放。

【药动学】本品口服吸收迅速，不受食物影响。1h 内可达血药浓度峰值的 75%，维持 4~6h。本品主要经肝脏代谢，经肾脏排泄。

【用药指征】用于中、重度偏头痛急性发作的治疗。

【用法用量】口服给药：每次 2.5mg。如 24h 内症状持续或复发需多次服药时，2 次之间至少应间隔 2h。建议 24h 内总量不超过 15mg。

【药物相互作用】

+　与吗氯贝胺合用，本品作用增强。

−　西咪替丁可抑制本品的代谢。

−　普萘洛尔可抑制本品的代谢，增加本品的不良反应。

−　与炔雌醇、依托孕烯、左炔诺孕酮、炔诺酮合用时本品的血药峰值浓度和曲线下面积均增加，半衰期延长。

【禁忌证】对本品过敏者；脑血管疾病患者；偏瘫性或基底动脉性偏头痛患者；症状性帕金森综合征患者；冠状动脉血管痉挛患者禁用。

【不良反应】

1. 精神神经系统　常见头晕、嗜睡、温热感、无力。

2. 肌肉骨骼系统　可见肌痛、肌肉无力。

3. 胃肠道　常见恶心、口干。

【用药指导】

1. 本品应在偏头痛发作后应尽快使用。

2. 服用本品后不宜驾驶车辆或操纵机械。

3. 本品不作为偏头痛的预防性药物，仅应用于已诊断明确的偏头痛患者。

【制剂与规格】片剂：2.5mg。胶囊剂：2.5mg。

【贮藏】密闭，阴凉干燥处保存。

舒马普坦（Sumatriptan）

【商品名或别名】琥珀酸舒马普坦，舒马坦，尤舒。

【药物概述】本品具有颅脑血管收缩、周围神经元抑制和三叉神经－颈复合体神经元传导抑制的作用，从而可抑制获得伤害性三叉神经传入效应，起到控制偏头痛发作的作用。

【用药指征】适用于急性发作的有或无先兆的中、重度偏头痛和丛集性头痛，但不用于预防。

【用法用量】

1. 口服给药　推荐剂量为 50mg，最大 100mg。

2. 皮下注射　每次 6mg，最大剂量为每日 12mg。

【药物相互作用】

－　与麦角碱类药物合用可以引起血管痉挛效应延长。

＋　与 5－羟色胺再摄取抑制药（西肽普兰、氯伏胺、依地普仑、非莫西汀、氟西汀、帕罗西汀、舍曲林、文拉法辛）合用，药理作用累加。

【禁忌证】对本品过敏者；有缺血性心脏病、缺血性脑血管疾病和缺血性周围血管病等疾病患者；家族性偏瘫型偏头痛和椎基底动脉型偏头痛患者；严重肝功能损害的患者禁用。

【不良反应】

1. 心血管系统　有急性心肌梗死、致命性心律失常、冠状动脉痉挛，发生率较低。

2. 神经系统　可有脑出血、蛛网膜下腔出血、脑梗死以及胸、颈、喉等部位的疼痛或紧缩感或压迫感等。较少见眩晕、倦怠、偏头痛、头痛等。

3. 消化系统　较少见恶心、呕吐、唾液分泌减少等。

4. 呼吸系统　偶见鼻窦炎、过敏性鼻炎、上呼吸道感染等症状。

5. 过敏反应　个别患者可发生过敏反应。

6. 其他　可有面部潮红、发热或发冷；较少发生疲劳；偶见耳鸣、视觉变化、畏光、肌痛、生长激素分泌增加、出汗以及烧灼感和麻木感等。

【用药指导】

1. 本品不能长期应用或作为预防应用。

2. 使用本品必须明确诊断，要排除其他潜在的神经系统疾病。

3. 本品应避免肌内和静脉注射。

4. 用药后不宜驾驶和操作机械。

【制剂与规格】片剂：①25mg；②50mg；③100mg。注射剂：0.5ml∶6mg。鼻喷剂：①5mg；②20mg。

【贮藏】避光、避热保存。

氯唑沙宗（Chlorzoxazone）

【商品名或别名】氯羟苯噁唑，肌柔。

【药物概述】本品为中枢性肌松药，不直接对肌肉产生作用。可能作用于中枢神经系统的多突触通道，从而发挥松弛肌肉的作用，对骨骼肌有解痉作用。

【药动学】本品经消化道迅速吸收。分布于肌肉、肾、肝、脑和脂肪，其中肝、肌肉、脑等器官中药物不到血药浓度的一半，而脂肪中的浓度是血药浓度的2倍。本品迅速代谢，经肾排泄，半衰期为66min。

【用药指征】

1. 用于各种急慢性软组织扭伤或挫伤、肌肉劳损引起的疼痛、运动后肌肉酸痛。

2. 用于中枢神经病变引起的肌肉痉挛及慢性筋膜炎等。

【用法用量】口服给药：每次200～400mg，每日3次。

【药物相互作用】

＋ 中枢神经系统抑制剂（如催眠药、抗焦虑药、抗精神病药）、单胺氧化酶抑制药可增强本品的作用。

【禁忌证】对本品过敏或不耐受患者禁用。

【不良反应】常见嗜睡，偶见头痛、胃肠道刺激；也可见胃肠道出血、过敏及肝功能异常等。

【用药指导】

1. 本品宜饭后服用。

2. 服药后代谢物可使尿液呈橙色。

3. 服药期间应避免驾车、登高、操作精密仪器等。

4. 出现肝功能异常应停药。

【制剂与规格】片剂：① 200mg；② 250mg；③ 500mg。胶囊剂：200mg。

【贮藏】避光、密闭保存。

苯噻啶（Pizotifen）

【商品名或别名】苯噻唑，马来酸苯噻啶，苹果酸苯噻啶。

【药物概述】本品为抗偏头痛药，具有较强的抗5－羟色胺、抗组胺作用及较弱的抗胆碱作用。此外本品还有镇静、抗抑郁、增进食欲和增加体重的作用。

【药动学】本品口服在胃肠道吸收良好。主要在肝脏代谢。超过50%的本品经肾脏排泄，也可随粪便排泄，半衰期为23h。

【用药指征】

1. 主要用于预防和治疗偏头痛。

2. 可用于血管神经性水肿、红斑性肢痛症。

3. 可用于急、慢性荨麻疹，皮肤划痕症等。

4. 可用于房性、室性期前收缩。

【用法用量】口服给药：防治偏头痛：每次0.5~1mg，每日1~3次。房性及室性期前收缩：每次0.5mg，每日3次。

【药物相互作用】

－ 本品与普鲁卡因合用，有相加的抗迷走神经效应。

－ 本品可降低西沙必利的疗效。

－ 本品可降低胍乙啶的降压作用。

【禁忌证】青光眼患者；尿闭患者；前列腺增生患者；孕妇禁用。

【不良反应】

1. 常见嗜睡、体重增加及乏力。

2. 可见头痛、抑郁、视物模糊、水肿、腹泻和食欲增加等。

3. 偶见头晕、恶心、面红、口干及肌肉痛等。

【用药指导】

1. 本品和牛奶或与食物同服可避免胃部刺激。

2. 用药期间避免驾驶机械和高空作业。

3. 本品不宜与单胺氧化酶抑制剂合用。

【制剂与规格】 片剂：0.5mg。

【贮藏】 密闭、避光贮存。

第五节　治疗缺血性脑血管疾病药

一、抗血小板药

阿司匹林（Aspirin）

【商品名或别名】 拜阿司匹灵，巴米尔，益欣雪，乙酰水杨酸。

【药物概述】 本品可使血小板的环氧合酶乙酰化，减少血栓素A_2（TXA_2）的生成，对TXA_2诱导的血小板聚集产生不可逆的抑制作用；对ADP或肾上腺素诱导的Ⅱ相聚集也有阻抑作用；并可抑制低浓度胶原、凝血酶、抗体-抗原复合物、某些病毒和细菌所致的血小板聚集和释放反应及自发性聚集，减少血栓形成。此外，本品通过抑制前列腺素合成，产生解热、镇痛、抗炎、抗风湿作用。

【药动学】 本品口服吸收完全、迅速。吸收后分布于各组织中，也能渗入关节腔和脑脊液中，并可通过胎盘屏障。本品大部分在胃肠道、肝及血液内很快水解为水杨酸盐，然后在肝脏代谢，从肾脏排泄。

【用药指征】

1. 抑制血小板聚集。

2. 解热、镇痛。

3. 抗炎、抗风湿。

4. 可用于治疗胆道蛔虫症。

5. 可用于治疗X线照射或放疗而引起的腹泻。

6. 儿科用于皮肤黏膜淋巴结综合征的治疗。

7. 粉末外用可治足癣。

【用法用量】

1. 口服用药

（1）抑制血小板聚集：通常为每次 80～300mg，每日 1 次。

（2）解热、镇痛：每次 300～600mg，每日 3 次，必要时可每 4h1 次，但 24h 内不超过 2000mg。

（3）抗风湿：每日 3000～6000mg，分 4 次服用。

（4）治疗胆道蛔虫病：每次 1000mg，每日 2～3 次，连用2～3 日。

（5）治疗 X 线照射或放疗引起的腹泻：每次 600～900mg，每日 4 次。

2. 直肠给药　解热镇痛：每次 300～500mg，若发热或疼痛持续不缓解，可每 4～6h 重复给药 1 次，但 24h 不应超过 2000mg。

3. 外用　足癣：先用温开水或 1∶5000 的高锰酸钾溶液洗涤患处，然后用本品粉末撒布与患处，通常需治疗 2～4 次。

【药物相互作用】

＋　甲氧氯普胺可增加本品的吸收。

－　本品可增加氨基糖苷类抗生素的血药浓度。

－　本品可加强、加速胰岛素或某些降糖药的降血糖作用。

＋　本品可增强其他水杨酸类药、甲氨蝶呤、巴比妥类药物及苯妥英的作用。

＋　本品可增强含可的松或可的松类似物的药物的作用。

－　尿碱化药、抗酸药可促进本品经尿排泄使血药浓度下降。

－　本品可降低降压药和利尿药的作用。

－　本品与其他非甾体抗炎镇痛药（除水杨酸类药）合用，后者生物利用度降低，且胃肠道不良反应增加且增加出血的危险。

－　与丙磺舒合用，可使本品的血药浓度升高。

－　与抗凝药、溶栓药及其他可引起血小板减少，血小板聚集功能降低或胃肠道溃疡出血的药物同用，有加重凝血障碍并增加出血危险。

— 本品可使锂盐和地高辛中毒的危险性增加。

【禁忌证】 对本品过敏者，或有其他非甾体类抗炎药过敏史者；消化性溃疡病患者、活动性溃疡病患者及其他引起的消化道出血者；血友病或血小板减少症患者；哮喘患者；孕妇；哺乳期妇女禁用。

【不良反应】

1. 胃肠道　本品对胃黏膜有直接刺激作用，胃肠道不良反应最常见，表现为恶心、呕吐、上腹部不适或疼痛等。长期或大剂量服用可引起胃肠道溃疡、出血、穿孔或血色素下降。少部分人出现大便潜血。

2. 血液　长期使用本品可使凝血因子 II 减少，凝血时间延长，出血倾向增加。

3. 心血管　剂量超过每日 1g，偶见收缩压和舒张压轻度升高。

4. 中枢神经系统　出现可逆性耳鸣、听力下降、头晕、头痛、精神障碍。

5. 肝　肝功能损害与剂量大小有关，损害是可逆性的，停药后可恢复。可见肝酶谱升高。

6. 肾　肾功能损害与剂量大小有关，损害是可逆性的，停药后可恢复。

7. 呼吸系统　可导致严重的哮喘和鼻息肉。

8. 代谢或内分泌系统　①小剂量用药能引起血浆皮质激素浓度受抑制，血浆胰岛素浓度升高及尿酸的排泄减少，使患者可出现痛风发作；中至大剂量用药可引起糖尿病患者的血糖降低；大剂量用药能引起血清胆固醇浓度受抑制。②可引起基础代谢、氧耗量和 CO_2 的排出量增加，以及在三羧酸循环中引起有机酸氧化代谢产物的聚集。③治疗剂量下可引起胶原酶抑制，使正常创伤痊愈时间延缓。④还可引起维生素 C 的代谢利用受干扰。

9. 过敏反应　表现为哮喘、支气管痉挛、荨麻疹、血管神经性水肿或休克。

【用药指导】

1. 本品应与食物同服或用水冲服，以减少对胃肠道的刺激。

2. 本品肠溶缓释片不适用于急性心肌梗死患者的紧急应用。

3. 用于解热时应多喝水，以便排汗和降温。

4. 在服本品前 30min 给予硫糖铝，有防止胃黏膜受损的作用，但两者同时服用，则无此作用。

【制剂与规格】 片剂：①25mg；②50mg；③100mg；④ 200mg；⑤300mg；⑥500mg。栓剂：①100mg；②300mg；③ 450mg。

【贮藏】 避光，密闭保存。

奥扎格雷（Ozagrel）

【商品名或别名】 洲帮，泉迪，晴尔。

【药物概述】 本品能选择性的抑制血栓烷合成酶，从而抑制血栓烷 A_2 的产生和促进前列环素的产生，改善两者间的平衡，最终抑制血小板聚集和减轻血管痉挛，改善大脑局部缺血时的微循环和能量代谢障碍。

【药动学】 本品单次静脉注射后，在血中的清除较快。连续静脉注射后，2h 达稳态血药浓度。药物大部分在 24h 内随尿液排泄。

【用药指征】

1. 用于治疗急性血栓性脑梗死和脑梗死伴发的运动障碍。

2. 改善蛛网膜下腔出血手术后的脑血管痉挛状态及伴发的脑缺血症状。

【用法用量】 静脉滴注：

（1）治疗急性血栓性脑梗死和脑梗死伴发的运动障碍：每次 80mg，每日 2 次，连续静脉滴注，2 周为 1 个疗程。

（2）改善蛛网膜下腔出血手术后的脑血管痉挛状态及伴发的脑缺血症状：每日 80mg，与生理盐水或葡萄糖注射液中稀释后，24h 连续滴注，连用 2 周。

【药物相互作用】

± 　与其他抗血小板聚集药、血栓溶解药、抗凝药合用有协同作用，可增加出血倾向。

【禁忌证】对本品过敏者；脑出血、或脑梗死并发出血、或大面积脑梗死致深昏迷者；有严重心、肺、肝、肾功能不全者；有血液病或出血倾向者；严重高血压患者禁用。

【不良反应】

1. 血液　可见出血性脑梗死、硬膜外血肿、颅内出血、消化道出血、皮下出血、贫血、出血倾向、血小板减少等。

2. 心血管系统　偶有室上性心律不齐、血压下降。

3. 胃肠道　偶有恶心、呕吐、食欲缺乏、腹泻、腹胀等。

4. 肝脏　偶有肝酶谱升高，还可能出现黄疸。

5. 泌尿系统　偶见血清尿素氮升高。

6. 过敏反应　偶见荨麻疹、皮疹等。

7. 其他　偶有头痛、发热、休克、注射部位疼痛等。

【用药指导】

1. 本品与含钙溶液存在配伍禁忌。

2. 用药后如出现过敏反应或出血倾向异常，应立即停药。

【制剂与规格】注射剂：①20mg；②40mg。氯化钠注射液：250ml（奥扎格雷80mg和氯化钠2.25g）。葡萄糖注射液：250ml（奥扎格雷80mg和葡萄糖12.5g）。

【贮藏】避光，密闭保存。

双嘧达莫（Dipyridamole）

【商品名或别名】哌醇定，潘生丁。

【药物概述】本品为抗血小板聚集药及冠状动脉扩张药，可抑制血小板第一相和第二相聚集。高浓度时可抑制胶原、肾上腺素和凝血酶所致的血小板释放反应。

【药动学】本品口服后迅速吸收。本品的血药浓度波动较大，健康者每日口服200mg，其血药浓度波动于1.8～5.6μg/L之间。少量药物可透过胎盘屏障，分布于乳汁。血浆蛋白结合率高达97%～99%。药物在肝内与葡萄糖醛酸结合后排入胆汁，进入小肠后被再吸收入血，故作用较持久。

【用药指征】

1. 主要用于香豆素类抗凝药的辅助治疗，以增强抗栓疗效。

2. 用于血栓栓塞性疾病及缺血性心脏病。

3. 本品静脉剂可用于心肌缺血的诊断性试验。

【用法用量】

1. 口服给药　每次 25～50mg，每日 3 次，饭前服用。

2. 肌内注射、静脉滴注　每次 10～20mg，每日 2～3 次。

【药物相互作用】

　+　与阿司匹林合用，有协同作用。

　-　与肝素、香豆素类药、头孢孟多、头孢替坦或丙戊酸钠等合用，可加重低凝血酶原血症，或进一步抑制血小板聚集，引起出血。

【禁忌证】对本品过敏者；休克患者禁用。

【不良反应】

1. 常见头痛、头晕、恶心、呕吐、腹部不适、腹泻、面部潮红、皮疹、荨麻疹、瘙痒。

2. 偶见肝功能异常。

3. 罕见心绞痛、肝功能不全。

【用药指导】除葡萄糖注射液外，本品不宜与其他药物混合注射。

【制剂与规格】片剂：25mg。缓释胶囊：25mg。粉针剂：①5mg；②10mg；③20mg。注射剂：2ml：10mg。双嘧达莫氯化钠注射液：100ml（双嘧达莫 10mg 与氯化钠 900mg）。

【贮藏】避光，密闭保存。

噻氯匹定（Ticlopidine）

【商品名或别名】抵克力得，防聚灵，天新力博。

【药物概述】本品为血小板聚集抑制药。不仅抑制血小板聚集激活因子，而且可抑制聚集过程本身。被认为是目前较好的广谱血小板聚集抑制药。

【药动学】本品口服后80%以上由胃肠道迅速吸收。常规用药2日后即可抑制血小板聚集。蛋白结合率高达98%。本品由肝脏代谢，其代谢产物随尿液及粪便的排泄率分别为60%、25%。停药后出血时间及其他血小板功能多于1～2周内恢复正常。

【用药指征】

1. 预防和治疗因血小板高聚集状态引起的心、脑及其他动脉的循环障碍疾病。

2. 用于体外循环心外科手术，预防血小板丢失。

3. 用于慢性肾透析，可增强透析器的功能。

【用法用量】口服给药：每次250mg，每日2次，连用3日后，改为每日1次维持治疗。

【药物相互作用】

－ 与茶碱合用，可降低后者的清除率，升高其血药浓度。

－ 与其他血小板聚集抑制药、溶栓药及导致低凝血因子Ⅱ血症或血小板减少的药合用，均可加重出血。

－ 与地高辛合用，可使后者血药浓度轻度下降，但一般不影响其疗效。

【禁忌证】对本品过敏者；血友病、近期溃疡病、近期出血或其他出血性疾病患者；出血时间延长者；白细胞总数减少、血小板减少或有粒细胞减少症病史者；严重肝功能损害患者禁用。

【不良反应】

1. 消化系统　常见胃肠功能紊乱（如恶心、呕吐、腹泻，一般为轻度）。罕见肝炎、胆汁淤积性黄疸。

2. 血液　可见血小板减少、粒细胞减少或粒细胞缺乏。

3. 其他　可见皮疹、血管神经性水肿、脉管炎、狼疮综合征、过敏性肾病等。

【用药指导】

1. 本品的预防作用及不良反应均较阿司匹林强，故常用于使用阿司匹林后出现血栓栓塞的患者。

2. 用药期间应进行血常规检查及肝肾监测。

【制剂与规格】片剂：①125mg；②250mg。胶囊剂：①100mg；②125mg；③250mg。

【贮藏】避光、密封保存。

二、抗凝血药

肝素（Heparin）

【商品名或别名】海普林，美得喜，肝素钠。

【药物概述】本品是含有多种氨基葡聚糖苷的混合物，可影响凝血过程的多个环节。①抑制凝血酶原激酶的形成。②干扰凝血酶的作用。③干扰凝血酶对因子Ⅻ的激活，影响非溶性纤维蛋白的形成；阻止凝血酶对因子Ⅷ和因子Ⅴ的正常激活。④防止血小板的聚集和破坏。

【药动学】本品口服无效，须注射给药。静脉注射后均匀分布于血浆，并迅速发挥最大抗凝效果，作用维持3~4h。本品血浆蛋白结合率高，约为80%。在肝脏代谢，经肾排出。半衰期为1h，可随剂量增加而延长。

【用药指征】防止血栓形成和栓塞，治疗各种原因引起的弥散性血管内凝血（DIC），但蛇咬伤所致DIC的除外。早期应用可防止纤维蛋白原和凝血因子的消耗，也可用于心导管检查，心脏手术体外循环、血液透析等的体外抗凝。

【用法用量】

1. 深部皮下注射

（1）一般用量：首次给药5000~10 000U，以后每8h注射8000~10 000U或每12h 15 000~20 000U。

（2）预防高危患者血栓形成：手术前2h先给药5000U，但应避免硬膜外麻醉，以后每隔8~12h给药5000U，共7日。

2. 静脉注射　每次5000U~10 000U，每4~6h 1次，或每4h给药100U/kg，用氯化钠注射液稀释。

3. 静脉滴注　每日20 000~40 000U，加入1000ml氯化钠注射液中持续滴注。

4. 外用　每日3～4次。

【药物相互作用】

+　甲硫咪唑、丙硫氧嘧啶等可增强本品抗凝作用。

—　与下列药物合用，可加重出血危险：①香豆素及其衍生物。②阿司匹林及非甾体抗炎镇痛药。③双嘧达莫、右旋糖酐。④肾上腺皮质激素、促肾上腺皮质激素。⑤利尿酸、组织纤溶酶原激活物、尿激酶、链激酶等。

—　与透明质酸酶混合注射，既能减轻肌内注射痛，又可促进本品吸收，但本品可抑制透明质酸酶活性。

—　本品带强酸性，遇碱性药物则失去抗凝性能。

—　洋地黄、四环素、尼古丁、抗组胺药可部分对抗本品的抗凝作用。

—　硫酸鱼精蛋白可中和本品的作用。

【禁忌证】对本品过敏者；有自发性出血倾向者；有出血性疾病及凝血机制障碍患者；外伤或术后渗血者；先兆流产或产后出血者；胃、十二指肠溃疡患者；溃疡性结肠炎患者；严重肝、肾功能不全者、胆囊疾病或黄疸患者；恶性高血压患者；活动性结核患者；内脏肿瘤患者；脑内出血或有脑内出血史者禁用。

【不良反应】

1. 最常见出血，可能发生在任何部位。

2. 常见寒战、发热、荨麻疹等过敏反应。少见气喘、鼻炎、流泪、头痛、恶心、呕吐、呼吸短促甚至休克。

3. 注射局部可见局部刺激、红斑、轻微疼痛、血肿、溃疡症状。

4. 偶见腹泻。

5. 使用本品可引起血小板减少，一般只有轻度的或无临床表现。

6. 本品长期使用有时反而形成血栓。

7. 有长期用药后出现的骨质疏松症，全身用药后出现皮肤坏死的报道。

【用药指导】

1. 给药期间应避免肌内注射其他药物。

2. 本品与溶栓药不同，对已形成的血栓无溶解作用。

3. 本品口服无效，可采用静脉注射、静脉滴注和深部皮下注射，一般不推荐肌内注射。

【制剂与规格】 注射剂：①2ml：100U；②2ml：500U；③2ml：1000U；④2ml：5000U；⑤2ml：12 500U。乳膏剂：5000U。

【贮藏】 避光、密闭、阴凉干燥处保存。

达肝素钠（Dalteparin Sodium）

【商品名或别名】 低分子肝素钠，海普宁，法安明，齐征，万脉舒，赛乐喜平。

【药物概述】 本品为一种低分子肝素，用于提高未分离肝素应用的利益/危险比值。与未分离肝素相比，低分子肝素引起出血的可能性低，且具有更强的抗血栓形成作用、更高的皮下注射生物利用度、更长的消除半衰期；降低对血浆中脂肪分解活性的刺激、降低发生肝素相关性血小板减少症的可能性；并且，在使用未分离肝素或口服抗凝药有禁忌的患者中也能安全的使用。

【药动学】 口服不能吸收，静脉注射后3min起效，最大效应时间可持续2~4h。半衰期约为2h；生物利用度80%~90%；多次给药后，效应可维持10~24h。

【用药指征】

1. 预防深部静脉血栓形成和肺栓塞，治疗已形成的急性深部静脉血栓。

2. 在血液透析或血液滤过时，防止体外循环系统中发生血栓或血液凝固。

3. 与阿司匹林合用，预防与不稳定型心绞痛和非Q波型心肌梗死有关的局部缺血并发症。

【用法用量】

1. 静脉给药

（1）急性血栓栓塞：先静脉注射 2500U，随后给予 15 000U，24h 持续静脉滴注。

（2）弥散性血管内凝血：每日 75U/kg。持续静脉滴注，连用 5 日。

2. 皮下注射

（1）预防深静脉血栓：推荐每次 2500U，手术前 1～2h 给药 1 次，术后每日 1 次，连用 5～10 日。

（2）治疗深静脉血栓：每次 200U/kg，每日 1 次。

（3）不稳定性心绞痛、非 Q 波型心肌梗死：每次 120U/kg，每 12h 1 次。联用阿司匹林（每日 75～165mg）。坚持用药，直至患者病情稳定，约 5～8 日。

（4）血液透析：在持续 3～4h 的血药透析期间，可单次给予本品 5000U。

（5）预防再发性血栓栓塞：不可联用口服抗凝药。本品每次 5000U，每日 1 次，连续 3～6 日。

【药物相互作用】

＋ 乙酰水杨酸、非甾体类抗炎药、维生素 K 拮抗剂和葡聚糖可加强本品的抗凝血作用。

【禁忌证】对本品或肝素过敏者；急性胃、十二指肠溃疡和脑出血者；严重的凝血系统疾病；脓肿性心内膜炎；中枢神经系统、眼部及耳部的损伤或实行手术者；进行急性深静脉血栓治疗伴用局部麻醉的患者禁用。

【不良反应】常见为注射部位的皮下血肿和暂时性轻微的且在治疗中可逆的血小板减少症。罕见皮肤坏死，过敏反应和注射部位以外出血。

【用药指导】在开始本品治疗前做血小板计数，检查并定期监测。

【制剂与规格】注射剂：0.5ml∶5000U。

【贮藏】避光、密闭、阴凉处保存。

华法林（Warfarin）

【商品名或别名】 华法林钠，苯丙酮香豆素。

【药物概述】 本品为间接作用的香豆素类口服抗凝药，通过抑制维生素K在肝脏细胞内合成凝血因子Ⅱ、凝血因子Ⅶ、凝血因子Ⅸ、凝血因子Ⅹ，从而发挥抗凝作用。本品起效缓慢，仅在体内有效，停药后药效持续时间长。本品的药代动力学参数稳定，优于其他口服抗凝药，只有当患者对本品不耐受时，才选用其他口服抗凝药。

【药动学】 本品由胃肠道迅速吸收，进食对吸收无影响，生物利用度为100%。口服后12~24h起效，抗凝血的最大效应时间为72~96h，抗血栓形成最大效应时间为6日。蛋白结合率为99.4%，主要在肝脏代谢。

【用药指征】

1. 用于防治血栓栓塞性疾病，防止血栓形成与降低肺栓塞的发病率和死亡率，减少外科、风湿性心脏病、人工心脏瓣膜置换术等的静脉栓塞发生率。

2. 心肌梗死的辅助用药。

【用法用量】 口服给药：第1~3日，每日3~4mg，3日后可给维持量每日2.5~5mg。因本品起效缓慢，治疗初3日内可同时应用肝素，待本品充分发挥抗凝作用后再停用肝素，避免冲击治疗。

【药物相互作用】

＋ 阿司匹林、保泰松、水合氯醛、安妥明、磺胺类药、丙磺舒、双硫仑、奎尼丁、甲磺丁脲等与血浆蛋白的亲和力比本品强。竞争结果使本品游离增多，抗凝作用增强。

－ 氯霉素、别嘌醇、甲硝唑、西咪替丁、单胺氧化酶抑制剂、水杨酸盐、丙米嗪等可使本品的代谢降低，血药浓度升高，半衰期延长。

－ 苯巴比妥、苯妥英、螺内酯加速本品的代谢，减弱其抗凝作用。

－　维生素 K、口服避孕药和雌激素等可促进因子Ⅱ、因子Ⅶ、因子Ⅸ、因子Ⅹ的合成，减弱本品的抗凝作用。

－　抑制本品吸收的药物（包括制酸药、轻泻药、灰黄霉素、利福平、甲丙氨酯等），减弱本品的抗凝作用。

＋　能促使本品与受体结合的药物（如甲状腺素、苯乙双胍）可增强本品的抗凝作用。

【禁忌证】近期手术及手术后 3 日内，脑、脊髓及眼科手术者；凝血障碍疾病患者；严重肝、肾疾病，肝脏或泌尿生殖系统出血患者；活动性消化性溃疡患者；脑出血及动脉瘤患者；开放性损伤；心包炎、心包积液、血管炎；多发性关节炎；严重过敏；维生素 C 或维生素 K 缺乏；先兆流产；孕妇禁用。

【不良反应】

1. 出血是主要不良反应，最常见为鼻出血，此外有齿龈、胃肠道、泌尿生殖系统、脊髓、大脑、心包、肺、肾上腺或肝脏。也可表现为偏瘫。头、胸、腹、关节或其他部位的疼痛，呼吸急促、困难、吞咽困难、水肿或休克等。

2. 偶有恶心、呕吐、腹泻、白细胞减少、粒细胞增高、瘙痒性皮疹、过敏性反应等。

3. 偶有坏疽，皮肤、皮下组织或其他组织栓塞性紫绀，血管炎和局部血栓等。

【用药指导】

1. 不同患者对本品的反应不一，用量务必个体化。

2. 由于本品的半衰期长，给药 5～7 日后疗效才可稳定，故维持量的足够与否必须观察 5～7 日才能判断。

3. 用药过程中定期检查血常规及肝肾功能。

【制剂与规格】片剂：①2.5mg；②3mg；③5mg。

【贮藏】15～30℃避光、密闭保存。

三、溶栓药

尿激酶（Urokinase）

【商品名或别名】 嘉泰，尿活素，天普洛欣。

【药物概述】 本品为酶类溶栓药，直接作用于血块表面的纤维酶原，产生纤溶酶，从而使纤维蛋白凝块、凝血因子 I、凝血因子 V、凝血因子 VIII 降解，并分解与凝血有关的纤维蛋白堆积物。本品对新鲜血栓疗效较好。

【药动学】 本品静脉注射后，纤溶酶的活性迅速上升，15min 达高峰，6h 后仍继续升高。凝血因子 I 降至约 1000mg/L，24h 后方缓慢回升至正常。在肝脏代谢，体内半衰期约为 20min。

【用药指征】

1. 用于急性心肌梗死、脑血管栓塞、肺栓塞、周围动脉或静脉血栓、中央视网膜动静脉血栓。

2. 眼部炎症、外伤性组织水肿、血肿等。

3. 用于防治人工心瓣膜替换手术后血栓形成，以及保持血管插管、胸腔及心包腔引流管的畅通等。

【用法用量】

1. 静脉注射

（1）急性脑血管和脑栓塞、外周动脉血栓：每日 2 万~4 万 U，溶于 20~40ml 氯化钠注射液中，分 1~2 次给药。疗程 7~10 日。

（2）眼科：每日 0.5 万~2 万 U，疗程为 7~10 日。

2. 静脉滴注

（1）急性脑血栓和脑栓塞、外周动静脉血栓：每日 2 万~4 万 U，溶于 5% 葡萄糖氯化钠注射液或低分子右旋糖酐注射液 500ml 中，分 1~2 次给药。疗程 7~10 日。

（2）急性心肌梗死：每日 50 万~150 万 U，溶于 0.9% 氯化钠注射液或 5% 葡萄糖注射液 50~100ml 中，于 30~60min 内均匀滴入。

西
药
篇

（3）肺栓塞：首剂4000U/kg，于30～45min滴完，继以4000U/（kg·h）静脉泵入。持续24～48h。

（4）深静脉血栓：首剂4000U/kg，于30～45min滴入，继以4000U/（kg·h）继续溶栓48～72h。

（5）眼科：每日0.5万～2万U，疗程为7～10日。

（6）防治人工瓣替换手术后血栓形成：本品44 000U/kg，用生理盐水稀释后静脉滴注10～15min，维持量4400U/（kg·h），直至瓣膜功能正常。

3. 经眼给药　结膜下或球后注射，常用量150～500U，疗程为7～10日。

4. 导管插入　动脉血栓：先以4000U/min给药，直到出现顺行性血流后可减量为2000U/min，1h后再减至1000U/min，直至动脉血流正常。

5. 胸腔注射　胸腔引流：本品1万～25万U，用灭菌注射用水按5000U/ml，稀释后注入胸腔。

6. 心包腔注射　心包引流：本品1万～25万U，用灭菌注射用水按5000U/ml稀释后注入心包腔。

【药物相互作用】

－　与阿司匹林、吲哚美辛、双嘧达莫、保泰松合用，有加重出血的危险性。

－　与右旋糖酐、抗凝药合用，有加重出血的危险。

－　与肝素合用，本品可部分拮抗肝素的抗凝作用。

【禁忌证】近期内（14日）有活动性出血、手术、活体组织检查、心肺复苏、不能实施压迫的血管穿刺及外伤者；出血性疾病或有出血倾向、进展性疾病患者；严重高血压、肝肾功能障碍者禁用。

【不良反应】主要为出血，亦可见头痛、恶心、呕吐、食欲缺乏、疲倦等，少见发热、过敏反应。偶见过敏性休克。

【用药指导】

1. 本品稀释液宜接近中性，因在酸性药液中易分解而降低疗效。

2. 本品不宜做肌内注射。

3. 本品溶液必须在临用前新鲜配制，随配随用。

【制剂与规格】注射剂：①1万U；②5万U；③10万U；④20万U；⑤25万U；⑥50万U；⑦150万U；⑧250万U。

【贮藏】10℃以下，避光，密闭保存。

阿替普酶（Alteplase）

【商品名或别名】爱通立，重组人组织型纤溶酶原激活物，组织型纤维蛋白溶酶原激活物。

【药物概述】本品为血栓溶解药，可通过赖氨酸残基与纤维蛋白结合，并激活与纤维蛋白结合的纤溶酶原，使之转变为纤溶酶。本品选择性地激活血栓部位的纤溶酶原。

【药动学】本品静脉注射后迅速自血中清除。用药5min后，给药量的50%自血中清除；10min及20min后，体内剩余药量分别占给药量的20%及10%。药物主要在肝脏代谢。

【用药指征】

1. 主要用于急性心肌梗死。

2. 也可试用于肺栓塞。

3. 还可用于急性缺血性脑卒中，深静脉血栓及其他血管疾病。

【用法用量】

1. 静脉注射　本品50mg，用灭菌注射用水溶解成浓度1mg/ml的药液静脉注射。

2. 静脉滴注　本品100mg，于生理盐水500ml中溶解后，在3h内按以下方式滴完：前2min先注入本品10mg，以后60min内滴入50mg，最后120min内滴完余下的40mg。

【药物相互作用】

－　与其他影响凝血功能的药合用，可显著增强出血的危险性。

－　与硝酸甘油合用，增加本品的清除率，使本品的血药浓度降低及冠状动脉的再灌注减少、再灌注时间延长、血管再闭塞的可能性增加。

【禁忌证】近10日内发生严重创伤或进行过大手术者；未能控

制的严重原发性高血压；出血性疾病禁用。

【不良反应】最常见为出血，其他不良反应为心律失常、血管再闭塞、癫痫发作、过敏反应。

【用药指导】

1. 本品不宜与其他药物配伍静脉滴注，不能与其他药物共用一条静脉通路。

2. 使用本品每日最大剂量不宜超过150mg。

【制剂与规格】粉针剂：①20mg；②50mg。

【贮藏】30℃以下，避光保存。

瑞替普酶（Peteplase）

【商品名或别名】派通欣。

【药物概述】本品是一种重组纤溶酶原激活药。通过将纤维蛋白溶解酶原激活为纤维蛋白溶解酶，降解血栓中的纤维蛋白，发挥溶栓作用，与其他纤溶酶激活药相比，本品具有迅速完全和持久的溶栓作用。

【药动学】本品静脉给药起效时间为30min，主要通过肾脏清除，半衰期为13～16min。

【用药指征】用于成人由冠状动脉血栓形成引起的急性心肌梗死的溶栓治疗，能改善心肌梗死后的心室功能，并能改善再灌注，通畅冠状动脉。

【用法用量】静脉注射：每次10U，弹丸注射2次。缓慢推注2min以上，2次间隔为30min。

【药物相互作用】

－ 与阿司匹林、双嘧达莫、低分子肝素合用，发生出血的危险增加。

－ 黄芪、辣椒素、月见草、大蒜、大黄、丹参、黄芩、甘草、白果、生姜等与本品合用可增加出血的危险。

－ 与维生素K拮抗剂合用，发生出血的危险增加。

【禁忌证】活动性内脏出血患者；有脑血管意外史者；出血体质

者；未能控制的严重高血压患者禁用。

【不良反应】

1. 最常见为出血。

2. 可引起再灌注性心律失常。

3. 有出血、恶心、呕吐、发热、呼吸困难及低血压的报道。

【用药指导】

1. 本品应在出血症状后尽早使用。

2. 本品与肝素属于配伍禁忌，如经含肝素的静脉通道给药，应在本品给药前、给药后用0.9%氯化钠或5%葡萄糖溶液冲洗血管。

【制剂与规格】粉针剂：5U。

【贮藏】于室温或2~8℃密封、避光保存，勿冷冻。

四、降解纤维蛋白药

东菱精纯抗栓酶（Defibrin）

【商品名或别名】东菱克栓酶。

【药物概述】本品可分解纤维蛋白原，抑制血栓形成；诱发组织型纤维蛋白溶解酶原激活剂的抑制因子的释放，减弱纤维蛋白溶解酶原激活剂的抑制因子的活性，促进纤维蛋白溶酶原转变成纤维蛋白溶解酶，促进纤维蛋白溶解；降低血液黏度，增加血液流动性，加速血液流速，防止血栓形成；降低血管阻力；改善微循环。

【用药指征】用于急性缺血性脑血管疾病，突发性耳聋，慢性动脉闭塞症如闭塞性血栓脉管炎、闭塞性动脉硬化症和末梢循环障碍等。

【用法用量】静脉滴注：首次10巴曲酶单位（BU），以后隔日1次，5BU。通常疗程为1周，必要时可增至3~6周。

【药物相互作用】

－ 与抗凝血药、抗血小板药合用，可增加出血倾向，使止血时间延长。

【禁忌证】有出血史或出血倾向者；正在使用抗凝药或抗血小板药患者；严重肝、肾功能不全者及对本品过敏者禁用。

【不良反应】可引起轻度不良反应。如注射部位出血、创面出血、头痛、头晕、头重感、氨基转移酶增高、恶心、呕吐、荨麻疹等。

【用药指导】

1. 本品稀释后应立即使用，静脉滴注速度宜慢。

2. 用药期间应避免从事可能造成创伤的工作。

【制剂与规格】注射液：① 0.5ml∶5BU；② 1ml∶10BU。

【贮藏】宜低温（5℃以下，但避免冻结），避光保存。

降纤酶（Defibrase）

【商品名或别名】克塞灵，去纤酶，去纤维蛋白酶。

【药物概述】本品系长白山白眉腹蛇或尖吻腹蛇蛇毒中提取的丝氨酸蛋白酶单成分制剂。有降低血浆凝血因子Ⅰ、降低血液黏稠度和抗血小板聚集的作用。

【用药指征】

1. 用于四肢血管病、脑血管病，还可用于肺栓塞。

2. 用于心肌梗死，还可用于预防心肌梗死及不稳定型心绞痛再复发。

3. 用于血液高黏稠状态、高凝状态、血栓前状态。

4. 还可用于突发性耳聋。

【用法用量】静脉滴注：

（1）急性发作期：每次 10U，每日 1 次，连用 3～4 日。

（2）非急性期发作：首剂量 10U，维持剂量 5～10U，每日或隔日 1 次，2 周为 1 个疗程。

【药物相互作用】

　+　与抗凝药、水杨酸类合用，可增强本品的作用。

　-　与抗纤溶药合用，可拮抗本品的作用。

【禁忌证】对本品过敏者；有出血病灶和凝血功能低下者；严重

肝肾功能不全者；术后不久的患者禁用。

【不良反应】可出现头痛、头晕、头重感，偶有瘀斑、瘙痒、牙龈出血、鼻出血、荨麻疹，严重者可致过敏性休克。

【用药指导】

1. 静脉滴注时，宜持续滴注 1h 以上。

2. 配伍好的药液应立即使用。

【制剂与规格】粉针剂：①5U；②10U；③20U。

【贮藏】10℃以下，避光、密封保存。

五、氧自由基清除剂

丁苯酞（Butylphthalide）

【商品名或别名】恩必普。

【药物概述】本品可促进中枢神经功能改善和恢复，还具有抗脑血栓形成和抗血小板聚集作用。

【药动学】本品口服后在胃肠道吸收较快，吸收后在胃、脂肪、肠、脑等组织中含量较高，可迅速通过血－脑脊液屏障。食物可影响药物的吸收。

【用药指征】用于轻、中度急性缺血性脑卒中。

【用法用量】口服给药：每次 0.2g，每日 3~4 次，10~12 日为 1 个疗程。

【禁忌证】对本品过敏者；对芹菜过敏者；有严重出血倾向者禁用。

【不良反应】少数可见氨基转移酶轻度升高，偶见恶心、腹部不适、精神症状（轻度幻觉）。

【用药指导】本品宜餐前服用，以利吸收。

【制剂与规格】胶囊剂：0.1g。

【贮藏】避光、密闭，于阴凉干燥处保存。

依达拉奉（Edaravone）

【商品名或别名】 必存，依达拉酮。

【药物概述】 本品为脑保护药，可清除自由基，通过抑制脂质过氧化，从而抑制脑细胞、血管内皮细胞、神经细胞的氧化损伤。

【药动学】 健康成年男性受试者和健康老年受试者，以 0.5mg/kg，每日 2 次，每次 30min 内静脉滴注，连续给药 2 日后，血药峰浓度分别为（888±171）ng/ml、（1041±106）ng/ml；血清蛋白和血清蛋白结合率分别为 90%、89%～91%。每次给药至 12h，尿液中含原药 0.7%～0.9%，含代谢物 71.0%～79.9%。

【用药指征】 用于改善急性脑梗死所致的神经症状、日常生活活动能力障碍及功能障碍。

【用法用量】 静脉滴注：每次 30mg，每日 2 次。14 日以内为 1 个疗程。

【药物相互作用】

－ 与头孢唑啉钠、盐酸哌拉西林钠、头孢替安等抗生素合用，可导致肾衰竭加重。

【禁忌证】 对本品过敏者；重度肾衰竭患者；孕妇或计划妊娠妇女；哺乳期妇女；儿童禁用。

【不良反应】 可见血压升高、发热、嗳气、皮疹、皮肤潮红，还可见黄疸。

【用药指导】

1. 本品原则上必须用生理盐水稀释，与各种含有糖分的输液混合时，可使本品的浓度降低。

2. 尽可能在发病后 24h 内开始给药。

【制剂与规格】 注射剂：① 5ml：10mg；② 20ml：30mg。

【贮藏】 避光，于阴凉处保存。

第六节　抗癫痫药（抗惊厥药）

一、用于强直性阵挛性与部分发作的药

苯妥英（Phenytoin）

【商品名或别名】苯妥英钠，大伦丁钠，二苯乙内酰胺。

【药物概述】本品为乙内酰脲类抗癫痫药，主要作用有：①抗癫痫。②抗神经痛。③可抑制皮肤成纤维细胞合成或分泌胶原酶，故可用于治疗隐性营养不良性大疱性表皮松解症。④骨骼肌松弛作用与膜稳定作用及降低突触传递作用。⑤抗心律失常。⑥静脉用药可扩张周围血管，可降低轻度高血压患者的血压。

【药动学】本品可口服、静脉给药及肌内注射。口服吸收较慢，85%~90%由小肠吸收，新生儿吸收较差；静脉注射吸收快；肌内注射吸收不完全且不规则。本品主要与白蛋白结合，蛋白结合率为88%~92%，在脑组织内蛋白结合率还可略高。本品主要在肝内代谢，代谢物无药理活性，经肾脏排泄，碱性尿时排泄较快。本品可通过胎盘，能分泌入乳汁。

【用药指征】

1. 用于癫痫全身性强直阵挛发作、复杂部分性发作（精神运动性发作、颞叶癫痫）、单纯部分性发作（局限性发作）和癫痫持续状态。

2. 也用于三叉神经痛、隐性营养不良性大疱性表皮松解症、发作性舞蹈样手足徐动症、发作性控制障碍（包括发怒、焦虑、失眠、兴奋过度等行为障碍疾患）、肌强直症等。

3. 可用于洋地黄中毒所致的室性及室上性心律失常、三环类抗抑郁药过量时引起的心脏传导障碍、对利多卡因无效的心律失常，对室性期前收缩、室性心动过速的疗效较室上性心动过速、心房颤动及心房扑动疗效较好。

4. 还可用于轻度高血压。

【用法用量】

1. 口服给药

（1）治疗癫痫：开始时每日 100mg，每日 2 次，在 1~3 周内加至每日 250~300mg，分 3 次服用。

（2）治疗三叉神经痛：每次 100~200mg，每日 2~3 次。

（3）抑制胶原酶合成：起始剂量为每日 2~3mg/kg，分 2 次服用，在 2~3 周内增加至患者能够耐受的用量，血药浓度至少达到 8mg/L，每日 100~300mg。

（4）抗心律失常：① 每日 100~300mg，分 1~3 次服。②第 1 日 10~15mg/kg，第 2~4 日 7.5~10mg/kg，维持量为每日 2~6mg/kg。

（5）高血压：每次 100mg，每日 3 次。

2. 静脉注射

（1）抗惊厥：每次 150~250mg，静脉注射速度不超过 50mg/min。需要时 30min 后可再次静脉注射 100~150mg，每日总量不超过 500mg。

（2）抗心律失常：每次 100mg，缓慢静脉注射 2~3min。

3. 静脉滴注　癫痫持续状态：剂量应足够大才能迅速提高脑内药物浓度，用量为（16.4±2.7）mg/kg。

【药物相互作用】

±　抗凝药（如香豆素类、噻氯匹定）、磺胺类、西咪替丁、甲硝唑、氯霉素、克拉霉素、异烟肼、吡嗪酰胺、氟康唑、维生素 B_6、保泰松、氯苯那敏、舍曲林、地昔帕明、奈法唑酮、氟伏沙明、维洛沙秦、氟西汀、舒噻嗪、右旋哌甲酯、氯巴占、奥卡西平、甲琥胺、苯琥胺、萘咪酮、地尔硫䓬、硝苯地平、尼鲁米特等可降低本品的代谢，从而增强本品的效果和（或）毒性。与香豆素类抗凝药合用可增加抗凝效应，但持续应用则效果相反。

－　加巴喷丁可使本品发生毒性反应的风险增加。

－　布洛芬、阿扎丙宗、卡培他滨、阿奇霉素可提高本品的血药浓度，出现中毒症状。

　　－　本品可增加胺碘酮、苯丙氨酯的代谢，使后者疗效降低；但其本身代谢减少，从而增加了毒性。

　　－　本品有肝微粒体酶诱导作用，可加速肾上腺皮质激素（包括糖皮质激素、盐皮质激素）、促皮质素、雌激素及含雌激素的口服避孕药、左旋甲状腺素、溴芬酸、芬太尼、安非拉酮、环孢素、白消安、紫杉醇、咪达唑仑、氯氮平、哌替啶、沙贝鲁唑、帕罗西汀、左旋多巴、卡马西平、拉莫三嗪、乙琥胺、洋地黄类、非洛地平、尼莫地平、维拉帕米、奎尼丁、美西律、阿伐他丁、辛伐他汀、茚地那韦、地拉费定、多西环素、甲苯达唑、吡唑酮、伊曲康唑、酮康唑等与这些酶有关的药物代谢，使后者药效降低。

　　－　博来霉素、卡铂、氨茶碱、阿昔洛韦以及含镁、铝或碳酸钙的制酸药可降低本品在胃肠道的吸收而降低本品的生物利用度。

　　－　本品可对抗多库溴铵、哌库溴铵等非去极化肌松药的神经肌肉阻滞作用。

　　－　本品可增加多奈哌齐的清除，从而使后者效应降低。

　　－　本品可降低呋塞米在胃肠道的吸收，使后者疗效降低。

　　±　苯巴比妥、扑米酮、氯硝西泮、地西泮、环丙沙星、流行性感冒病毒疫苗、吩噻嗪类等药可改变本品的血药浓度（可能升高，也可能降低），因此合用时应经常检测本品的血药浓度。

　　【禁忌证】对本品及其他乙丙酰脲类药物过敏者；阿－斯综合征患者；Ⅱ～Ⅲ度房室传导阻滞、窦房结阻滞、窦性心动过缓等患者；低血压患者禁用。

　　【不良反应】

　　1. 精神神经系统　可引起眼球震颤、共济失调、构音障碍、神志模糊、行为改变、癫痫发作次数增多、精神改变、眩晕、失眠、短暂的神经敏感性增强、头痛等。

　　2. 消化系统　长期服药后可引起恶心、呕吐、胃炎、大便色淡、齿龈增生（儿童多见）；罕见巩膜或皮肤黄染（肝炎或胆汁淤积性黄疸，可出现血清碱性磷酸酶、丙氨酸氨基转移酶升高）、食欲减退、严重的胃痛等。

3. 血液　可引起白细胞减少、粒细胞缺乏及全血细胞减少，还可引起巨幼细胞性贫血、淋巴结病（包括良性淋巴结增生）、假性淋巴瘤、恶性淋巴瘤；罕见血小板减少（表现为出血或瘀斑等）、再生障碍性贫血。

4. 皮肤　常有皮疹反应，包括红斑、荨麻疹、痤疮、麻疹样反应，有时伴发热；少见但较严重的有剥脱性皮炎、重症多形性红斑、系统性红斑狼疮、中毒性表皮坏死松解症；罕见血清病。

5. 肌肉骨骼系统　罕见骨折、骨质异常或生长缓慢（维生素 D 及钙代谢紊乱）。

6. 泌尿生殖系统　可引起尿色加深。

7. 代谢或内分泌系统　可抑制血管升压素及胰岛素分泌，使血糖升高。此外，本品可使血清 T_3、T_4 的浓度降低，可增加妇女雌激素、黄体酮与睾酮的代谢性清除。

8. 其他　有致癌的报道。

【用药指导】

1. 本品的个体差异很大，用量需个体化。

2. 为减轻胃肠道反应，应在饭后立即服用或与牛奶同服。需按时服用，如果漏服，应在下次服药前 4h 立即补服，不能把 2 次用量 1 次服下。

3. 因本品局部刺激性很大，吸收不良，在肌肉中可形成结晶，故本品不能用作肌内或皮下注射。静脉注射时，操作应审慎，避免药物渗漏至皮下。

4. 停药时需逐渐减量，以免癫痫发作加剧，甚至出现持续状态。

【制剂与规格】　片剂：① 50mg；② 100mg。粉针剂：① 100mg；② 250mg。

【贮藏】　密封、遮光保存。

卡马西平（Carbamazepine）

【商品名或别名】安甲酰苯草，得理多，桑宁，酰氨咪唑。

【药物概述】本品具有抗惊厥、抗外周神经痛、抗躁狂抑郁、抗利尿、抗心律失常作用。此外，本品还有奎尼丁样膜稳定作用。

【药动学】本品口服吸收缓慢且不规则，生物利用度为58%～85%。可迅速分布至全身组织，能通过胎盘，可分泌入乳汁，蛋白结合率约为76%。经肝脏代谢，能诱发自身代谢，含药量的72%经肾脏排出，28%随粪便排出。半衰期为25～65h。

【用药指征】

1. 用于治疗癫痫单纯或复杂部分性发作，对全身性强直、阵挛、强直阵挛发作亦有良好疗效。

2. 可缓解三叉神经痛和舌咽神经痛，亦用作三叉神经痛缓解后的长期预防性用药。也可用于脊髓痨、多发性硬化症、糖尿病性周围神经痛、外伤及疱疹后神经痛。

3. 用于预防或治疗双相障碍（躁狂抑郁）。

4. 用于中枢性部分性尿崩症，可单用或与氯磺丙脲、氯贝丁酯等合用。

5. 用于酒精戒断综合征。

6. 对室性、室上性期前收缩等心律失常也有效。

【用法用量】口服给药：

（1）抗癫痫及抗惊厥：初始剂量为每次100～200mg，每日1～2次，以后逐渐增加剂量，直至最佳疗效。维持时应根据情况调整至最低的有效量，分次服用。

（2）镇痛：初始剂量为每次100mg，每日2次，第2日起，隔日增加100～200mg，直至疼痛缓解，维持量为每日400～800mg，分次服用。每日最高剂量不超过1200mg。

（3）尿崩症：单用时每日300～600mg，如与其他抗利尿药合用，每日200～400mg，分3次服用。

（4）抗躁狂或抗精神病：初始剂量为每日100～400mg，以后每周逐渐增加剂量，通常成人总量不超过每日1200mg，分3～4次服用。少数用至每日1600mg。

（5）酒精戒断综合征：平均剂量为每次200mg，每日3～4次。

（6）抗心律失常：每日 300～600mg，分 2～3 次服用。

【药物相互作用】

— 三环类抗抑郁药、洛沙平、马普替林、噻吨类、红霉素、竹桃霉素、右丙氧芬、甲氰咪胍、异烟肼、维拉帕米、地尔硫䓬、维洛沙嗪、氟西汀、西咪替丁、乙酰唑胺、达那唑、地昔帕明等药可提高本品的血药浓度，引起毒性反应。

— 与环孢素、洋地黄类（地高辛除外）、乙琥胺、茶碱、扑米酮、苯二氮䓬类、丙戊酸钠、多西环素、皮质类固醇、左甲状腺素或奎尼丁等合用时，可使后者药效降低，需注意调整剂量。

— 本品对非去极化肌松药（如泮库铵）有拮抗作用。

— 与雌激素，含雌激素的避孕药合用时，由于本品的肝酶诱导作用，可使药效降低。

— 与香豆素类抗凝药合用，由于本品的肝酶诱导作用，使抗凝药的血药浓度降低。

— 苯巴比妥、苯妥英可加速本品代谢，使本品半衰期缩短。

【禁忌证】 对本品及其他结构相关药物过敏者（三环类抗抑郁药、奥卡西平等）；心脏房室传导阻滞者；血象严重异常者；血清铁严重异常或有卟啉病史者；有骨髓抑制病史者；严重肝功能不全者；孕妇及哺乳期妇女禁用。

【不良反应】

1. 精神神经系统　常见头晕、共济失调、疲乏、嗜睡。

2. 消化系统　常见口渴、恶心、呕吐；少见严重腹泻；罕见肝功能异常及过敏性肝炎。

3. 代谢或内分泌系统　可见低钠血症，表现为无力、恶心、呕吐、精神紊乱、神经系统异常以及癫痫样发作增多等。

4. 眼　常见视物模糊、复视、眼球震颤。

【用药指导】

1. 饭后立即服药，可减少胃肠道反应。

2. 服用本品应避免大量饮水，以防发生水中毒。

3. 开始时应用小剂量，然后逐渐增加，直到获得良好疗效或出现不良反应。

4. 癫痫患者突然撤药可引起惊厥或癫痫持续状态。

【制剂与规格】 片剂：① 100mg；② 200mg；③ 400mg。

【贮藏】 避光，密封保存。

奥卡西平（Oxcarbazepine）

【商品名或别名】 卡西平，万仪，确乐多。

【药物概述】 本品作用可能在于阻断脑细胞的电压依赖性钠通道，从而稳定过度兴奋的神经细胞膜，抑制神经元重复放电，减少神经冲动的突触传递。此外，本品亦作用于钾、钙离子通道而起作用。

【药动学】 本品口服吸收迅速而完全，4~6h达血药浓度峰值，进食不影响本品的吸收量及速度。本品原形及其代谢产物均易透过胎盘和血-脑脊液屏障，乳汁中药物浓度为血药浓度的50%。本品主要经肾脏排泄（约95%），少量（低于4%）由粪便排泄。

【用药指征】

1. 主要用于成人癫痫部分性发作的单药或辅助治疗，也可用于4~6岁儿童癫痫部分性发作的辅助治疗。

2. 用于全身强直-阵挛发作的单药治疗及难治性癫痫的辅助治疗。

3. 用于不耐受卡马西平或用其治疗无效的三叉神经痛。

4. 也可用于治疗情感精神性障碍。

【用法用量】 口服给药：

（1）癫痫的辅助治疗　起始剂量为每日600mg，分2次服用。此后可根据临床需要，1周增加1次剂量，1周最大增量为600mg，维持剂量为每日1200mg，分2次服用。

（2）癫痫的单独治疗　①由其他抗癫痫药物改为单用本品治疗时，起始剂量为每日600mg，分2次给药，同时其他抗癫痫药开始减量。可根据临床指征1周增加1次剂量，增量最大为每日600mg，直至最大剂量每日2400mg，约2~4周达本品的最大剂量，而其他抗癫痫药应在 3～6 周内逐渐减完。②未用过任何抗癫痫药治疗者，本品的起始剂量为每日 600mg，分 2 次给药。每 3 日增加 300mg，直到每日 1200mg。

【药物相互作用】

－ 可降低苯妥英及苯巴比妥的代谢，使其血药浓度升高，毒性增加。

【禁忌证】 对本品过敏者；房室传导阻滞者禁用。

【不良反应】

1. 心血管系统 血管神经性水肿及心律失常（如房室传导阻滞）极罕见（小于 0.01%）。

2. 精神神经系统 轻度头晕（22.6%）、嗜睡（22.5%）、头痛（14.6%）、疲劳（12%），常见不安、震颤、共济失调、记忆力损害、注意力损害、定向障碍、淡漠、抑郁、情绪易变（神经质）。

3. 代谢或内分泌系统 常见低钠血症。

4. 呼吸系统 少见鼻炎、感冒样综合征。

5. 胃肠道 可有恶心（14.1%）、呕吐（11.1%）、便秘、腹泻、腹痛、消化不良。

6. 血液 少见白细胞减少，极罕见血小板减少。

7. 眼 可有复视（13.9%）、眼球震颤，视物模糊。

【用药指导】

1. 停用本品治疗时应逐渐减量，以避免诱发癫痫发作。

2. 用药期间应避免驾驶和操纵机器。

【制剂与规格】 片剂：①50mg；②300mg；③600mg。

【贮藏】 避光，密封保存。

氨己烯酸（Vigabatrin）

【商品名或别名】 喜保宁。

【药物概述】 本品为 γ－氨基丁酸（GABA）的合成衍生物，本品通过不可逆性抑制 GABA 氨基转移酶而增加 GABA 在脑中的浓度。

【药动学】 本品口服吸收迅速，进食不影响本品吸收。口服后

1～2h可达血药浓度峰值，生物利用度为60%～80%。本品不与血浆蛋白结合，在体内不代谢，主要经肾脏排泄。

【用药指征】

1. 用于癫痫部分性发作，也可与其他抗癫痫药合用治疗难治性癫痫。

2. 还可用于儿童Lennox–Gastaut综合征和West（婴儿痉挛症）综合征。

【用法用量】口服给药：治疗癫痫：初始剂量为每日1g，分1～2次服用。此后可逐渐增加剂量，1周增加0.5～1g。有效剂量为每日1～3g，日剂量不宜超过4g。

【药物相互作用】

— 本品可降低卡马西平的代谢，使其血药浓度升高。

— 本品可使苯妥英、苯巴比妥和扑米酮的血药浓度降低，从而使药效降低，需注意调整剂量。

【禁忌证】对本品过敏者；全身性发作的癫痫患者；有精神病史者禁用。

【不良反应】

1. 可见嗜睡、头晕、头痛、疲乏、体重增加、易激惹、神经质等。

2. 偶见失眠、恶心、呕吐、共济失调、抑郁、行为异常（攻击行为等）、精神混乱、焦虑等。

【用药指导】

1. 长期用药后停药，宜在2～4周内逐渐减量，以免出现撤药反应。

2. 服用本品后应尽量避免驾驶或操作机器。

【制剂与规格】片剂：500mg。

【贮藏】避光、密闭保存。

非尔氨酯（Felbamate）

【商品名或别名】非马特，非巴马特。

【药物概述】 本品的化学结构与甲丙氨酯相似，抗癫痫的作用机制尚不清楚。

【药动学】 本品口服吸收良好，进食不影响其吸收。服药后 1 ~ 4h 达血药浓度峰值，本品在肝脏主要以羟化及结合的方式代谢，代谢物无药理活性。

【用药指征】 单用或辅助治疗用于伴或不伴全身性发作的癫痫部分性发作。

【用法用量】 口服给药：初始剂量为每日 1.2g，分 3 ~ 4 次服用，每隔 1 ~ 2 周可增加 0.6 ~ 1.2g，常用剂量为每日 2.4 ~ 3.6g。

【药物相互作用】

－　本品与丙戊酸钠合用，两者的血药浓度均增加。

＋　与氯巴占、苯巴比妥合用，能增加后两者的血药浓度及药效。

＋　与华法林合用，华法林的抗凝作用增强。

－　与中枢神经系统抑制药（如抗组胺药、肌松药、镇静药、麻醉药、吩噻嗪类抗精神病药）或三环类抗抑郁药合用，会导致过度嗜睡。

＋　与苯妥英、磷苯妥英合用，本品的血药浓度降低，而后两者的血药浓度升高，毒性增加。

－　与卡马西平合用，可相互降低生物学效应。

－　与白果合用，本品的药效降低。

－　与炔雌醇、美雌醇合用，可降低后两者的避孕效果。

－　与月见草油合用，发生惊厥的危险增加。

【禁忌证】 对本品过敏者；有血液系统疾病者；肝功能不全者禁用。

【不良反应】

1. 常见恶心、呕吐、畏食、便秘、腹泻、头晕、头痛、失眠、嗜睡等。

2. 少见流感样症状、步态异常、视物模糊、复视、呼吸困难、手足麻木、心悸、震颤、尿失禁等。

3. 偶见皮疹、光敏性增加。

4. 可能导致再生障碍性贫血及肝功能损害。

【用药指导】

1. 用药期间应避免驾车及从事机械操作。

2. 与其他抗癫痫药物合用时，应注意调整用药剂量。

3. 长期用药后，应逐渐停药，以免出现撤药反应。

【制剂与规格】 片剂：①0.4g；②0.6g。

【贮藏】 20~25℃密闭保存。

扑米酮（Primidone）

【商品名或别名】 美速林，扑痫酮，去氧苯巴比妥。

【药物概述】 本品为去氧巴比妥类药物，在体内可代谢为苯巴比妥和苯乙基丙二酰胺，母体药物及两个代谢产物均有抗惊厥效应。

【药动学】 本品口服后吸收较快，3~4h达血药浓度峰值。总蛋白结合率为20%~30%。本品主要在肝脏内代谢。约有20%~40%扑米酮、30%的苯乙基丙二酰胺，25%的苯巴比妥经肾随尿液排出，可通过胎盘，也可分泌入乳汁，母体化合物的消除半衰期为3.3~7h，血液透析可清除本品。

【用药指征】

1. 用于癫痫全身强直阵挛发作（大发作）、部分性发作、复杂部分性发作的单药治疗或联合用药。

2. 也用于治疗特发性震颤及老年性震颤。

【用法用量】 口服给药：

抗癫痫：初始剂量为每次50mg，睡前服用；3日后改为每次50mg，每日2次；1周后改为每次50mg，每日3次；第10日开始每次250mg，每日3次，总量不超过1500mg。维持量为每次250mg，每日3次。

【药物相互作用】

— 与全麻药、具有中枢神经抑制作用的抗高血压药、其他中枢神经抑制药、注射用硫酸镁合用时，可增加对中枢神经活动或呼吸的抑制。

— 异烟肼、单胺氧化酶抑制剂可抑制本品的代谢，使血药浓度升高。

— 与丙戊酸合用，本品的血药浓度增加。

— 本品可减少维生素 B_{12}、灰黄霉素的吸收，使后两者疗效降低。

— 利福布汀、利福平可增加本品的代谢。使血药浓度降低，药效减弱。

— 卡马西平和本品的代谢产物苯巴比妥均有肝酶诱导作用，故两者合用代谢均加快，疗效均降低。

— 本品与抗凝药、皮质激素、洋地黄、地高辛、维生素 D、盐酸多西环素或三环类抗抑郁药合用时，这些药物的代谢增快而疗效降低。

— 本品可使维生素 C 的排泄增加。

— 与避孕药合用，可能导致避孕失败。

【禁忌证】对本品及苯巴比妥过敏者禁用。

【不良反应】

1. 消化系统　可有恶心、呕吐、食欲缺乏，继续服药多可减轻或消失。

2. 精神神经系统　可有头痛、眩晕、疲劳感、嗜睡、迟钝、共济失调、情感障碍、精神错乱。

3. 血液　可有粒细胞减少、再生障碍性贫血、红细胞发育不良、巨幼细胞贫血。

4. 眼　可有视力改变、复视、眼球震颤。

5. 泌尿生殖系统　可有性欲低下、阳痿。

6. 肌肉骨骼系统　可出现手脚不灵活或行走不稳、关节挛缩。

7. 皮肤　可见中毒性表皮坏死。

8. 呼吸系统　可有呼吸短促或障碍。

9. 过敏反应　偶有呼吸困难、眼睑肿胀、喘鸣、胸部紧迫感等。

【用药指导】

1. 本品血药浓度的个体差异很大，故用药应个体化。

2. 应从小剂量开始用药，逐渐增加至产生疗效或不良反应为止。

3. 治疗期间需按时服药，发现漏服时应尽快补服，距下次给药前 1h 内则不必补服。

4. 停药时应逐渐减量。

【制剂与规格】 片剂：①50mg；②100mg；③250mg。

【贮藏】 避光，密闭保存。

托吡酯（Topiramate）

【商品名或别名】 妥泰。

【药效学】 本品为一种由氨基磺酸酯取代单糖的新型抗癫痫药物，其抗惊厥作用表现为多重机制。本品的多重作用机制使其对癫痫的多种发作类型有效，且不易产生耐受性。

【药动学】 本品口服吸收迅速而完全，生物利用度为75% ~80%，食物不影响其吸收。本品的蛋白结合率为13% ~17%，主要经肾脏排泄。

【用药指征】 用于成人及 2 岁以上儿童癫痫发作的辅助治疗，包括癫痫单纯部分性发作、复杂部分性发作、全身强直阵挛发作、Lennox – Gastaut 综合征及 West 综合征（婴儿痉挛症）。

【用法用量】 口服给药：作为添加治疗，起始剂量为每晚 50mg，1 周后增加为每日 100mg，分 2 次服用。此后 1 周增加 1 次剂量，每次增量 50mg，直至症状控制良好，每日总量不宜超过 400mg，分 2 次服用。

【药物相互作用】

- 本品可降低地高辛的血药浓度，在加用或停用本品时应注意。

- 本品可降低口服避孕药的疗效。

- 与乙酰唑胺、双氯非那胺、醋甲唑胺、多佐胺联用会增加发生尿石症的危险。

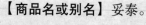

【禁忌证】 对本品过敏者禁用。

【不良反应】

1. 精神神经系统　可有头晕、头痛、疲乏、嗜睡、感觉异常、共济失调、语言障碍、注意力障碍、意识模糊、情绪不稳、抑郁、焦虑、失眠，不良反应的发生与用药剂量无关。

2. 消化系统　可有恶心、食欲减退、味觉异常。

3. 眼　可有复视、眼球震颤、视觉异常。

【用药指导】

1. 不宜与其他中枢神经系统抑制药及酒精同时服用。

2. 本品片剂须整片吞服，不宜碾碎或嚼服。

3. 停药应逐渐减量以避免出现癫痫发作。

4. 本品可导致嗜睡或眩晕，用药期间不宜驾车或操作机械。

【制剂与规格】 片剂：①25mg；②50mg；③100mg。胶囊剂：①100mg；②300mg；③400mg。

【贮藏】 避光、干燥、室温密闭保存。

二、广谱抗癫痫药

丙戊酸钠（Sodium Valproate）

【商品名或别名】 丙戊酸，抗癫灵，敌百痉。

【药物概述】 本品为一种不含氮的广谱抗癫痫药。动物实验表明，本品对多种方法引起的惊厥，均有不同程度的对抗作用。

【药动学】 本品口服后迅速吸收，进食可延缓其吸收。本品主要分布在细胞外液、肝、肾、肠及脑组织，在血中大部分与血浆蛋白结合，其结合率约为80% ~85%，脑脊液中药物浓度为血浆浓度的10% ~20%。本品主要在肝中代谢，经肾脏由尿液排泄，少量随粪便排出及经肺呼出，能通过胎盘，可分泌入乳汁，半衰期为7~10h。

【用药指征】 主要用于癫痫单纯或复杂部分性发作、失神发作、肌阵挛发作、强直阵挛发作及其他类型癫痫。

【用法用量】

1. 口服给药　起始剂量为 5～10mg/kg，1 周后递增，直至癫痫发作得以控制。每日用量超过 250mg 时，应分次服用。常用量为每日 15mg/kg（或 600～1200mg），分 2～3 次服用。

2. 静脉注射　癫痫持续状态：每次 400mg，每日 2 次。

【药物相互作用】

＋　西咪替丁、红霉素、克拉霉素、苯丙氨酯等与本品合用可增加本品的血药浓度。

－　本品可增强全麻药或中枢神经系统抑制药的临床效应。

－　与阿司匹林或双嘧达莫合用，可减少血小板聚集，延长出血。

－　本品可抑制苯妥英、苯巴比妥、扑米酮、氯硝西泮、氯米帕明和拉莫三嗪等药的代谢。

－　消胆胺可减少本品的吸收。

－　与卡马西平合用时，可使两者的血药浓度降低、半衰期缩短。

【禁忌证】　对本品过敏者；肝病活动期或明显肝功能损害者禁用。

【不良反应】

1. 精神神经系统　可见共济失调、行为异常、眩晕、良性原发性震颤增加、面部及肢体抽搐，异常兴奋、攻击行为、活动增多、不安、烦躁、失眠。偶可引起继发性全身性抽搐发作。

2. 消化系统　可有食欲亢进、畏食、恶心、呕吐、胃痛、腹泻、消化不良、便秘。

3. 血液　可有血小板减少、出血时间延长、红细胞发育不良、白细胞减少、罕见全血细胞减少。

4. 代谢或内分泌系统　可见体重增加。

5. 泌尿生殖系统　可有闭经或月经失调，极罕见男性乳房女性化。

6. 皮肤　偶有暂时性脱发、头发卷曲，皮疹较少见。

【用药指导】

1. 餐后立即服用，可减少药物对胃部的刺激。

2. 停药时应逐渐减量，突然停药可诱发癫痫持续状态或增加癫痫发作频率。

【制剂与规格】片剂：① 100mg；② 200mg。胶囊剂：① 200mg；② 250mg。注射剂：4ml∶400mg。

【贮藏】干燥处保存。

拉莫三嗪（Lamotrigine）

【商品名或别名】利必通，拉米克妥。

【药物概述】本品为苯三嗪类抗癫痫药，属电压门控钠通道阻滞剂。通过减少钠内流而增加神经元的稳定性。

【药动学】本品口服后吸收迅速而完全，约2.5h达血药浓度峰值。生物利用度可达98%。本品血浆蛋白结合率为55%。本品主要在肝脏通过与葡萄糖醛酸结合而代谢，代谢产物无药理活性。主要以代谢产物通过肾脏排泄。

【用药指征】

1. 用于成人及12岁以上儿童癫痫部分性发作或全身强直-阵挛发作的单药或添加治疗。

2. 用于2~12岁儿童的癫痫部分性发作或全身强直-阵挛发作的添加治疗。

3. 也用于治疗合并有 Lennox-Gastaut 综合征的癫痫发作。

【用法用量】口服给药：

（1）单药治疗：前2周为每次25mg，每日1次。随后2周，每次50mg，每日1次。此后，每隔1~2周增量，1次最大增量为50~100mg，直至最佳疗效。常用量为每日100~200mg，单次或分2次服用。

（2）与丙戊酸钠合用：前2周为每次25mg，隔日1次。随后2周，每次25mg，每日1次。此后，每隔1~2周增量，每次最大增量25~50mg，直至最佳疗效。常用量为每日100~200mg，单次或分2

次服用。

【药物相互作用】

– 舍曲林可抑制本品的代谢，使之毒性增强，引起疲乏、镇静、意识混乱等。

± 服用丙戊酸钠的患者加服本品后，可导致丙戊酸钠血药浓度降低。服用本品的患者加服丙戊酸钠，本品的稳态血药浓度则增加约40%。

– 甲琥胺、奥卡西平、利托那韦可增加本品的代谢，减少其血药浓度。

– 对乙酰氨基酚可加速本品的排泄。

【禁忌证】对本品过敏者禁用。

【不良反应】

1. 精神神经系统　可有头痛、眩晕、疲乏、嗜睡、失眠、抽搐、不安、共济失调、易激惹、攻击行为、自杀倾向、焦虑、精神错乱、幻觉。

2. 代谢或内分泌系统　可有体重减轻。

3. 肝脏　可有肝功能异常。

4. 胃肠道　可有恶心、呕吐、便秘、腹泻、腹胀、纳差。

5. 血液　可引起白细胞、中性粒细胞、血小板减少，贫血，全血细胞减少，罕见再生障碍性贫血及粒细胞缺乏。

6. 皮肤　有出现光敏性皮炎的报道。

7. 眼　可有复视、视物模糊，也有引起结膜炎的报道。

8. 过敏反应　早期可有皮疹、发热、淋巴结病变、颜面水肿、血液系统及肝功能的异常等。

【用药指导】

1. 进食时服用本品，可减轻胃部刺激。

2. 本品需整片吞服，不可掰开。

3. 不宜突然停药，以避免引起癫痫反弹发作。

4. 服药期间应避免驾车或操纵机器。

【制剂与规格】片剂：①25mg；②100mg；③150mg；④200mg。

【贮藏】密闭、干燥处保存。

唑尼沙胺（Zonisamide）

【商品名或别名】佐能安，佐尼沙胺。

【药物概述】本品是氨苯磺胺衍生物，作用机制尚未完全明确，可能与阻滞钠离子和 T 型钙离子通道及抑制碳酸酐酶有关。本品可促进多巴胺能和 5 - 羟色胺能神经传递。对电休克或戊四氮诱发的癫痫发作有抑制作用。

【药动学】本品口服易吸收，5 ~ 6h 达血药峰浓度。本品可分布于红细胞、脑脊液中，经肝脏代谢，代谢产物无活性。

【用药指征】用于癫痫全身性强直阵挛发作（大发作）、癫痫失神发作（小发作）、精神运动性发作、局限性发作及癫痫持续状态。

【用法用量】口服给药：初始剂量为每日 100 ~ 200mg，分 1 ~ 3 次服用。在 1 ~ 2 周内增至每日 200 ~ 400mg，分 1 ~ 3 次服用。最大剂量为每日 600mg。

【药物相互作用】

－ 与磷苯妥英、苯巴比妥、苯妥英、卡马西平合用，本品血药浓度可降低。

【禁忌证】对本品或磺胺类药过敏者；孕妇禁用。

【不良反应】本品不良反应主要为困倦、食欲缺乏、乏力、运动失调、白细胞减少、天门冬氨酸氨基转移酶升高，丙氨酸氨基转移酶升高，偶见过敏反应、复视及视觉异常。

【用药指导】

1. 本品可引起注意力及反射运动能力降低，故用药后不宜驾驶、操作机器。

2. 连续用药时应避免急剧减量或突然停药，否则可增加癫痫发作频率、延长癫痫持续状态。

【制剂与规格】片剂：100mg。胶囊剂：① 25mg；② 50mg；③100mg。

【贮藏】室温、干燥、避光保存。

氯巴占（Clobazam）

【商品名或别名】 氧异安定，甲酮氮平。

【药物概述】 本品为 1，5 - 苯二氮䓬类衍生物，具有抗焦虑和抗惊厥作用。治疗安全范围比地西泮、苯巴比妥、丙戊酸钠宽。

【药动学】 本品口服吸收快而完全。服药 1 ~ 3h 后达血药浓度峰值，血浆蛋白结合率约为 90%。本品经肝脏代谢，半衰期为 60h。

【用药指征】

1. 用于抗焦虑及酒精戒断综合征等。

2. 适用于对其他抗癫痫药无效的难治性癫痫，常作为辅助用药，亦可单独应用。

【用法用量】 口服给药：

（1）抗焦虑　可用每日 20 ~ 30mg，分次服用或晚间 1 次服用。

（2）抗癫痫　从小剂量开始，每日 20 ~ 30mg（0.5 ~ 1mg/kg），可分次服用或晚间 1 次服用，以后逐步加量。如与其他抗癫痫药合用，则应减少本品剂量，每日 5 ~ 15mg（0.1 ~ 0.3mg/kg）。

【药物相互作用】

－　与西咪替丁合用时本品的浓度 - 时间曲线下面积（AUC）增加，消除半衰期延长。

－　与巴比妥类药物、中枢性肌松药、阿片类镇痛药、水合氯醛、乙氯维诺、羟丁酸钠等合用时，可使中枢抑制和呼吸抑制作用增强。

－　卡马西平可降低本品的血药浓度和 AUC。

【禁忌证】 对本品及其他苯二氮䓬类药物过敏者禁用。

【不良反应】 不良反应轻，较常见的有嗜睡、头晕、情绪改变（焦躁、抑郁）及共济失调等。

【用药指导】 如连续应用本品，其抗惊厥作用逐渐减弱，可采用针对发作期的治疗。

【制剂与规格】 片剂：①10mg；②20mg。胶囊剂：10mg。

【贮藏】 密封保存。

左乙拉西坦（Levetiracetam）

【商品名或别名】利维西坦。

【药物概述】本品为吡咯烷酮衍生物，其化学结构不同于传统的抗癫痫药物。本品具有较强的抗癫痫作用，其作用机制尚不明确。本品的有效量及中毒量相差远，安全性较好。

【药动学】本品口服吸收迅速，给药 1.3h 后血药浓度达峰值，易通过血–脑脊液屏障，脑组织的药物浓度接近血药浓度，血浆蛋白结合率小于 10%。

【用药指征】

1. 可单用或联合用于成人部分性癫痫发作，也可用于成人全身性发作。

2. 也可用于其他原因（如脑炎、脑缺氧等）引起的肌阵挛。

【用法用量】口服给药：抗癫痫：每次 500mg，每日 2 次。

【药物相互作用】

－ 与月见草油合用，可增加癫痫发作的危险。

【禁忌证】对本品过敏者禁用。

【不良反应】

1. 血液 可出现贫血、白细胞及中性粒细胞减少等。

2. 精神神经系统 可出现嗜睡、无力、头痛、眩晕、健忘、共济失调、幻觉、激动、淡漠、焦虑、抑郁等。

3. 代谢或内分泌系统 可出现体重增加。

4. 消化系统 可出现腹痛、便秘、腹泻、消化不良、恶心、呕吐等，发生率大于 1%。少数患者可出现肝功能异常。

5. 眼 有报道可出现复视（2%）及弱视（1%）。

6. 呼吸系统 可出现咳嗽加重（2%）、咽炎（6%）、鼻炎（4%）、支气管炎（大于 1%）等。

7. 皮肤 可出现瘀斑（大于 1%）及皮疹（大于 1%）。

8. 肌肉骨骼系统 可出现关节痛（大于 1%）及背痛（大于 1%）。

【用药指导】

1. 停用本品时应逐渐减量，以免出现停药反应。

2. 使用本品期间应避免驾驶车辆及操作机械。

【制剂与规格】 片剂：①250mg；②500mg；③750mg。

【贮藏】 密闭保存。

三、用于失神性发作的药

乙琥胺（Ethosuximide）

【商品名或别名】 柴浪丁。

【药物概述】 本品为抗癫痫药，为小发作首选药。

【药动学】 本品口服吸收快而完全。本品可分布到除脂肪以外的全身各组织。与血浆蛋白结合较少，可透过血－脑脊液屏障。

【用药指征】 主要用于癫痫失神发作（小发作）。

【用法用量】 口服给药：初始剂量每次 0.25g，每日 2 次。以后每 4～7 日增加 0.25g，直至控制癫痫发作。每日最大剂量不超过 1.5g。

【药物相互作用】

± 本品与碱性药物（如碳酸氢钠、氨茶碱、乳酸钠等）合用时，可减慢本品自肾脏排出，使其血药浓度增高，作用增强。

－ 丙戊酸钠、利托那韦可减慢本品的代谢，升高血药浓度，增加本品中毒的危险。

－ 本品可使苯妥英血药浓度增高。

－ 与卡马西平合用时，两者代谢均可增快而使血药浓度降低。

－ 与酸性药物（如阿司匹林、吲哚美辛、青霉素、头孢菌素类等）合用时，可加速药物排泄，降低疗效。故需要适当调整剂量。

【不良反应】

1. 常见恶心、呕吐、呃逆、上腹不适、食欲减退。

2. 较少见头昏、头痛、眩晕、嗜睡、易激惹、疲乏、行为或精神状态改变、咽喉疼痛、发热、淋巴结肿大、血小板减少、皮疹、瘀斑。

3. 偶有粒细胞减少、白细胞减少、再生障碍性贫血及肝、肾损害。

4. 个别患者可有过敏反应，出现荨麻疹、红斑狼疮等。

【用药指导】

1. 与食物或牛奶同服可减少胃部刺激。

2. 停药时须逐渐减量，以免出现停药反应。

3. 若出现过敏反应，应立即停药。

【制剂与规格】 胶囊剂：0.25g。糖浆剂：100ml∶5g。

【贮藏】 密封、避光，15~30℃保存。

第七节　抗震颤麻痹药

一、L‑DOPA 与 DDC 抑制剂

左旋多巴（Levodopa）

【商品名或别名】 思利巴，左多巴。

【药物概述】 本品为体内合成去甲肾上腺素、多巴胺（DA）等的前体药，其本身并无药理活性，可通过血‑脑脊液屏障，在脑内经多巴脱羧酶脱羧形成多巴胺后发挥药理作用。

【药动学】 本品口服后在胃中不吸收，但可迅速经有活性的氨基酸运输系统转运至小肠吸收。本品吸收后广泛分布于体内各组织，有30%~50%到达全身血循环，但进入中枢神经系统的药物不到1%，绝大部分均在脑外脱羧成多巴胺。本品由肾脏排泄，也可分泌入乳汁。其半衰期约为1~3h。

【用药指征】

1. 常与外周多巴脱羧酶抑制药联合用于帕金森病和帕金森综合征及中枢神经系统一氧化碳与锰中毒后的症状性帕金森综合征。

2. 可用于急性肝功能衰竭引起的肝性脑病，但不能改善肝脏损

害与肝功能。

3. 用于儿童、青少年屈光性弱视、斜视性弱视的传统手术和遮盖疗法的辅助治疗。

【用法用量】

1. 口服给药　帕金森病：开始每次 250mg，每日 2 ~ 4 次，以后视患者耐受情况，每隔 3 ~ 7 日增加 125 ~ 750mg，直至达到最佳疗效。每日最大量可达 6g，分 4 ~ 6 次服。

2. 静脉滴注　治疗肝性脑病：每日 300 ~ 400mg，加入 5% 葡萄糖溶液 500ml 中静脉滴注，待完全清醒后减量至每日 200mg，继续用药 1 ~ 2 日后停药。

【药物相互作用】

±　外周多巴脱羧酶抑制剂（如卡比多巴）可在脑外抑制本品脱羧成多巴胺，使进入脑内的多巴胺增多，因而可减少本品用量达 75%。

－　与金刚烷胺、苯扎托品、丙环定或苯海索合用时，本品疗效可加强，但有精神病史者不宜合用。

＋　与抗酸药（特别是含钙、镁或碳酸氢钠者）合用时，本品吸收增加，尤其是胃排空缓慢的患者。

＋　溴隐亭可加强本品的疗效，须减少本品的用量。

＋　与甲氧氯普胺合用时，本品自胃排空加快，从而可增加小肠对本品的吸收量或（和）速度。

＋　恩他卡朋对卡比多巴/左旋多巴，有促效作用，宜作为卡比多巴/左旋多巴的辅助治疗药。

＋　与降压药合用时，可加强本品的降压作用。

－　可乐定、利舍平可降低本品的疗效，不宜合用。

－　枸橼酸铁铵、铁剂可降低本品的作用。

－　三环类抗抑郁药（如阿米替林、阿莫沙平、氯米帕明、地昔帕明、度硫平、多塞平、丙咪嗪、氯苯咪嗪、去甲替林、普罗替林、曲米帕明等）可降低本品的作用。

－　单独使用左旋多巴时，禁止与维生素 B_6 合用，因可促进本品在脑外脱羧成多巴胺，从而减少进入中枢神经系统的量，降低其疗效。

    – 螺旋霉素可降低本品的血药浓度。

    – 与溴哌利多合用，两者的作用均降低。

    – 苯二氮䓬类药物等可降低本品的疗效。

【禁忌证】对多巴类药物过敏者；消化性溃疡患者；严重心律失常及心力衰竭者；严重精神疾病者；有惊厥史者；闭角型青光眼患者；孕妇；哺乳妇女禁用。

【不良反应】

1. 常见的不良反应有　①严重或连续的恶心、呕吐，以及食欲缺乏等。②在开始治疗时约30%患者可发生直立性低血压。③异常不随意运动，可见于面部、舌、上肢、头部及身体上部。

2. 较常见的不良反应有　①心律失常。②精神抑郁。③情绪或精神改变，如不安、失眠、幻觉、冲动行为。④排尿困难。

3. 不常见的有　眼睑痉挛或闭合、高血压、胃痛、极度疲劳或无力、溶血性贫血等。

【用药指导】

1. 治疗帕金森病时，宜与外周脱羧酶抑制药合用或使用复方多巴制剂。

2. 在剂量递增过程中，如出现恶心等，应暂停增量，待症状消失后再增量。

【制剂与规格】片剂：①50mg；②100mg；③125mg；④250mg。胶囊剂：①100mg；②125mg；③250mg。

【贮藏】遮光，密封保存。

卡比多巴/左旋多巴（Carbidopa and Levodopa）

【商品名或别名】复方多巴，息宁，复方卡比多巴。

【药物概述】本复方药对改善帕金森病的强直、运动迟缓、平衡障碍及震颤有效，对强直和运动迟缓的疗效尤为显著；对流涎、吞咽困难、姿势异常等也有效。

【药动学】本品口服后，卡比多巴有 40% ~70% 被吸收，而左旋多巴在胃中不吸收，但可在小肠吸收。吸收后卡比多巴分布于肾、肺、小肠和肝等组织，分布量与血药浓度密切相关，血浆蛋白结合率约为 36%，不易透过血－脑脊液屏障，但可通过胎盘。左旋多巴在吸收后可广泛分布于体内各组织，单用时只有少量（不到 1%）透过血－脑脊液屏障，主要在外周经脱羧酶代谢为多巴胺，而与卡比多巴合用时左旋多巴在外周的代谢受到抑制，进入脑内的量增加。

【用药指征】主要用于治疗帕金森病和帕金森综合征。

【用法用量】口服给药：

（1）使用卡比多巴/左旋多巴（1:10）时：①未用过左旋多巴的患者，开始时每次 110mg，每日 3 次，以后视需要及耐受情况，每隔 1 ~2 日增加 1 次剂量。②已用过左旋多巴的患者在改用本品时，须至少停用左旋多巴 8h。A. 过去每日用左旋多巴少于 1500mg 的患者。开始时每次用 110mg，每日 3 ~4 次。B. 过去每日用左旋多巴大于 1500mg 的患者，开始 1 次用 275mg，每日 3 ~4 次。视需要及耐受情况，每隔 1 ~2 日增加 1 次用量。成人最大量可达 1375mg。

（2）使用卡比多巴/左旋多巴（1:4）时：①未用过左旋多巴的轻症患者，开始时每次 125mg，每日 2 次；需较大量左旋多巴的中、重度患者，初次量可用每次 250mg，每日 2 次，但间隔时间至少为 6h。②对正在应用卡比多巴/左旋多巴（1:10）治疗的患者，卡比多巴/左旋多巴（1:4）的剂量应调整至左旋多巴每日服用量比原剂量多 10% 以上，视治疗反应，每日左旋多巴的量最多比原剂量多 30%。在白天，两剂间的间隔时间为4 ~8h。

【禁忌证】对本品过敏者；精神病患者；闭角型青光眼患者；严重心血管疾病患者；肝、肾功能不全者；内分泌失调者；孕妇；哺乳妇女禁用。

【不良反应】

1. 消化系统　本品可引起恶心、呕吐、口干、便秘等。

2. 心血管系统　在加量的过程中可出现血压降低、直立性低血压、心律失常。

【用药指导】

1. 避免空腹用药，以减少恶心、呕吐的发生。

2. 调整用量至最适当的血药浓度，以减少或避免不良反应。

【制剂与规格】 片剂：①卡比多巴 10mg，左旋多巴 100mg。②卡比多巴 25mg，左旋多巴 100mg。③卡比多巴 25mg，左旋多巴 250mg。④卡比多巴 50mg，左旋多巴 100mg。

【贮藏】 避光、密封，于干燥处保存。

多巴丝肼（Levodopa／Benserazide）

【商品名或别名】 美多巴，左旋多巴/苄丝肼，复方左旋多巴。

【药物概述】 本品为抗帕金森病药，由左旋多巴和苄丝肼组成。苄丝肼对芳香族氨基酸脱羧酶有抑制作用，同时能降低脑外形成多巴胺后引起的不良反应。苄丝肼也能选择性抑制脑外组织（如胃肠壁、肝脏、肾）及血–脑脊液屏障对左旋多巴的脱羧作用，使左旋多巴在纹状体及下丘脑形成多巴胺。故由苄丝肼与左旋多巴组成的复方制剂，既可减少左旋多巴用量，又可降低不良反应的发生率。

【药动学】 口服本品后，苄丝肼在消化道迅速吸收，左旋多巴能使苄丝肼的吸收轻度增加，而食物可延长吸收时间并降低吸收量。吸收后可分布于小肠、肾、肝，其中苄丝肼能透过胎盘，左旋多巴可透过血–脑脊液屏障（苄丝肼不能透过血–脑脊液屏障）。胃肠道是主要的代谢部位。

【用药指征】 适用于帕金森病及脑炎后、动脉硬化性或中毒性帕金森综合征。

【用法用量】 口服给药：第 1 周每次 125mg，每日 2 次。然后每隔 1 周增加 125mg，每日总量不宜超过 1000mg，分 3 ~ 4 次服。维持剂量为每次 250mg，每日 3 次。

【药物相互作用】

± 与甲基多巴合用，可改变左旋多巴的抗帕金森作用，并产生中枢神经系统的毒性作用，促使精神病等发作。同时甲基多巴的抗高血压作用增强。

－ 利舍平可抑制本品作用，两者不能合用。

【禁忌证】对左旋多巴或苄丝肼过敏者；孕妇；哺乳妇女禁用。

【不良反应】

1. 较常见的不良反应有恶心，呕吐，直立性低血压，头、面部、舌、上肢和身体上部的异常不随意运动，精神抑郁，排尿困难。

2. 少见的不良反应有高血压、心律失常、溶血性贫血、胃痛、易疲劳或无力。

【用药指导】

1. 用药时注意剂量个体化，剂量应逐渐增加。

2. 如出现消化道症状，可减少本品用量，也可联用止吐药来防止。

【制剂与规格】片剂：①125mg；②250mg。胶囊剂：①125mg；②250mg。

【贮藏】密闭保存。

二、抗毒蕈碱药

苯海索（Trihexyphenidyl）

【商品名或别名】安坦，盐酸苯海索。

【药物概述】用药后可减轻流涎症状，缓解帕金森病症状及药物诱发的锥体外系症状，但迟发性运动障碍不会减轻，反而加重。抗帕金森的总疗效不及左旋多巴、金刚烷胺。此外，本品还有直接抗平滑肌痉挛的作用。小剂量时可抑制中枢神经系统，大剂量则引起中枢神经系统兴奋。本品外周抗胆碱作用较弱，约为阿托品的 $1/10 \sim 1/3$，因此不良反应较轻。

【药动学】本品口服后经胃肠道吸收快而完全，1h 起效，1.3h 达血药浓度峰值，作用持续 $6 \sim 12h$。口服后生物利用度高。能透过血-脑脊液屏障进入中枢神经系统。56% 的药物随尿排出，肾功能不全时排泄减慢，有蓄积作用，可分泌入乳汁。

【用药指征】

1. 用于治疗帕金森病，脑炎后或动脉硬化引起的帕金森综合征。

2. 也可用于药物引起的锥体外系反应。

3. 还可用于肝豆状核变性、痉挛性斜颈和面肌痉挛。

【用法用量】口服给药：

（1）帕金森病及帕金森综合征：第1日1～2mg，以后每3～5日增加2mg，至疗效最好且又不出现严重不良反应为止，每日不宜超过10mg，分3～4次服。极量为每日20mg。须长期服用。

（2）药物诱发的锥体外系反应：第1日2～4mg，分2～3次服用，以后视患者的需要及耐受能力逐渐增加至5～10mg。

【药物相互作用】

+　与左旋多巴或其复方制剂同用，可加强左旋多巴的疗效。

+　与中枢神经系统抑制药同用时，可使中枢抑制作用加强。

−　本品与强心苷类合用，可使后者在胃肠道停留时间延长，吸收增加，易于中毒。

−　与制酸药或吸附性止泻药合用时，本品的疗效减弱。

−　本品可拮抗西沙必利的胃肠动力作用，导致后者药效丧失。

−　与吩噻嗪类药合用时，本品可降低其吸收，拮抗其对行为和精神的抑制作用，减少这些药物导致的锥体外系症状，同时本品的不良反应增加。

【禁忌证】青光眼患者；尿潴留者；前列腺肥大患者禁用。

【不良反应】

1. 常见的不良反应有抗胆碱反应（表现为口干、便秘、排尿困难或疼痛、腹胀、少汗、瞳孔散大、视物模糊等）。尚可见精神障碍和兴奋。

2. 轻微的不良反应有头晕、嗜睡、口咽和鼻腔干燥、头痛、畏光、肌肉痉挛、恶心、呕吐、失眠、不安、神经紧张或虚弱。

【用药指导】

1. 与食物同服或在饭后服用可减轻胃部不适。

2. 本品可致嗜睡及头痛，故用药期间不宜从事驾驶等活动。

3. 本品还可减少出汗及热量散失，故用药者不宜暴露在炎热环境下。

4. 应注意按时服药，如果发生漏服应尽快补服，如离下次服药时间不到 2h，则不宜补服，且下次剂量不要加倍。

5. 本品有蓄积作用，治疗开始及治疗中用量应缓慢调整。用药剂量需个体化，以最好地控制患者的症状为度。

6. 停药时，剂量应逐渐递减，以防症状突然加重。

【制剂与规格】片剂：2mg。胶囊剂：5mg。

【贮藏】密封保存。

丙环定（Procyclidine）

【商品名或别名】卡马特灵，开马君，盐酸丙环定。

【药物概述】本品的药理作用与苯海索相似，具有中枢抗胆碱作用，可直接松弛平滑肌，还有潜在的散瞳和抑制唾液分泌的作用。

【药动学】本品口服生物利用度为 75%，作用可持续 1~4h。蛋白结合率高，有极微弱的首关代谢效应，可分泌入乳汁，极少量经肾脏排出。

【用药指征】用于帕金森病及药物引起的锥体外系反应，对强直的疗效优于震颤。

【用法用量】口服给药：

（1）帕金森病：每次 2.5mg，每日 3 次，必要时睡前加服 5mg，视患者的耐受情况，可调整每日总量至 15~30mg，分 3~4 次服用。

（2）药物引起的锥体外系反应：开始时每次 2.5mg，每日 3 次，以后视需要及耐受情况可每日增加 2.5mg。

【药物相互作用】

＋　与氟哌啶醇合用，可增强抗胆碱作用。

－　本品可减少吩噻嗪类药物（如醋奋乃静、普罗吩胺、氟非那嗪、美索达嗪、左美丙嗪、奋乃静、哌泊塞嗪、氯丙嗪、丙酰马嗪、硫乙拉嗪、三氟拉嗪、三氟丙嗪、普马嗪、异丙嗪、硫利达嗪等）的吸收，降低其血药浓度，从而降低其作用效果。

+ 与帕罗西丁合用，本品的血药浓度增加，抗胆碱作用增强。

- 本品可降低西沙必利的胃肠道动力作用，从而降低西沙必利的药效。

- 与普鲁卡因胺合用，可影响房室传导。

【禁忌证】闭角型青光眼患者禁用。

【不良反应】可有头晕、视物模糊、瞳孔散大、口干、恶心等。

【用药指导】本品宜在饭后服用，以减少不良反应的发生。

【制剂与规格】片剂：2mg。胶囊剂：5mg。

【贮藏】密封保存。

苯扎托品（Benzatropine）

【商品名或别名】苄托品，甲磺酸苯扎托品，氢溴酸苯扎托品。

【药物概述】本品为中枢性抗胆碱药。其作用机制与阿托品相似，但对平滑肌及腺体的抑制作用较弱，而抗震颤麻痹作用较强，可改善肌强直和震颤。此外，本品尚有抗组胺作用及轻度的局部麻醉作用。

【药动学】本品口服后吸收快而完全，口服 1h 开始起效，肌内或静脉注射数分钟内起效，作用持续 24h，有体内蓄积作用。

【用药指征】主要用于帕金森病，也可用于药物诱发的锥体外系反应。

【用法用量】

1. 口服给药

（1）帕金森病：初始剂量每日 1～2mg，或仅于睡前服0.5～1mg，以后视需要及耐受情况逐渐增量，一般每日最大剂量不超过6mg，分 3 次服。脑炎后帕金森综合征患者应每日 2mg，分 1～2次服。

（2）药物诱发的锥体外系反应：每次 1～4mg，每日 1～2 次。

2. 肌内注射、静脉注射

（1）帕金森病：每日 1～2mg，用量视需要与耐受情况而定。

（2）药物诱发的锥体外系反应：每次 1～4mg，每日 1～2 次。

【药物相互作用】

－　与金刚烷胺合用，可能增强抗胆碱不良反应，并出现意识模糊和幻觉等。

－　与氟哌啶醇、氯氮平等抗精神病药合用，可因相加的抗胆碱作用，而导致不良反应增加。

＋　与普鲁卡因胺合用，可能导致两者的抗迷走神经作用相加。

－　与吩噻嗪类药物（如奋乃静、氟奋乃静、醋奋乃静、氯丙嗪、异丙嗪、普罗吩胺、美索达嗪、左美丙嗪、哌泊塞嗪、丙氯拉嗪、丙酰马嗪、硫利达嗪、硫乙拉嗪、三氟拉嗪或三氟丙嗪等）合用，本品可延迟胃排空，增加吩噻嗪类药在胃壁的代谢，从而降低吩噻嗪类药的血药浓度。

－　与西沙必利联用，可能拮抗西沙必利引起的正常胃肠蠕动，使西沙必利失效。

【禁忌证】 对本品过敏者；迟发性运动障碍患者；未经治疗的闭角型青光眼患者；3 岁以下儿童禁用。

【不良反应】

1. 较多见视物模糊、便秘、出汗减少、排尿困难或疼痛、嗜睡、口鼻或喉干燥、畏光、恶心、呕吐等。

2. 还可有失眠、幻视、意识模糊、定向力障碍、言语障碍、情绪不稳，严重者可引起精神错乱。

【制剂与规格】 片剂：①0.5mg；②1mg；③2mg。注射剂：2ml∶2mg。

【贮藏】 密闭保存。

三、多巴胺降解酶抑制剂

恩他卡朋（Entacapone）

【商品名或别名】 恩他卡本，刚坦，珂丹。

【药物概述】 恩他卡朋是儿茶酚－O－甲基转移酶（COMT）的选择性、可逆性抑制药。与卡比多巴/左旋多巴合用，可阻止 3－

O - 甲基多巴的形成，降低 3 - O - 甲基多巴的血浆浓度，增加左旋多巴进入脑组织的药量，延长左旋多巴的半衰期。本品可延长和稳定左旋多巴对帕金森病的治疗作用。

【药动学】本品口服后吸收迅速，吸收不受食物影响。口服 1h 起效，血药浓度达峰时间为 1h，蛋白结合率为 98%，药物在肝脏代谢，约 10% 经肾脏排泄，90% 经胆汁分泌排泄。

【用药指征】可作为标准药物多巴丝肼或卡比多巴/左旋多巴的辅助用药，治疗以上药物不能控制的帕金森病及剂末现象（症状波动）。

【用法用量】口服给药：

用于帕金森病，与卡比多巴/左旋多巴或多巴丝肼合用，减少剂末症状波动。推荐用量为每次 200mg，在每次服前者时服用。推荐的最大用量为每日 2g（即每次 200mg，每日 10 次）。

【药物相互作用】

－ 氨苄西林、氨苄西林/舒巴坦、氯霉素、考来烯胺、丙磺舒、利福平、红霉素、红霉素/磺胺异恶唑可减少本品的胆汁排泄，使本品不良反应（腹泻、运动障碍）增强。

± 本品在胃肠道能与铁形成螯合物，本品和铁制剂的服药间隔至少应为 2 ~ 3h。

－ 阿扑吗啡、比托特罗、多巴酚丁胺、多巴胺、甲基多巴、去甲肾上腺素、肾上腺素、异丙肾上腺素、异他林等药由儿茶酚 - O - 甲基转移酶代谢，而本品可抑制 COMT。如两者合用，出现心动过速、血压升高和心律失常的危险增加。

± 本品与卡比多巴/左旋多巴合用，可使左旋多巴的消除半衰期延长作用增强。本品可增加多巴丝肼的生物利用度。

【禁忌证】对本品过敏者；嗜铬细胞瘤患者（有增加高血压危象的危险）；有精神安定药恶性综合征（NMS）病史者；有非创伤性横纹肌溶解症病史者禁用。

【不良反应】

1. 心血管系统　可见直立性低血压。

2. **精神神经系统** 可出现运动障碍（27%）、运动功能亢进、头晕、头痛、疲乏、幻觉、震颤、意识模糊、梦魇、失眠及帕金森病症状加重。

3. **肌肉骨骼系统** 引起肌张力障碍、腿部痉挛。

4. **泌尿生殖系统** 可见尿色异常。

5. **肝脏** 罕见肝酶升高。

6. **胃肠道** 可引起恶心（11%）、腹泻（8%）、腹痛（7%）、口干（4.2%）、便秘及呕吐。

7. **血液** 可见血红蛋白轻度下降（1.5%）。

8. **皮肤** 可引起出汗增加。

【用药指导】

1. 使用本品时，大多数患者需减少左旋多巴的用量。

2. 本品和左旋多巴联用可引起头晕、直立性低血压，用药后驾驶和操纵机器应谨慎。

3. 骤然停药或减量可能导致出现帕金森病的症状和体征，建议缓慢停药。

【制剂与规格】片剂：200mg。

【贮藏】室温保存。

司来吉兰（Selegiline）

【商品名或别名】思吉宁，盐酸司来吉兰，色干。

【药物概述】本品为单胺氧化酶抑制剂（MAOI），可选择性地抑制脑内的单胺氧化酶 B（MAO－B），还能抑制突触前膜对多巴胺的再摄取，从而提高多巴胺的活性，改善帕金森病的相关症状。

【药动学】本品为脂溶性物质，口服吸收迅速。食物可促进其吸收，提高生物利用度。口服 0.5～2h 后，本品及其代谢产物的血药浓度达峰值。在体内分布广泛，血浆蛋白结合率为 94%。本品及其代谢产物均可透过血－脑脊液屏障。主要经肝脏代谢，有广泛的首关效应。

【用药指征】本品可单用治疗早期帕金森病，或与左旋多巴

（合用或不合用脱羧酶抑制药）合用治疗帕金森病，常作为左旋多巴及复方左旋多巴治疗的辅助用药。

【用法用量】口服给药：

起始剂量为每日 5mg（早晨 1 次服用），最大维持剂量为每日 10mg，可早晨 1 次服用 10mg，或每次 5mg 分早晨、中午 2 次服用。

【药物相互作用】

– 炔雌醇可抑制本品的首关代谢，使本品口服生物利用度增高，发生不良反应的风险增加。

– 与乙氯维诺合用可加强中枢神经系统及呼吸抑制作用。

– 本品可能延长及增强赛庚啶的抗胆碱能作用，禁止两者合用。

– MAOI 与胰岛素或口服降糖药合用可刺激胰岛素分泌，引起过度低血糖、抑郁及癫痫发作。

– 与间接拟交感神经药物（如间羟胺、麻黄）合用时可引起严重高血压。

【禁忌证】对本品过敏者；严重的精神病及严重痴呆者；迟发性运动障碍者；有消化性溃疡病史者；肾上腺髓质肿瘤者（与左旋多巴合用时）；甲状腺功能亢进者（与左旋多巴合用时）；闭角型青光眼患者（与左旋多巴合用时）禁用。

【不良反应】较常见的不良反应有：口干、恶心、呕吐、腹痛或胃痛、眩晕、身体不自主运动增加、失眠、情绪或其他精神改变。

【用药指导】

1. 本品可引起失眠，故不宜在下午或傍晚服药。

2. 本品应规律服用，如发生漏服，应立即补服，但不能同时服用 2 次剂量。

【制剂与规格】片剂：①5mg；②10mg。

【贮藏】避光、干燥保存。

培高利特（Pergolide）

【商品名或别名】倍高利特，甲磺酸倍高利特，协良行。

【药物概述】本品是一种半合成的麦角碱衍生物，具有强而持久的多巴胺受体激动活性。本品能抑制催乳素的分泌，使血清黄体激素（LH）的浓度降低。

【药动学】本品口服吸收良好。其达峰时间为 1~3h，蛋白结合率约 90%。因在血浆中检测不到母体化合物，推测本品在肝脏中经过了广泛的首关代谢。本品主要由肾脏排泄。

【用药指征】

1. 作为左旋多巴、复方左旋多巴制剂（多巴丝肼或卡比多巴/左旋多巴）的辅助药，用于帕金森病及帕金森综合征患者复方左旋多巴制剂疗效减退或出现运动功能障碍（如开关现象等），也可用于早期联合治疗。

2. 可用于高催乳素血症。

【用法用量】口服给药：

（1）帕金森病：开始 2 日，每日 0.05mg。以后每 3 日用量增加 0.1mg 或 0.15mg。第 12 日后每 3 日增加 0.25mg，直至获得理想疗效。

（2）高催乳素血症：起始剂量为每日 0.025~0.05mg，每 2 周调整 1 次剂量，每日极量为 0.1~0.15mg。

【药物相互作用】

+ 本品与降压药合用可增强其降压作用。

+ 与其他中枢神经系统抑制药合用时镇静作用增强。

- 与左旋多巴合用时，帕金森病患者的运动障碍发生率增高，减少左旋多巴的用量常可缓解。

- 多巴胺拮抗药可减弱本品的疗效，应避免两者合用。

【禁忌证】对本品或其他麦角碱衍生物过敏者禁用。

【不良反应】

1. 较常见的不良反应有　①中枢神经系统反应，如精神错乱、幻觉、异动症（躯体的不自主运动）。②尿路感染，表现为排尿时疼痛或烧灼感。③恶心、便秘、腹痛或胃痛。④无力、眩晕或嗜睡。⑤流感样症状。⑥低血压（眩晕或头重足轻，特别在坐位或卧位起立时）。⑦下背部痛。⑧鼻炎（流鼻涕）。⑨皮肤瘙痒。

2. 较少见的不良反应有　口干、呕吐、腹泻、食欲减退、高血压、发冷、面部水肿。

【用药指导】

1. 服药后可有嗜睡或眩晕等反应，故开始服药期间不宜驾驶或从事有危险性的工作。

2. 进餐时服药可减轻胃部刺激和恶心。

3. 用药应从小剂量开始，逐步增加至最佳剂量。突然停药可出现幻觉和精神错乱，应逐渐停药。

【制剂与规格】　片剂：①0.05mg；②0.1mg；③0.25mg；④1mg。甲磺酸培高利特片剂：0.05mg（以培高利特计）。

【贮藏】　避光，密闭，在阴凉干燥处保存。

金刚烷胺（Amantadine）

【商品名或别名】金刚胺，金刚烷，三环癸胺。

【药动学】本品口服后在胃肠道吸收迅速而完全，2～4h 后达血药浓度峰值。本品可分布于唾液、鼻腔分泌液中。组织中（尤其是肺内）的含量高于血浆的含量，可通过胎盘及血－脑脊液屏障，本品在体内降解代谢的量极少，主要由肾脏排泄。

【用药指征】

1. 用于原发性帕金森病，脑炎、一氧化碳中毒、老年人合并脑动脉硬化所致的帕金森综合征及药物诱发的锥体外系反应。

2. 也用于预防或治疗亚洲 A－Ⅱ型流感病毒引起的呼吸道感染。与灭活的甲型流感病毒疫苗合用时可促使机体产生预防性抗体。

【用法用量】口服给药：

（1）抗帕金森病：每次 100mg，每日 1～2 次。

（2）抗病毒：每次 200mg，每日 1 次；或每次 100mg，每12h1 次。

【药物相互作用】

＋　其他抗帕金森病药、抗组胺药、吩噻嗪类药或三环类抗抑郁药与本品合用，可增强抗胆碱作用。

— 颠茄和本品均有抗胆碱作用，合用时可产生过度的抗胆碱作用。

— 溴哌利多可拮抗本品的药理作用，降低本品的疗效。

【禁忌证】对本品过敏者；1岁以下儿童；哺乳妇女禁用。

【不良反应】

1. 较常见的有　本品的抗胆碱作用可导致幻觉、精神紊乱，老年患者更易发生；中枢神经系统受刺激或中毒可引起情绪或其他精神改变。

2. 较少见的有　①排尿困难（亦由抗胆碱作用所致），以老年人居多。②晕厥，常继发于直立性低血压。

【用药指导】

1. 本品不宜与糖皮质激素合用。

2. 每日最后1次服药应在下午4时前，以避免引起失眠。

3. 服药期间不宜驾驶车辆，操纵机械和高空作业。

4. 服药后不宜突然停药，应逐渐减量，否则可使帕金森病情恶化。

【制剂与规格】片剂：100mg。胶囊剂：100mg。糖浆剂：1ml∶100mg。

【贮藏】密闭保存。

第八节　抗阿尔茨海默病药

多奈哌齐（Donepezil）

【商品名或别名】安理申，阿瑞思，加奇。

【药物概述】本品是多奈哌齐的盐酸盐，为第二代胆碱酯酶抑制药，是一种长效的阿尔茨海默病的对症治疗药物。本品作用机制是可逆性地抑制乙酰胆碱酯酶（AChE），使乙酰胆碱水解减少，增加受体部位的乙酰胆碱含量。可能还有其他机制，包括对肽的作用、对神经递质受体、Ca^{2+} 通道的直接作用。

【药动学】本品口服吸收良好，给药后 3～4h 达血药浓度峰值，相对生物利用度为 100%。

【用药指征】用于治疗轻、中度阿尔茨海默病。

【用法用量】口服给药：初始剂量每次 5mg，每日 1 次，睡前服用，至少维持 1 个月，做出临床评估后，可以将剂量增加到每次 10mg，每日 1 次，睡前服用。推荐最大剂量为每日 10mg。3～6 个月为 1 个疗程。

【药物相互作用】

＋　与拟胆碱药（如氨甲酰甲基胆碱）、神经肌肉阻断药（如氯琥珀胆碱）有协同作用。

－　酮康唑、伊曲康唑、奎尼丁可抑制本品代谢，升高本品的血药浓度。

－　与抗胆碱药有拮抗作用，故两者不能联用。

－　与苯妥英钠、苯巴比妥、卡马西平、地塞米松、利福平等药物联用，可增加本品的清除率，降低本品的血药浓度。

【禁忌证】对本品或哌啶衍生物过敏者禁用。

【不良反应】

1. 常见恶心、呕吐、腹泻、乏力、倦怠、肌肉痉挛、食欲缺乏等。

2. 较少见头晕、头痛、精神紊乱（幻觉、易激动、攻击行为）、抑郁、多梦、嗜睡、视力减退、胸痛、关节痛、胃痛、胃肠功能紊乱、皮疹、尿频或无规律。

【用药指导】

1. 服用本品时患者患溃疡病的危险性增大。

2. 用药后如出现精神紊乱症状，应减少剂量或停止用药。

【制剂与规格】片剂：5mg。胶囊剂：5mg。

【贮藏】密闭保存。

第九节 治疗精神障碍药

一、抗精神病药

（一）吩噻嗪类

氯丙嗪（Chlorpromazine）

【商品名或别名】冬眠灵，可乐静，可平静。

【药物概述】本品属二甲胺族吩噻嗪类药物，为抗精神病的代表药。主要阻断脑内多巴胺受体，这是本品抗精神病作用的机制，也是其长期应用产生严重不良反应的基础。本品还能阻断 α 肾上腺素受体和 M 胆碱受体，因而其药理作用广泛：

【药动学】口服吸收慢而不规则，肌内注射吸收迅速。达峰时间口服为 2.8h，肌内注射为 $1 \sim 4h$，静脉给药为 $2 \sim 4h$。本品分布于全身，在脑、肺、肝、脾、肾中较多，其中脑脊液中的浓度是血药浓度的 5 倍。本品有首关代谢效应。主要在肝脏中代谢，从肾脏排泄。本品不能经血液透析及腹膜透析清除。

【用药指征】

1. 用于治疗精神病　如精神分裂症及兴奋躁动、紧张不安、幻觉、妄想等症状。

2. 用于镇吐。

3. 用于低温麻醉及人工冬眠。

4. 用于与镇痛药合用，缓解癌症晚期患者的剧痛。

5. 用于治疗心力衰竭。

【用法用量】

1. 口服给药

（1）用于精神病：开始每日 $25 \sim 50mg$，分 $2 \sim 3$ 次服，逐渐增至每日 $300 \sim 450mg$，症状减轻后再减到每日 $100 \sim 150mg$。最大用量

每次 150mg，每日 600mg。

（2）用于呕吐：每次 12.5～50mg。

2. 肌内注射

（1）精神病：每次 25～100mg。极量每次 100mg，每日 400mg。

（2）心力衰竭：小剂量肌内注射，每次 5～10mg，每日 1～2 次。

（3）用于呕吐：每次 25～50mg。

3. 静脉给药

（1）精神病：每次 25～100mg，目前多用静脉滴注。极量每次 100mg，每日 400mg。

（2）心力衰竭：用量同肌内注射项，静脉滴注时速度为 0.5mg/min。

（3）呕吐：同肌内注射。

（4）冬眠疗法：用冬眠合剂静脉滴注，用量根据病情而定。

【药物相互作用】

－ 三环类抗抑郁药与本品合用时，导致血药浓度均升高，毒性增强，抗胆碱作用增强。

＋ 与颠茄合用，抗胆碱作用增强。

－ 槟榔可增加本品的锥体外系反应。

－ 本品与卡托普利、曲唑酮合用，可能导致低血压。

－ 阿替洛尔、美托洛尔与本品合用，导致低血压和（或）本品毒性增加。

－ 西沙必利、多非利特、索他洛尔、匹莫齐特、司帕沙星、加替沙星、莫西沙星、格帕沙星、左氧氟沙星、左美沙酮等与本品合用时，对心脏的毒性增加。

－ 本品与二氮嗪合用，可能会引起高血糖症。

－ 与苯妥英合用，苯妥英的血药浓度可能会升高或降低，而本品的血药浓度则降低。

－ 与肾上腺素合用时，可能导致低血压和心动过速。

－ 伊布利特与本品合用，发生心律失常的危险性增加。

－　卡法根与本品合用时，导致本品的治疗作用和（或）不良反应都增加。

－　本品与锂盐合用，可能导致运动障碍、锥体外系反应加重、脑病及脑损伤等。

－　与哌替啶合用时，对中枢神经系统和呼吸的抑制作用加强。

－　卟吩姆钠可加重光敏感组织的细胞内损害。

－　普萘洛尔使本品的毒性增强。

－　苯丙胺与本品合用时两者效力均降低，且使惊厥发生的危险性增加，而本品的抗精神病作用降低。

－　抗酸药使本品疗效降低。

±　苯扎托品、奥芬那君、丙环定、盐酸苯海索导致本品的血药浓度降低，药效减弱，而抗胆碱作用则加强。

－　与卡麦角林合用，治疗学效应均降低。

－　西咪替丁可降低本品的疗效。

－　普拉睾酮可降低本品的药效。

－　本品可降低胍乙啶、去甲肾上腺素、芬美曲秦的药效，还可使左旋多巴失效。

－　苯巴比妥可使本品的药效降低。

－　本品可降低苯丙香豆素、华法林的药效。

－　长期使用本品可能会显著降低促甲状腺素对普罗瑞林的反应。

－　本品可能会抑制胍那决尔的降压作用。

－　与月见草油、甲泛葡胺、曲马朵、佐替平合用时，发生惊厥的危险性增加。

【禁忌证】对吩噻嗪类药过敏者；肝功能严重减退者；有癫痫病史者；昏迷患者（特别是用中枢抑制剂后）；青光眼患者禁用。

【不良反应】

1. 消化系统　主要有口干、上腹部不适、便秘。对肝功能有一定影响，偶可引起阻塞性黄疸、肝肿大，停药后可恢复。

2. 中枢神经系统　主要有乏力、嗜睡，有时可引起抑郁状态。

长期大量应用时可引起锥体外系反应。

3. 心血管系统　主要有心悸等反应。注射或大剂量口服时可引起直立性低血压。

4. 代谢或内分泌系统　偶见溢乳、乳房肿大、肥胖、闭经等。

5. 眼　眼部并发症主要表现为角膜和晶体混浊，或眼内压升高。

6. 过敏反应　常见皮疹、接触性皮炎、剥脱性皮炎、粒细胞减少、哮喘、紫癜等。

7. 其他　本品刺激性大，静脉注射时可引起血栓性静脉炎。肌内注射时局部肌肉疼痛较重。还可能引起鼻黏膜充血、排尿困难、性功能障碍、皮肤对光过敏等。

【用药指导】

1. 暴露于高热环境、有机磷杀虫剂及接受阿托品或相关药物治疗的患者不宜使用本品。

2. 用药期间不宜驾驶车辆、操作机械或高空作业。

3. 经长期治疗需停药时，应在几周之内逐渐减少用量。

【制剂与规格】片剂：①5mg；②12.5mg；③25mg；④50mg。注射液：①1ml：10mg；②1ml：25mg；③2ml：50mg。

【贮藏】遮光，密封保存。

奋乃静（Perphenazine）

【商品名或别名】得乐方，过二苯嗪，过非那嗪。

【药物概述】本品属吩噻嗪类药，药理作用与氯丙嗪相似，抗精神病的药理学效价较氯丙嗪强 6~10 倍，镇吐作用较强，镇静作用较低，但可产生较严重的锥体外系症状。

【药动学】肌内注射本品 10min 起效，1~2h 达最大效应，作用可持续 6h。口服达峰时间为 4~8h。口服吸收慢而不规则，生物利用度为 20%。食物、抗胆碱药均能明显延缓其吸收。肌内注射吸收迅速，分布于全身，以脑、肺、肝、脾、肾中较多。本品主要在肝脏代谢，在肝脏中有明显的首关效应，并存在肝肠循环。本品经肾排泄，可泌入乳汁。

【用药指征】

1. 用于精神分裂症和其他精神障碍。

2. 也用于多种原因所致的呕吐或顽固性呃逆。

【用法用量】

1. 口服给药

（1）用于精神分裂症：从小剂量开始，每次 2～4mg，每日 2～3 次。以后每隔 1～2 日增加 6mg，逐渐增至常用量每日 20～60mg。维持剂量为每日 10～20mg。

（2）用于呕吐或焦虑：每次 2～4mg，每日 2～3 次。

2. 肌内注射　用于精神分裂症：每次 5～10mg，每日 2 次或每 6h 1 次。

3. 静脉注射　用于精神分裂症：每次 5mg，用氯化钠注射液稀释至 0.5mg/ml。

【药物相互作用】同氯丙嗪。

【禁忌证】对吩噻嗪类药物过敏史者；肝功能不全者；有血液病、骨髓移植者；青光眼患者；帕金森病及帕金森综合征患者禁用。

【不良反应】

1. 主要为锥体外系反应，如震颤、僵直、流涎、运动迟缓、静坐不能、急性肌张力障碍等。

2. 可见血中催乳素浓度增高。

3. 少见直立性低血压、粒细胞减少与中毒性肝损害。

4. 偶见过敏性皮疹及神经阻滞剂恶性综合征。

【用药指导】

1. 本品可与食物、水和牛奶同服，以避免胃部刺激。

2. 服药大约 2 周后才能充分显效。

3. 应逐渐减量。

4. 本品可使尿液变成粉红色、红色或红棕色，但无临床意义。

5. 用药期间不宜驾驶车辆、操作机械或高空作业。

【制剂与规格】片剂：①2mg；②4mg。注射剂：①1ml：5mg；②2ml：5mg。

【贮藏】避光，密闭保存。

氟奋乃静（Fluphenazine）

【商品名或别名】保利神，滴卡，氟丙嗪。

【药物概述】本品为哌嗪族吩噻嗪类抗精神病药，可阻断多巴胺 D_2 受体而发挥其药理作用。抗精神病作用比奋乃静强，且更持久。其镇静、降压、止吐作用微弱，但锥体外系反应比奋乃静更多见。

【药动学】本品口服可吸收，达峰时间为 $2\sim4h$。口服生物利用度为 27%。肌内注射盐酸氟奋乃静 $1.5\sim2h$ 达血药峰浓度。本品可分布于脑脊液中。药物可通过胎盘屏障进入胎儿血循环，亦可分泌入乳汁。血浆半衰期 12h。

【用药指征】

1. 用于治疗精神分裂症，有振奋和激活作用，适用于单纯型、紧张型精神分裂症。

2. 用于缓解慢性精神分裂症的情感淡漠、行为退缩等症状。

【用法用量】

1. 口服给药　每次 2mg，每日 $2\sim3$ 次。逐渐增量至每日 $10\sim20mg$，每日用量不超过 30mg。

2. 肌内注射　每次 $2\sim5mg$，每日 $1\sim2$ 次。

【药物相互作用】同氯丙嗪。

【禁忌证】对本品过敏者；重度抑郁症患者；昏迷患者；血液系统疾病患者；皮层下脑组织受损害者；肝脏损害者；正在接受大剂量中枢神经抑制剂治疗者；有基底神经节病变者；帕金森病或帕金森综合征患者；骨髓抑制患者；青光眼患者；6 岁以下儿童禁用本品。12 岁以下儿童禁用本品注射液。

【不良反应】

1. 用药后容易出现锥体外系反应，常在注射给药后第 $2\sim4$ 日出现，以后逐渐减轻。

2. 可能出现体重增加、粒细胞减少、口干、便秘、视物模糊、恶心、镇静、月经紊乱、呕吐、低血压、异常出血、癫痫发作、迟发性运动障碍及抗胆碱能不良反应等。

【用药指导】

1. 用药时应逐渐减量，不要突然停药。

2. 用药期间不宜驾驶车辆、操作机械或高空作业。

【制剂与规格】 片剂：①2mg；②5mg。注射剂：①1ml：2mg；②1ml：5mg；③2ml：10mg。

【贮藏】 遮光，密封保存。

三氟拉嗪（Trifluoperazine）

【商品名或别名】 甲哌氟丙嗪，三氟吡拉嗪。

【药物概述】 本品为吩噻嗪类抗精神病药，作用机制与氯丙嗪相同，但抗精神病作用和镇吐作用均比氯丙嗪强。本品起效快、作用持久，催眠及镇静作用较弱，尚有抗组胺及抗惊厥作用。

【药动学】 本品口服易吸收，达峰时间为 $2\sim4h$。蛋白结合率为 $90\%\sim99\%$。在肝脏代谢，经肾由尿排出体外，部分由粪便排泄，不能经血液透析清除。

【用药指征】

1. 主要用于治疗精神分裂症，尤其适用于精神分裂症的妄想型与紧张型。

2. 也用于镇吐。

【用法用量】 口服给药：

（1）用于精神病：从小剂量开始，每次 5mg，每日 $2\sim3$ 次，每隔 $3\sim4$ 日逐渐增至每次 $5\sim10$mg，每日 $2\sim3$ 次。最大剂量为每日 45mg。

（2）用于镇吐：每次 $1\sim2$mg，每日 $1\sim2$ 次。

【药物相互作用】 同氯丙嗪。

【禁忌证】 对吩噻嗪类药过敏者；骨髓抑制患者；昏迷者；基底神经节病变患者；帕金森病及帕金森综合征患者禁用。

【不良反应】 主要有锥体外系反应，其次为失眠、烦躁、焦虑，少数患者眼花、口干、嗜睡、食欲减退、排尿困难，偶有过敏性皮疹。

【用药指导】

1. 用药期间不宜驾驶车辆、操作机械或高空作业。

2. 应逐渐减量，不宜突然停药。

【制剂与规格】 片剂：①1mg；②5mg。

【贮藏】 避光，密闭保存。

三氟丙嗪（Triflupromazine）

【商品名或别名】 施必林，氟丙嗪。

【药物概述】 同氯丙嗪，抗精神病作用较氯丙嗪强，有显著镇吐作用，锥体外系反应较多。

【用药指征】

1. 用于治疗精神分裂症。

2. 也用于镇吐。

【用法用量】

1. 用于精神分裂症、躁狂抑郁症的躁狂期 60～100mg/d，口服或肌内注射。

2. 用于镇吐 5～15mg，肌内注射，必要时4h后重复使用。

【药物相互作用】 同氯丙嗪。

【禁忌证】 同氯丙嗪。

【不良反应】 主要是锥体外系反应。其他不良反应有：困倦、体位性低血压、口干、视力模糊。

【制剂与规格】 片剂：① 10mg；② 25mg；③ 50mg。注射剂：1ml：10mg。

【贮藏】 避光，密闭保存。

硫利达嗪（Thioridazine）

【商品名或别名】 甲硫达嗪，利达嗪，美立廉。

【药物概述】 本品为吩噻嗪类抗精神病药，通过阻断脑内突触后多巴胺 D_2 受体而起抗精神病作用。与氯丙嗪相似，本品尚具有中度或更强的降血压作用，中度抗胆碱及镇静作用，但本品抗呕吐作用轻、锥体外系效应弱。

【药动学】本品口服易吸收，生物利用度约40%，血药浓度达峰时间为1~4h。可透过血－脑脊液屏障，血浆蛋白结合率达99%。主要在肝脏代谢，从尿液和粪便排泄。

【用药指征】

1. 主要用于治疗急、慢性精神分裂症，尤伴激动、焦虑、紧张的精神分裂症。

2. 可用于躁狂症、更年期精神病。

【用法用量】口服给药：

（1）用于精神病：常用初始剂量为每次50~100mg，每日3次；严重病例日剂量可达800mg。

（2）用于焦虑和紧张：日剂量为30~200mg。

【药物相互作用】同氯丙嗪。

【禁忌证】对本品或其他吩噻嗪类药过敏者；严重心血管疾病患者；严重的中枢神经系统功能障碍者；昏迷患者；白细胞减少者禁用。

【不良反应】

1. 常见不良反应有嗜睡、头晕、口干、鼻塞、直立性低血压、心动过速、视物模糊等。

2. 少见震颤、流涎、运动迟缓、静坐不能和急性肌张力障碍等锥体外系反应。

3. 偶有腹泻、腹胀、心电图异常、中毒性肝损害。

【用药指导】用药期间不宜驾驶车辆、操作机械或高空作业。

【制剂与规格】片剂：① 10mg；② 25mg；③ 50mg；④ 100mg；⑤200mg。

【贮藏】遮光，密封保存。

丙氯拉嗪（Prochlorperazine）

【商品名或别名】甲哌氯丙嗪，丙氯比拉嗪，普氯拉嗪。

【药物概述】同氯丙嗪，但抗精神病作用比氯丙嗪强，比三氟拉嗪弱，有显著镇静作用和较强镇吐作用。

【用药指征】

1. 用于急、慢性精神病，神经官能症及止吐。

2. 可用于梅尼埃综合征。

【用法用量】口服给药：

（1）用于精神病：每日 50～100mg，分次服用。

（2）用于止吐：每次 5～10mg，每日 3 次。

（3）用于梅尼埃综合征：每日 15～30mg，分次服。

【药物相互作用】同氯丙嗪。

【禁忌证】同氯丙嗪。

【不良反应】同氯丙嗪，但以嗜睡与锥体外系症状为主，并有明显的肌张力障碍，特别在儿童和青少年更多见；偶见再生障碍性贫血、癫痫发作、甲状腺功能减退和尿 17－羟、17－酮类固醇激素代谢受影响等。

【用药指导】用药期间不宜驾驶车辆、操作机器。

【制剂与规格】片剂：①5mg；②10mg；③25mg。注射剂：1ml:5mg。栓剂：①2.5mg；②5mg；③25mg。

【贮藏】遮光，室温保存。

左美丙嗪（Levomepromazine）

【商品名或别名】左甲氧嗪。

【药物概述】同氯丙嗪的中枢神经系统作用和异丙嗪的抗组胺作用。

【用药指征】治疗精神分裂症，对晚期癌肿严重疼痛可用作镇痛药的辅助药物。

【用法用量】口服给药：

（1）治疗精神分裂症：每日 25～50mg，分 3 次服。

（2）用于晚期癌肿严重疼痛：12.5～50mg，每 4～8h 可重复使用。

【药物相互作用】同氯丙嗪。

【禁忌证】同氯丙嗪。

【不良反应】同氯丙嗪，但镇静作用更明显，体位性低血压反应也较严重。

【用药指导】患者如初次服用较大剂量或采取注射用药时均应平卧。

【贮藏】遮光，室温保存。

丙嗪（Promazine）

【商品名或别名】普马嗪。

【药物概述】同氯丙嗪，但抗精神病作用较强。

【用药指征】用于治疗精神病激动和攻击行为，以及缓解顽固性呃逆。

【用法用量】口服给药：

（1）治疗精神病：每次 100 ~ 200mg，每日 4 次。

（2）控制恶心呕吐：口服 25 ~ 50mg，每 4 ~ 6h 服 1 次。

【药物相互作用】

－ 止泻药会延迟或减少本品吸收。

－ 与哌替啶合用对心血管系统有影响。

【禁忌证】同氯丙嗪。

【不良反应】体位性低血压，再生障碍性贫血，癫痫发作。

【制剂与规格】片剂：① 25mg；② 50mg；③ 100mg。注射剂：①1ml：50mg；②2ml：50mg。

【贮藏】遮光，室温保存。

氰美马嗪（Cyamemazine）

【商品名或别名】氰异丁嗪。

【药物概述】作用同氯丙嗪。

【用药指征】用于短程治疗攻击性行为。

【用法用量】

1. 口服给药　每日 25～600mg，分次服，晚上可服较大剂量。

2. 肌内注射　每日 25～200mg。

【药物相互作用】 同氯丙嗪。

【禁忌证】 同氯丙嗪。

【不良反应】 同氯丙嗪。

【制剂与规格】 片剂：25mg。

【贮藏】 遮光，室温保存。

地西拉嗪（Dixyrazine）

【商品名或别名】 达克西拉嗪。

【药物概述】 作用同氯丙嗪。

【用药指征】 抗精神病、镇吐和镇静作用。

【用法用量】 口服给药：每日 20～150mg，分次服。

【药物相互作用】 同氯丙嗪。

【禁忌证】 同氯丙嗪。

【不良反应】 同氯丙嗪。

【制剂与规格】 片剂：①10mg；②25mg。注射剂：2ml：20mg。

【贮藏】 遮光，室温保存。

硫丙拉嗪（Thioproperazine）

【商品名或别名】 氨砜拉嗪，硫丙比拉嗪。

【药物概述】 同氯丙嗪。

【用药指征】 治疗精神分裂症和其他精神病。

【用法用量】 口服给药：开始每日 5mg，逐渐增量，一般有效剂量为每日 30～40mg；重症或耐受病例可用至每日 90mg 或更大。

【药物相互作用】 同氯丙嗪。

【禁忌证】 同氯丙嗪。

【不良反应】 同氯丙嗪。

【制剂与规格】 片剂：10mg。

【贮藏】遮光，室温保存。

（二）噻吨类

氯普噻吨（Chlorprothixene）

【商品名或别名】氯丙硫蒽，氯丙硫新，泰尔登。

【药物概述】本品为硫杂蒽类抗精神病药。可通过阻断脑内多巴胺受体而改善精神障碍；也可抑制延脑的化学感受器起止吐作用；还可抑制脑干网状结构上行激活系统，起镇静作用；并有抗抑郁及抗焦虑作用。本品抗肾上腺素作用及抗胆碱作用较弱。

【药动学】口服后吸收快，1~3h 可达血药峰浓度。肌内注射后作用时间可维持 12h 以上。本品主要在肝内代谢，半衰期约为 30h，大部分经肾排泄。

【用药指征】适用于带强迫状态或焦虑抑郁情绪的精神分裂症、焦虑性神经症及更年期抑郁症。

【用法用量】

1. 口服给药　用于精神病：初始时每次 25~50mg，每日 2~3 次。以后根据临床需要与耐受程度逐渐增至每日 400~600mg。维持量为每日 100~200mg。

2. 肌内注射　对于精神病的兴奋躁动、不合作者：初始时每日 90~150mg，分次给予。

【药物相互作用】

　＋　本品能加强全麻药的药效。

　－　与阿替洛尔或美托洛尔合用，导致两者的作用增强，出现中毒反应。

　－　与卡法根合用，导致本品的治疗作用和（或）不良反应均增加。

　＋　与三环类或单胺氧化酶抑制剂合用，镇静和抗胆碱作用增强。

　＋　与抗胆碱药合用时抗胆碱作用增强。

－　与锂盐合用，可能导致虚弱、运动障碍、锥体外系反应加重及脑损伤等。

－　与曲马多、佐替平合用时，发生惊厥的危险性增加。

－　普拉睾酮可降低本品的药效。

－　与抗胃酸药或泻药合用，本品的吸收减少。

－　本品导致左旋多巴的抗帕金森作用降低。

－　与胍乙啶合用，胍乙啶的降压作用降低。

－　与苯巴比妥合用，使本品的作用降低。另外可降低癫痫的发作阈值。

－　与肾上腺素合用，可导致血压下降。

－　与卡麦角林合用，降低疗效。

【禁忌证】对本品过敏者；基底神经节病变者；昏迷患者；帕金森病及帕金森综合征患者；骨髓抑制患者；青光眼患者；尿潴留者禁用。6 岁以下儿童禁用本品片剂，12 岁以下儿童禁用本品注射剂。

【不良反应】本品不良反应较轻，可引起体位性低血压。较少见迟发性运动障碍、皮疹或接触性皮炎。粒细胞减少、眼内出现细微沉积物、肝功能损害、黄疸等罕见。

【用药指导】

1. 停药时，应缓慢减量。

2. 避免皮肤与药物接触，以防止接触性皮炎。

【制剂与规格】片剂：①12.5mg；②15mg；③25mg；④50mg。注射剂：1ml∶30mg。

【贮藏】遮光，密闭保存。

替沃噻吨（Tiotixene）

【商品名或别名】氨砜噻吨，甲哌硫丙硫蒽。

【药物概述】本品为硫杂蒽类抗精神病药，确切的作用机制尚不清楚。

【药动学】本品口服吸收良好，1～3h 可达血药浓度峰值。吸收后迅速分布于全身，分布半衰期为 0.5h。有首关效应，在肝脏代谢，主要由胆汁排泄。消除半衰期为34h。

【用药指征】

1. 主要用于慢性精神分裂症的行为退缩、主动性减低、情感淡漠等症状。

2. 对急性精神分裂症的幻觉、妄想以及情感障碍、躁狂抑郁状态也有效。

3. 可用于治疗焦虑症。

【用法用量】

1. 口服给药　精神分裂症：初始剂量为每次 2mg，每日 3 次；或每次 5mg，每日 2 次。必要时可逐渐增量至每日 20mg，每日 1～3 次。

2. 肌内注射

（1）精神分裂症：每次 4mg，每日 1 次。

（2）焦虑症：每日 2～12mg。

【药物相互作用】

－　与槟榔合用时，可加重本品的锥体外系反应。

－　与锂盐合用可引起运动障碍、锥体外系反应加重和脑损害症状。

－　与曲马朵、佐替平合用，可增加癫痫发作的危险。

－　与卡麦角林合用，两者的疗效均降低。

－　与酮洛酸合用可引起幻觉。

－　与颠茄合用，可因相加的抗胆碱作用而引起严重的口干、便秘、少尿、过度镇静、视物模糊等症状。

【禁忌证】对本品过敏者。

【不良反应】主要为锥体外系反应。此外，尚有失眠、乏力、呕吐、皮疹、低血压、心动过速、口干、烦渴、多汗、视物模糊及心电图改变。

【制剂与规格】片剂：① 5mg；② 10mg。胶囊剂：① 5mg；② 10mg。注射剂：2ml：4mg。

【贮藏】室温，密闭，干燥处保存。

氟哌噻吨（Flupentixol）

【商品名或别名】 复康素，羟哌氟丙硫蒽，三氟噻吨。

【药物概述】 本品属硫杂蒽类药，为非镇静型抗精神病药。本品具有抗精神病作用及振奋和激活作用，能够控制幻觉、妄想、思维和意志行为障碍等阳性症状，对思维贫乏、情感淡漠、意向活动减退等阴性症状亦有较好的疗效。其作用机制是通过阻断多巴胺 D_2 受体而起到抗精神病的作用。此外，本品可通过减少突触后受体暴露而刺激突触后受体具有更大的亲和力，增加多巴胺能活性，起到抗快感缺失和抑郁作用。

【药动学】 本品口服后血药浓度达峰时间为 4h；其癸酸酯长效针剂肌内注射后达峰时间为 3 ~ 10 日，血药浓度峰值可持续 7 日左右，作用可维持 2 ~ 3 周。吸收后原形药物经血液广泛分布于脑、脊髓、肺、肝、肠道、肾及心脏，少量可透过胎盘屏障。经肝脏代谢。主要从粪便排泄，少量经肾由尿排出，亦可分泌至乳汁中。片剂的消除半衰期为 35h，癸酸酯长效针剂的消除半衰期为 17 日。

【用药指征】

1. 用于各种急、慢性精神分裂症及同类的精神病。

2. 用于各种原因引起的抑郁或焦虑症状。

3. 用于癫痫、老年性痴呆、精神发育迟滞以及酒精、药物依赖等伴发的精神症状。

【用法用量】

1. 口服给药

（1）用于精神病：初始剂量为每次 5mg，每日 1 次，以后视情况逐渐加量，必要时可增至每日 40mg。

（2）抑郁症：每次 1mg，每日 2 次。每日极量为 3mg。

2. 肌内注射 癸酸氟哌噻吨注射液：治疗精神分裂症，初始剂量为每次 10mg，注射 1 次，1 周后可调整治疗剂量为每次 20 ~ 40mg，每 2 周 1 次。

【药物相互作用】

－　本品可加强巴比妥类等中枢神经抑制剂的镇静（或抑制）作用。

－　与锂盐合用，可导致运动障碍、锥体外系症状增加和脑损害。

－　与曲马朵、佐替平合用，可增加癫痫发作的危险。

－　本品与三环类抗抑郁药合用，导致两者的血药浓度升高和毒性增加。

－　本品与甲氧氯普胺、枸橼酸哌嗪合用，出现锥体外系不良反应的风险增加。

－　本品与卡麦角林相互拮抗。

－　本品可降低胍乙啶、肾上腺素及左旋多巴的作用。

±　本品可影响胰岛素、葡萄糖的作用，对糖尿病患者，应调整糖尿病药的治疗方案。

【禁忌证】对本品过敏者；有严重心、肝、肾等器官或系统疾病患者；兴奋、躁动者不宜使用；各种原因引起的中枢神经系统抑制者；急性中毒、昏迷、谵妄、循环衰竭者；恶病质患者；嗜铬细胞瘤患者；妊娠早期禁用。

【不良反应】同氯丙嗪，但锥体外系反应多见。

【用药指导】用药后驾驶或操作机器应谨慎。

【制剂与规格】片剂：①0.5mg；②3mg；③5mg。癸酸酯注射剂：1ml∶20mg。

【贮藏】阴凉干燥处，密闭保存。

氯哌噻吨（Clopenthixol）

【商品名或别名】氨噻吨，高抗素，癸酸酯。

【药物概述】本品为硫杂蒽类抗精神病药，通过阻断多巴胺受体而起作用。药理作用与氯丙嗪大致相似，对自主神经的作用相对较弱，抗肾上腺素作用和抗胆碱作用所致的不良反应少而轻。镇静作用比氯丙嗪强，为中效抗精神病药。

【药动学】口服本品，4h 血药浓度达峰值，通常 2～7 日起效。肌内注射速效针剂后 4h 起效，24～48h 血药浓度达峰值。肌内注射长效针剂后 1 周内显效，峰值血药浓度维持 7 日，生物利用度为 44%。吸收后原形药物分布于脑、脊髓、肺、肾脏及心脏，少量可通过胎盘屏障，并可泌入乳汁。经肝脏代谢。主要随粪便排泄，少量亦可随尿液排泄。半衰期为 19 日。

【用药指征】

1. 用于精神分裂症，对思维及感知障碍（如妄想、幻觉）有较好疗效。

2. 用于躁狂症、双相情感障碍的躁狂发作。

3. 也可用于精神发育迟滞、老年痴呆等伴发的精神症状。

4. 还可用于偏执性精神病、脑萎缩过程及外伤后的精神障碍。

【用法用量】

1. 口服给药

（1）一般治疗：初始剂量为每次 10mg，每日 1 次。治疗剂量为首剂后每 2～3 日增加 5～10mg，可增至每日 80mg，分 2～3 次服。维持剂量为每次 10～40mg，每日 1 次。

（2）急性精神分裂症和躁狂症：初始剂量为每日 25～50mg。2～3 日后可增加到每日 75mg 或更高。

（3）慢性精神分裂症的维持治疗：每日 25～50mg。

（4）精神因素引起的激动、烦躁和精神错乱：每日 10～40mg，分 3 次服或晚间顿服。

2. 肌内注射

（1）速效针剂：每次 50～150mg 深部肌内注射，通常每 72h 1 次，总量不超过 400mg。

（2）长效针剂：通常每次 200mg 深部肌内注射，每 2～4 周 1 次。

【药物相互作用】

+ 催眠药、镇静药和镇痛药与本品合用可相互增效。

+ 本品可增强降压药的作用。

- 本品可增强戊四氮致痉挛的作用。

- 与左旋多巴合用，可减弱后者作用。

- 与哌嗪合用，可增加锥体外系反应的发生率。

【禁忌证】对硫杂蒽类、吩噻嗪类药物过敏者；急性酒精中毒者；催眠药、镇痛药或精神药物中毒者；低血容量性休克及昏迷患者；有惊厥史者；严重心、肝、肾功能不全者；哺乳妇女；孕妇禁用。

【不良反应】主要为锥体外系反应，少见循环系统障碍、心脏传导阻滞、食欲减退、胃肠道不适、口腔黏膜溃疡、胆汁淤积性黄疸、视物模糊、唾液和汗腺分泌失调、发热、尿潴留、停经及异常泌乳、癫痫多梦、皮疹等。

【用药指导】

1. 本品不宜与其他抗精神病药物合用。

2. 儿童不宜使用速效针剂。

3. 服药期间应避免驾驶车辆或操作机械。

【制剂与规格】片剂：10mg。速效针剂：1ml：50mg。长效针剂：1ml：200mg。

【贮藏】严密避光，置冷暗处保存。

珠氯噻醇（Zuclopenthixol）

【商品名或别名】纯氯噻吨，醋酸珠氯噻吨，二盐酸反氯噻吨。

【药物概述】本品为硫杂蒽类抗精神病药，是氯哌噻吨的顺式异构体，通过阻断多巴胺 D_1/D_2 受体而起作用。可对抗哌甲酯引起的刻板症状，其作用比氟哌噻吨弱而较氯丙嗪强 20 倍；抗阿扑吗啡的作用与氟哌啶醇相同；可抑制条件回避反应，此作用较氯丙嗪强 10 倍。此外，本品还有抗胆碱及抗组胺的作用，其抗胆碱作用弱，而抗组胺作用强。

【药动学】本品口服后经胃肠道吸收，3~6h 达血药浓度峰值；本品醋酸盐供肌内注射，24~48h 达血药浓度峰值，作用持续 48~72h；本品癸酸酯亦供肌内注射，1 周左右达血药浓度峰值，作用持续 2~4 周。在肝、肺、肠、肾中浓度较高，在大脑中浓度低。本品在肝脏代谢。药物主要由粪便排出，少量经肾从尿中排出，也可分泌入乳汁。

【用药指征】

1. 用于急性和慢性精神分裂症及其他精神病（尤其伴幻觉、妄想、思维紊乱等），缓解激越、不安、敌意、攻击行为、兴奋、震颤、谵妄等。

2. 用于躁狂症等。

3. 用于伴有激越症状的精神发育迟滞。

4 用于伴有激越和意识错乱症状的老年性痴呆。

【用法用量】

1. 口服给药

（1）急、慢性精神病：每日 20~75mg，分次服用。

（2）精神因素引起的激动、不安和精神错乱：每日 2~40mg，单次或分次服用。

（3）有激越症状的精神发育迟滞：每日 6~20mg。

（4）有激越和意识错乱症状的老年性痴呆：每日 2~6mg，宜于夜间服用。

2. 肌内注射

（1）醋酸珠氯噻醇：每次 50~150mg，每 2~3 日 1 次。

（2）癸酸珠氯噻醇：每次 200~400mg，每 2~4 周 1 次。

【药物相互作用】

+ 与镇静催眠药、镇痛药等中枢性抑制剂同服，可相互增效。

+ 本品可增强降压药的疗效。

- 本品与三环类抗抑郁药彼此抑制代谢。

- 本品与卡麦角林合用时可导致两药的疗效均降低。

- 本品可减弱左旋多巴、肾上腺素类药的作用。

- 与哌嗪合用，可增加本品锥体外系反应的发生率。

- 与锂盐合用，可导致运动障碍、锥体外系反应增加和脑损害。

－　与曲马朵合用时，癫痫发作的危险性增加。

±　本品可影响胰岛素、葡萄糖的作用，对糖尿病患者，应调整糖尿病药的治疗方案。

【禁忌证】对本品及其他噻嗪类、噻吨类药物过敏者；中枢抑制状态者（如急性酒精中毒，催眠药、镇痛药和抗精神病药中毒等）；休克及昏迷者；恶病质患者；嗜铬细胞瘤患者禁用。

【不良反应】同氯丙嗪，惟较常见思睡、头晕、心动过速、血压下降和锥体外系反应。

【用药指导】

1. 本品滴剂可用水稀释后服用，也可与食物或饮料混合后服用。

2. 口服的每日剂量可在晚上单次服用或分 3 次服。

3. 用药后驾驶或操作机器应谨慎。

【制剂与规格】片剂：① 2mg；② 10mg；③ 25mg。滴剂：①1ml：20mg；②2ml：100mg。醋酸珠氯噻醇注射剂：①1ml：25mg；②1ml：50mg。癸酸珠氯噻醇注射剂：1ml：200mg。

【贮藏】15℃以下，避光保存。

（三）丁酰苯类

氟哌啶醇（Haloperidol）

【商品名或别名】氟哌丁苯，卤吡醇，哌力多。

【药物概述】本品为丁酰苯类抗精神病药，其作用机制为阻断脑内多巴胺受体，抑制多巴胺神经元的效应，并能加快和增强脑内多巴胺的转化。此外，本品还可阻断自主神经系统的肾上腺素 α 受体，产生相应的生理作用。

【药动学】本品口服后有 70% 被吸收，口服 3～6h 或肌内注射 10～20min 后血药浓度达峰值。血浆蛋白结合率高。本品在体内分布广泛，大量分布于肝脏，少量分布于骨骼肌，且可透过血－脑脊液屏障。在肝脏代谢，随尿排出，少量随胆汁排泄。半衰期为 21h。

【用药指征】

1. 主要用于治疗各型急、慢性精神分裂症及躁狂症等。

2. 可用于焦虑性神经症。

3. 还可用于儿童多发性抽动－秽语综合征。

【用法用量】

1. 口服给药

（1）精神分裂症：起始剂量每次 2～4mg，每日 2～3 次。逐渐增加至常用量每日 10～40mg，维持剂量每日 4～20mg。

（2）焦虑性神经症：每日 0.5～1.5mg。

（3）抽动－秽语综合征：每次 1～2mg，每日 2～3 次。

2. 肌内注射　用于控制兴奋躁动，每次 5～10mg，每日 2～3 次。

3. 静脉滴注　本品 10～30mg 加入 250～500ml 葡萄糖注射液内静脉滴注。

【药物相互作用】

－　与异烟肼、奎尼丁合用时，本品的血药浓度可升高。

＋　与麻醉药、镇痛药、催眠药合用时，可相互增效。

－　与抗高血压药合用时，可使血压过度降低。

＋　本品可加强其他中枢神经抑制剂的药效。

－　与卡马西平和抗惊厥药合用时可使本品的血药浓度降低。

－　利福平可使本品的半衰期缩短。

－　本品可降低苯丙胺的作用。

－　本品与具有抗胆碱活性的药物合用时，可减少锥体外系反应，但有可能使眼压增高。

－　与肾上腺素合用时，可导致血压下降。

－　与甲基多巴合用时，可发生意识障碍、思维迟缓与定向力障碍。

【禁忌证】对本品过敏者；重症肌无力患者；严重心脏病患者；帕金森综合征患者；严重中枢神经抑制状态者；骨髓抑制者禁用。

【不良反应】

1. 以锥体外系症候群最常见。

2. 较常见的不良反应有失眠、头痛、口干、便秘、恶心等。

3. 较少见的不良反应有直立性低血压、头昏、晕眩、嗜睡、淡漠、焦虑、抑郁、迟发性运动障碍、内分泌和代谢紊乱、排尿困难、皮疹、接触性皮炎等。

【用药指导】

1. 长期用药者停药时，应在几周之内逐渐减少剂量。

2. 服药期间应避免驾车或操作机器。

【制剂与规格】片剂：①2mg；②4mg；③5mg。注射剂：1ml：5mg。

【贮藏】避光，密闭保存。

三氟哌多（Trifluperidol）

【商品名或别名】三氟哌丁苯。

【药物概述】本品为丁酰苯类抗精神病药，其作用机制为阻断脑内多巴胺受体，抑制多巴胺神经元的效应，并能加快和增强脑内多巴胺的转化。此外，本品还可阻断自主神经系统的肾上腺素 α 受体，产生相应的生理作用。本品药理作用同氟哌啶醇，但作用快而强。

【药动学】本品口服后吸收迅速良好，血浆蛋白结合率高。在肝脏内代谢，大部分药物经肾脏随尿排出体外。

【用药指征】主要用于急、慢性精神分裂症、兴奋躁动、行为紊乱、幻觉、妄想、呆滞淡漠、畏缩、狂躁等症。

【用法用量】

1. 口服给药　每日 0.5 ~ 8mg，分 1 ~ 3 次服用。

2. 肌内注射或静脉注射　每次 0.5 ~ 1mg，每日 2 ~ 3 次。

【药物相互作用】同氟哌啶醇。

【禁忌证】对本品过敏者；重症肌无力患者；严重心脏病患者；帕金森综合征患者；严重中枢神经抑制状态者；骨髓抑制者禁用。

【不良反应】同氟哌啶醇。

【用药指导】 同氟哌啶醇。

【制剂与规格】 片剂：0.5mg。注射剂：1ml：2.5mg。

【贮藏】 避光，密闭保存。

氟哌利多（Droperidol）

【商品名或别名】 达哌丁苯，达哌啶醇，力帮欣定。

【药物概述】 本品为丁酰苯类抗精神病药，通过阻滞边缘系统、下丘脑和黑质－纹状体系统等部位的多巴胺受体而发挥作用。有强安定作用和镇吐作用，可产生锥体外系反应。

【药动学】 本品肌内注射吸收迅速，静脉注射后 5 ~ 8min 起效。最佳效应持续时间约为 3 ~ 6h。可广泛分布于全身，并可透过血－脑脊液屏障和胎盘屏障。血浆蛋白结合率为 85% ~ 90%。大部分在肝内降解。大部分在 24h 内从尿或粪便中排出。

【用药指征】

1. 用于治疗精神分裂症的急性精神运动性兴奋躁狂状态。

2. 与强镇痛药芬太尼一起静脉注射，作"神经安定镇痛术"，用于外科麻醉，可进行小手术，如烧伤大面积换药、各种内镜检查及造影等。

3. 可于麻醉前给药，用于抗精神紧张、抗休克、镇吐等。

4. 可用于治疗持续性呃逆、呕吐。

【用法用量】

1. 肌内注射

（1）治疗精神分裂症：每日 10 ~ 30mg，分 1 ~ 2 次注射。

（2）麻醉前给药：手术前 30min 注射 2.5 ~ 5mg。

（3）急性精神运动性兴奋躁狂：每日 5 ~ 10mg。

（4）癌症化疗后镇吐：化疗前 30 ~ 60min，注射 2.5 ~ 5mg；化疗后根据需要可注射 0.5 ~ 1 倍的原剂量，但每小时最多 1 次。

2. 静脉注射

（1）神经安定镇痛术：每 5mg 本品加枸橼酸芬太尼 0.1mg，在 2 ~ 3min 内缓慢注射，5 ~ 6min 内如未达到一级麻醉状态，可追加

0.5~1倍的原剂量。

（2）一般麻醉：注射15mg，然后按需要继续静脉给药1.25~2.5mg以维持。

（3）治疗呃逆：每次2~2.5mg。

【药物相互作用】

+　本品能增强巴比妥类药和麻醉性镇痛药的作用。

－　本品与枸橼酸芬太尼的合剂可增强巴比妥类药和麻醉药的呼吸抑制作用，可能引起致命性呼吸抑制。

－　本品与卡麦角林药理作用相互拮抗。

－　本品拮抗去甲肾上腺素的升压作用。

－　与左旋多巴合用，可引起肌肉强直（包括躯干和四肢的肌肉），同时还可发生肺水肿。

－　与锂盐合用，可能引起虚弱无力、运动障碍、锥体外系症状以及脑损害。

【禁忌证】对本品过敏者；严重中枢神经抑制者；抑郁症患者；嗜铬细胞瘤患者；重症肌无力患者；帕金森病、帕金森综合征及有帕金森病史的患者；基底神经节病变者禁用。

【不良反应】同氯丙嗪，锥体外系反应较多见。

【用药指导】

1. 注射本品后，为防止出现直立性低血压，应静卧1~2h。

2. 用药期间一旦发生粒细胞减少应立即停药。

【制剂与规格】注射剂：① 1ml：5mg；② 2ml：5mg；③2ml：10mg。

【贮藏】避光保存。

匹莫齐特（Pimozide）

【商品名或别名】哌迷清。

【药物概述】同氟哌定醇，具有长效抗精神病作用，能改善幻觉、妄想、淡漠、抑郁、思维障碍、动作迟滞等症状，促使退缩、被动的慢性精神分裂症患者振奋。此外，本品还有某些钙拮抗作用。

【用药指征】用于急、慢性精神分裂症，对幻觉、妄想、淡漠效果好。对慢性退缩性患者尤为适用。

【用法用量】口服给药：

（1）用于精神病：每日 2～4mg；最大剂量可达每日 20mg。

（2）用于抽动－秽语综合征：开始每日 1～2mg，需要时可增至每日 10mg 或每日 0.2mg/kg。

【药物相互作用】同氯丙嗪。

【禁忌证】先天性 Q－T 间期延长和心律失常史的患者禁用。

【不良反应】同氯丙嗪，但锥体外系症状较多，而镇静、低血压和抗毒蕈碱反应少见；偶有室性心律失常和其他心电图异常以及原因不明的猝死。

【用药指导】治疗前和治疗过程中均应做心电图检查。

【制剂与规格】片剂：①2mg；②4mg；③10mg。

【贮藏】避光，室温保存。

溴哌利多（Bromperidol）

【商品名或别名】溴哌醇，溴苯哌丁苯。

【药物概述】本品为丁酰苯类抗精神病药。可对抗阿扑吗啡、苯丙胺的作用，对条件回避反应有抑制作用；但对强直性昏厥作用弱。

【药动学】本品口服吸收较迅速，4～6h 后达血高峰浓度，血浆半衰期为 20.2～30.0h。经肝脏与葡萄糖醛酸结合，自肾脏排出。

【用药指征】适用于治疗精神分裂症。

【用法用量】口服给药：成人每日 3～18mg，分次服用，最大剂量每日 36mg。

【药物相互作用】

＋　与巴比妥类等中枢神经抑制剂并用或饮酒，可相互增强作用。

－　本品可逆转肾上腺素的作用而使血压下降。

－　与锂盐合用，可引起心电图变化，严重锥体外系症状，持续性运动障碍，突发性马林综合征及不可逆性脑功能障碍。

【禁忌证】昏迷、使用中枢抑制剂者；重症心功能不全者；帕金森综合征患者；对丁酰苯类过敏者；孕妇、哺乳期妇女禁用。

【不良反应】有帕金森综合征、静坐不能、睡眠障碍、困倦、便秘、乏力、倦怠，偶见 ALT 升高。

【用药指导】用药期内应避免危险的机械操作。

【制剂与规格】片剂：①1mg；②3mg；③6mg。颗粒剂：1%（每克含 10mg）。

【贮藏】避光，室温保存。

苯哌利多（Benperidol）

【商品名或别名】苯哌唑酮。

【药物概述】作用同氟哌啶醇。

【用药指征】用于治疗精神病状态和性行为异常。

【用法用量】口服给药：每日 0.25 ~ 1.5mg，分次口服。

【药物相互作用】同氟哌啶醇。

【禁忌证】同氟哌啶醇。

【不良反应】同氟哌啶醇。

【制剂与规格】片剂：0.25mg。

【贮藏】避光，室温保存。

美哌隆（Melperone）

【商品名或别名】甲哌丁苯，甲氟哌隆。

【药物概述】作用同氟哌啶醇。

【用药指征】用于治疗精神分裂症。

【用法用量】

1. 口服给药　剂量可用到每次 100mg，每日 3 ~ 4 次。

2. 肌内注射　每日 50 ~ 100mg，可渐增量，最大量每日 200mg。

【药物相互作用】同氟哌啶醇。

【禁忌证】同氟哌啶醇。

【不良反应】同氟哌啶醇。

【制剂与规格】 片剂：①25mg；②50mg。注射剂：2ml：50mg。

【贮藏】 避光，室温保存。

（四）苯酰胺类

舒必利（Sulpiride）

【商品名或别名】 硫苯酰胺，消呕宁，止吐灵。

【药物概述】 本品为苯甲酰胺类抗精神病药，是特异性多巴胺 D_2 受体拮抗药，具有与氯丙嗪相似的抗精神病效应，同时能止吐并抑制胃液分泌。

【药动学】 口服自胃肠道吸收，血药浓度达峰时间为 1～3h。清除率为 101～314ml/min。血浆半衰期为 8～9h。从尿中排出，少量经胆汁由粪便排出，也可从乳汁分泌。

【用药指征】

1. 适用于单纯型、偏执型、紧张型精神分裂症及慢性精神分裂症的孤僻、退缩、淡漠症状，对抑郁症状有一定疗效。

2. 可用于顽固性恶心、呕吐的对症治疗。

3. 可用于胃及十二指肠溃疡、眩晕、偏头痛等。

【用法用量】

1. 口服给药

（1）用于呕吐：每次 100～200mg，每日 2～3 次。

（2）用于精神分裂症：开始时每次 100mg，每日 2～3 次，逐渐增至每日 600～1200mg，维持剂量为每日 200～600mg。

（3）用于胃肠溃疡：每日 100～300mg，分 3～4 次服。

（4）用于偏头痛：每日 100～200mg，分次服。

2. 肌内注射　精神分裂症：每日 200～600mg，分 2 次注射。

3. 静脉滴注　精神分裂症：本品 100～200mg 稀释于 250～500ml 葡萄糖氯化钠注射液中缓慢静脉滴注，每日 1 次，可逐渐增量至每日 300～600mg，每日量不超过 800mg。

【药物相互作用】

– 与曲马朵、佐替平合用，可增加致癫痫发作的风险。

– 与中枢神经系统抑制剂或三环类抗抑郁药合用，可导致过度嗜睡。

– 合用硫糖铝时，本品的生物利用度降低40%。

– 抗酸药和止泻药可降低本品的吸收率。

– 锂盐可加重本品的不良反应，并降低药效。

【禁忌证】 对本品过敏者；嗜铬细胞瘤患者；严重肝病患者；幼儿禁用。

【不良反应】 同氯丙嗪，较氯丙嗪轻。

【用药指导】

1. 可与食物、水和牛奶同服以避免胃部刺激。

2. 用药期间不能从事驾驶、机械操作等有危险的活动。

3. 用药期间若出现皮疹、瘙痒等过敏反应时，应停药。

【制剂与规格】 片剂：100mg。注射剂：①2ml：50mg；②2ml：100mg。

【贮藏】 遮光，密闭保存。

舒托必利（Sultopride）

【商品名或别名】 备狂宁，吡乙磺苯酰胺，舒托普利。

【药物概述】 本品为苯甲酰胺类抗精神病药，作用机制与舒必利相似，具有中枢性抗多巴胺作用，能选择性阻断多巴胺 D_2 受体，从而控制兴奋躁动和行为紊乱的症状。本品抗精神病作用强，见效快，但镇静作用也较强，可导致反应迟钝。

【药动学】 本品口服后主要从十二指肠、空肠吸收，1～1.5h 血药浓度达峰值。口服片剂的生物利用度为80%～90%。在肝脏代谢，给药量的90%以原形经肾由尿排泄。半衰期为3.5～5.3h。

【用药指征】 用于治疗急、慢性精神分裂症及其他具有兴奋、躁狂和幻觉、妄想等症状的精神障碍。

【用法用量】 口服给药：每日 100～300mg，分 3 次餐后服用。

每日极量为 600mg。

【药物相互作用】本品与中枢神经抑制剂有协同作用，合用时应调整剂量。

【禁忌证】对本品过敏者；心、肝、肾功能不全者；抑郁症患者；帕金森病患者；癫痫患者；中枢神经系统处于明显抑制状态者；有脑损伤病史的患者；低钾血症患者；孕妇及哺乳妇女禁用。

【不良反应】

1. 常见锥体外系反应，如运动困难、躁动、静坐不能。

2. 少见口干、失眠、便秘、心悸等症状。

3. 偶见头痛、头晕、倦怠、皮疹及胃肠道反应等。

【制剂与规格】片剂：①0.05g；②0.1g；③0.2g；④0.4g。注射剂：①1ml：0.2g；②1ml：0.4g。

【贮藏】避光、密闭，室温保存。

奈莫必利（Nemonapride）

【商品名或别名】艾敏斯，尼莫纳必利得。

【药物概述】本品为吡咯类抗精神病药，对脑内多巴胺 D_2 受体有较强的选择性抑制作用，而对 α 肾上腺素受体与 M 胆碱受体作用极弱，故其抗胆碱作用与镇静作用弱，不良反应少。本品抗精神病作用较强，能有效改善幻觉和妄想等症状。

【药动学】本品口服吸收良好，首关效应较大。血浆蛋白结合率约95%。本品在肝脏代谢，主要经肾从尿中排出，也可泌入乳汁。血浆半衰期为 2.5~4.5h。

【用药指征】用于治疗精神分裂症。

【用法用量】口服给药：每日 9~36mg，分 3 次餐后服用。每日极量为 60mg。

【药物相互作用】

+ 本品与中枢神经抑制剂有协同作用。

【禁忌证】昏迷患者；帕金森病患者；儿童禁用。

【不良反应】同舒必利。

【用药指导】服药期间不宜从事驾驶、操作机械等工作。

【制剂与规格】片剂：①3mg；②10mg。

【贮藏】密封，室温保存。

瑞莫必利（Remoxipride）

【商品名或别名】雷氯必利，勒克艾利。

【药物概述】本品是舒必利类苯甲酰胺的换代产品，它是一种亲脂性抗精神病药物，具有相对弱的选择性中枢多巴胺 D_2 受体拮抗作用。但它对其他神经系统神经传导亚型受体具有很小的亲和性或无亲和性。

【用药指征】用于急性和慢性精神分裂症与以妄想、幻觉和思维紊乱为症状的其他精神病。

【用法用量】口服给药：每日 $150 \sim 300$mg，分 3 次服。

【禁忌证】同舒必利。

【不良反应】不良反应轻微，且多数是暂时的。锥体外系反应发生率较低。

【用药指导】服用本品者最好不要操作车辆与机器。

【制剂与规格】片剂：①50mg；②100mg。

【贮藏】密封，室温保存。

（五）二苯并氧氮䓬类

氯氮平（Clozapine）

【商品名或别名】二氮杂䓬，氯扎平。

【药物概述】本品是二苯氧氮杂䓬类抗精神病药的代表药，为非典型抗精神病药，其确切作用机制尚未阐明。

【药动学】口服吸收迅速而完全。广泛分布到各组织中，并可通过血－脑脊液屏障。服药后 2.5h 血药浓度达峰值，$8 \sim 10$ 日达稳态血药浓度。作用持续时间为 $4 \sim 12$h。经肝脏首关代谢。50% 由尿排泄，30% 随粪便排出，也可从乳汁中分泌。

【用药指征】 适用于治疗精神分裂症，对精神分裂症的阳性或阴性症状及难治性精神分裂症有较好疗效。由于本品有导致粒细胞减少的不良反应，故不用作此类疾病的首选，只在使用 2 种其他抗精神病药无效或不能耐受时才使用本品。

【用法用量】 口服给药：常用治疗量每日 200～400mg，最高剂量可达每日 600mg，维持量为每日 100～200mg，分次口服。

【药物相互作用】

＋　与抗胆碱药合用，抗胆碱作用增强。

－　与抗肿瘤药、抗甲状腺药、硫唑嘌呤、氯霉素、秋水仙碱、氟胞嘧啶、干扰素和齐多夫定等药物合用，可加重氯氮平对血细胞的毒性作用。

－　与氟西汀、帕罗西汀、西咪替丁、氟伏沙明、红霉素、舍曲林合用时，本品的血药浓度升高，不良反应的发生率增加。

－　与文拉法辛合用时，导致两药的血药浓度均升高。

＋　与其他中枢神经抑制剂合用，可显著加重中枢抑制作用。

－　与锂盐合用，可导致脑病症状、脑损伤、锥体外系症状及运动障碍等多种不良反应。

－　普拉睾酮可降低本品的作用。

－　磷苯妥英、苯妥英、利福平、镇静催眠药、卡马西平、地高辛、肝素、苯妥英、华法林可使本品的血药浓度降低。

－　与曲马朵、佐替平、月见草油合用时，发生惊厥的危险性增加。

【禁忌证】 对本品过敏者；中枢神经处于明显抑制状态者；曾有骨髓抑制或血细胞异常疾病史者；严重心、肝、肾疾患者；孕妇。

【不良反应】 同氯丙嗪，但很少引起锥体外系反应和迟发性运动障碍，主要有流涎、便秘等不良反应。严重的不良反应是可引起可逆性中性白细胞减少，极少数可发展为致命的粒细胞缺乏症。

【用药指导】

1. 用药期间出现不明原因发热，应暂停用药。

2. 服用本品后不要开车或操纵有潜在危险性的机器。

【制剂与规格】片剂：25mg；50mg。

【贮藏】避光，密封保存。

洛沙平（Loxapine）

【商品名或别名】克塞平，克噻平，洛克沙平。

【药物概述】本品属双苯二氮䓬类，具有与氯氮平相似的化学结构，而药理机制、临床疗效和不良反应与传统抗精神病药氯丙嗪相似。

【药动学】口服吸收良好，约2h内达血药浓度高峰，体内分布广泛，代谢迅速而完全，代谢产物大多由尿排出。

【用药指征】用于精神分裂症、偏执症状、损伤行为和焦虑症。

【用法用量】口服给药：开始每日 20 ~ 50mg，分 2 ~ 4 次服用，超过 7 ~ 10 天后，剂量可增至每日 50 ~ 100mg，最大允许剂量为 250mg。

【药物相互作用】

－ 合用碳酸锂，导致类似锂中毒的谵妄状态。

【禁忌证】同氯丙嗪。

【不良反应】同氯丙嗪，但镇静与低血压反应较少，而锥体外系反应多见。

【制剂与规格】片剂：① 10mg；② 25mg；③ 50mg。注射剂：①1ml：12.5mg；②1ml：50mg。

【贮藏】避光，密封保存。

奥氮平（Olanzapine）

【商品名或别名】奥拉扎平，欧兰宁，再普乐。

【药物概述】奥氮平为非典型抗精神病药，是噻嗯苯二氮䓬衍生物。本品可显著地改善精神分裂症的阴性和（或）阳性症状及情感症状，原因在于本品与多种受体系统有亲和力。

【药动学】本品口服吸收良好，5 ~ 8h 可达血药峰浓度。在肝脏代谢，代谢产物不会透过血－脑脊液屏障。健康个体口服本品后，最终的平均消除半衰期为33h，血浆平均清除率为26L/h。约75%的本品主要以代谢产物的形式从尿中排出。

【用药指征】

1. 用于有阳性症状的精神分裂症和其他精神障碍的急性期及维持治疗。

2. 可缓解精神分裂症及相关疾病常见的继发性情感症状。

【用法用量】口服给药：常规治疗剂量为每日 10～15mg。维持剂量为 10mg。

【药物相互作用】

－　环丙沙星、氟伏沙明等可增强本品的毒性。

＋　本品与其他作用于中枢神经系统的药物合用，可使药效增强。

－　诱导 CYPlA2 活性的药物、活性炭、普拉睾酮降低本品疗效。

－　本品拮抗左旋多巴和多巴胺激动剂的作用。

－　与氯米帕明合用，可使癫痫发作的危险性增加。

－　应避免与可引起 Q－T 间期延长的药物合用。

【禁忌证】对本品过敏者；闭角型青光眼患者禁用。

【不良反应】

1. 常见的不良反应：嗜睡和体重增加。

2. 少见的不良反应：头晕、食欲亢进、外周水肿、直立性低血压、嗜酸粒细胞增多、急性或迟发性锥体外系运动障碍、一过性抗胆碱能作用。

【用药指导】

1. 老年人服用本品常出现直立性低血压，65 岁以上用药者应常规定时测血压。

2. 本品可引起嗜睡，从事有危险性工作的患者服药后应注意。

【制剂与规格】片剂：①2.5mg；②5mg；③7.5mg；④10mg。

【贮藏】遮光，密封，阴凉干燥处保存。

喹硫平（Quetiapine）

【商品名或别名】启维，舒思，思瑞康。

【药物概述】本品是二苯氧氮杂䓬类药，为非典型抗精神病药。其结构与氯氮平和奥氮平相似，为脑内多种神经递质受体拮抗剂。

【药动学】本品口服后 2h 血药浓度达峰值，48h 达稳态血药浓度，7 ~ 14 日起效。口服生物利用度为 9%，食物可影响本品的吸收。血浆蛋白结合率为 83%。在肝脏广泛代谢，存在首关效应。给药量的 70% ~ 73% 经肾由尿排出，约 20% ~ 21% 由粪便排出。

【用药指征】用于精神分裂症。对精神分裂症的阳性症状和阴性症状均有效，也可以减轻精神分裂症伴发的抑郁、焦虑及认知缺陷症状。

【用法用量】口服给药：治疗剂量每日 300 ~ 400mg，分 2 ~ 3 次给药。

【药物相互作用】

－ 与酮康唑、氟康唑、伊曲康唑、红霉素、氯氮平、奈法唑酮、氟伏沙明、卡马西平或西咪替丁等合用，可使本品血药浓度升高。

－ 与劳拉西泮合用，可升高劳拉西泮的血药浓度。

＋ 与华法林合用，可使后者的抗凝作用增强。

－ 与抗高血压药合用，有诱发直立性低血压的危险。

－ 苯妥英、磷苯妥英、硫利达嗪等药物使本品血药浓度降低。

－ 左旋多巴、多巴胺受体激动药合用，可使后两者作用减弱。

－ 与普拉睾酮合用，可降低本品的药效。

－ 与月见草油合用，可导致癫痫发作的危险性增加。

－ 与苯丙氨酸合用，可导致迟发性运动障碍的发生率增加。

－ 与锂盐合用，可导致无力、运动障碍、锥体外系反应增加和脑损伤。

【禁忌证】对本品过敏者；哺乳妇女禁用。

【不良反应】

1. 常见头晕、嗜睡、直立性低血压、心悸、口干、食欲减退和便秘。

2. 少见体重增加、腹痛、碱性磷酸酶增高、血总胆固醇和三酰甘油增高。

3. 偶见锥体外系反应、兴奋与失眠。

【用药指导】

1. 治疗过程中若出现过敏性皮疹应停药。

2. 用药期间不宜驾驶车辆、操作机械或高空作业。

【制剂与规格】 片剂：①25mg；②100mg；③200mg。

【贮藏】 密闭保存。

佐替平（Zotepine）

【商品名或别名】 泽坦平，佐特平，唑替平。

【药物概述】 本品为非典型抗精神病药，是中枢神经系统多巴胺受体、5－羟色胺受体阻断剂，有较强的抗精神病作用，还能抑制神经末梢对去甲肾上腺素、多巴胺、5－羟色胺的再摄取。

【药动学】 本品口服后吸收良好，1～4h可达血药浓度峰值，1周内达稳态血药浓度。口服生物利用度为7%～13%。血浆蛋白结合率为97%。在体内广泛分布。在体内广泛代谢，以代谢物的形式从尿、胆汁、粪便排出。消除半衰期为8h。

【用药指征】 用于各型精神分裂症及躁狂状态。

【用法用量】 口服给药：建议每日早餐时顿服，勿咀嚼药片。

（1）治疗抑郁症、社交恐怖症或社交焦虑症：每日20mg。最大剂量可达每日50mg。

（2）治疗强迫症：常规剂量为每日40mg，最大剂量可达每日60mg。

（3）治疗惊恐障碍：常规剂量为每日40mg，最大剂量可达每日50mg。

【禁忌证】 昏迷患者；循环衰竭者；脑损伤、脑炎、脑肿瘤患者；孕妇；哺乳妇女；儿童禁用。

【不良反应】

1. 心血管系统可见血压下降、心动过速、心率不齐等。

2. 消化系统可见恶心、呕吐、食欲减退、腹胀、口干、便秘、一过性肝功能异常等；罕见肠道麻痹。

3. 精神神经系统可见失眠、嗜睡、倦怠、头痛、焦虑、癫痫发作等。

4. 其他可见呼吸困难、出汗、排尿困难等；偶见皮疹或皮肤瘙痒。

【制剂与规格】片剂：① 25mg；② 50mg；③ 100mg。颗粒剂：①1g：100mg；②1g：500mg。

【贮藏】遮光、密闭，室温下保存。

齐拉西酮（Ziprasidone）

【商品名或别名】盐酸齐拉西酮，去奥登。

【药物概述】本品为非典型抗精神病药，是一种苯异噻唑哌嗪衍生物。其作用机制尚不清楚。

【药动学】口服吸收良好，口服后4~5h达血药浓度峰值，肌内注射后1h达血药浓度峰值。口服生物利用度为60%，肌内注射为100%。食物可增加本品的吸收。主要由肝脏代谢。由粪便和尿液排出。本品不能经血液透析清除。

【用药指征】

1. 主要用于治疗精神分裂症。

2. 还可用于情感性精神障碍的躁狂期治疗。

【用法用量】

1. 口服给药　初始剂量为每日40mg，分2次服用，在3日左右增加至每日160mg。维持剂量为每日40mg。

2. 肌内注射　每次10~20mg，给药间隔不少于4h，每日用药不超过4次。

【药物相互作用】

–　延长 Q - T 间期的药物与本品合用，可增加心脏毒性。

–　本品可拮抗左旋多巴和多巴胺的激动作用。

【禁忌证】 对本品过敏者；近期有急性心肌梗死者；非代偿性心力衰竭患者；有心律失常病史者；有 Q - T 间期延长（包括先天性Q - T 间期延长综合征）病史者；正在使用其他可延长Q - T 间期药物者。

【不良反应】

1. 较常见过度镇静、静坐不能、恶心、便秘、消化不良和类鼻炎症状。

2. 可见锥体外系反应、心血管不良反应、体重增加和高催乳素血症，但较其他同类药物少见。

3. 罕见体位性低血压和心动过速。

【用药指导】 治疗期应定期监测心电图。

【制剂与规格】 胶囊剂：①20mg；②40mg；③60mg；④80mg。注射剂：1ml：20mg。

【贮藏】 避光，15～30℃保存。

氯噻平（Clotiapine）

【商品名或别名】 氯哌硫氮䓬。

【药物概述】 同氯丙嗪，但有较强的抗幻觉、妄想和兴奋躁动作用。

【用药指征】 用于治疗精神分裂症和多种精神与神经疾患。

【用法用量】

1. 口服给药　治疗精神分裂症：每日 40～120mg，顿服或分2～3 次服，必要时可用至每日 360mg，1 周内可见效，维持量为每日40～80mg。

2. 肌内注射　控制急性症状：可深部肌内注射每次 40mg，每日3 次，以后改口服。

【药物相互作用】 同氯丙嗪。

【禁忌证】同氯丙嗪。

【不良反应】很少引起锥体外系反应，偶见口干、恶心、头昏、乏力，血红蛋白和白细胞数下降。

【制剂与规格】片剂：①40mg；②50mg。注射剂：1ml：50mg。

【贮藏】密闭保存。

（六）其他抗精神病药

利培酮（Risperidone）

【商品名或别名】索乐，单克，维思通。

【药物概述】利培酮属非典型抗精神病药，是一种高选择性的 $5-HT_2$/多巴胺 D_2 受体平衡拮抗药。

【药动学】本品口服吸收迅速，不受进食影响。体内分布快速而广泛，蛋白结合率为88%。在肝脏内代谢，经肾排出。消除半衰期约为3h。

【用药指征】

1. 用于治疗精神分裂症，也可减轻与精神分裂症有关的情感障碍。

2. 用于治疗双相情感障碍的躁狂发作。

【用法用量】口服给药：

（1）治疗精神分裂症：最适剂量为每日 2～6mg，每日不超过 10mg。

（2）治疗双相情感障碍的躁狂发作：适宜剂量为每日 2～6mg。

【药物相互作用】

－　利托那韦可能升高本品的血药浓度，导致利培酮中毒。

－　肝酶抑制剂如三环类抗抑郁药、β 肾上腺素受体阻断药可升高本品的血药浓度。本品可加重三环类抗抑郁药的不良反应。

＋　本品可增强某些降压药的疗效。

－　本品与中枢神经系统抑制剂合用，可增强其中枢抑制作用，导致过度嗜睡。

- 本品可加重单胺氧化酶抑制剂的不良反应。

- 与肝酶诱导药合用，本品的血药浓度可下降。

- 本品能拮抗左旋多巴和其他多巴胺促效药的作用。

- 与左啡诺、美沙酮等合用，可加速后者的代谢。

- 与丙戊酸钠合用，可能引起水肿伴体重增加。

- 锂盐与本品合用，会引起一系列脑病症状、锥体外系症状和运动障碍。

- 本品与帕罗西汀合用，可出现 5－羟色胺综合征。

- 与曲马朵、佐替平联合用，可能会增加癫痫发作的风险。

【禁忌证】对本品过敏者禁用。

【不良反应】常见失眠、焦虑、激越、头痛，锥体外系症状较少见。

【用药指导】

1. 服用本品的患者应避免进食过多，以免发胖。

2. 服用本品期间应避免驾驶或操纵机器。

3. 如果出现迟发性运动障碍、高热、肌肉僵直、颤抖、意识状态改变、肌酸磷酸激酶浓度升高，应停药。

4. 停药应逐渐减量。

【制剂与规格】 片剂：①1mg；②2mg；③3mg；④4mg。

【贮藏】室温，密封保存。

卡匹帕明（Carpipramine）

【商品名或别名】卡比米嗪。

【药物概述】本品有抗精神病和抗抑郁作用。

【用药指征】用于治疗精神病，特别是退缩性的、情感淡漠的精神病。

【用法用量】口服给药：常用量：每次 50mg，每日 3 次，最大量每日 400mg。

【不良反应】同氯卡帕明。

【制剂与规格】糖衣片：50mg。片剂：25mg。

【贮藏】室温，密封保存。

吗茚酮（Molindone）

【商品名或别名】吗啉吲酮，吗啉酮。

【药物概述】同氯丙嗪，但本品较少引起低血压反应，而镇静作用强度介于氯丙嗪与带哌嗪侧链的吩噻嗪类抗精神病药之间。

【用药指征】治疗精神病。

【用法用量】口服给药：开始每日 50～75mg，3～4 日内增至每日 100mg，分 3～4 次服。维持量通常为每日 15～25mg。

【药物相互作用】同氯丙嗪。

【禁忌证】兴奋、躁动的患者禁用。

【不良反应】有激动、呕吐、恶心、欣快感、皮疹等。

【制剂与规格】片剂：① 5mg；② 10mg；③ 15mg；④ 25mg；⑤50mg；⑥100mg。注射剂：2ml∶20mg。

【贮藏】室温，密封保存。

西

药

篇

丁苯那嗪（Tetrabenazine）

【商品名或别名】丁苯喹嗪。

【药物概述】本品有抗精神病和抗运动障碍作用，曾用以治疗精神病和精神神经官能症，现用以治疗运动障碍病，包括舞蹈症和中枢功能失调所致的类似症状。

【用药指征】用于治疗运动障碍病，包括舞蹈症和中枢功能失调所致的类似症状。

【用法用量】口服给药：开始用每次 12.5～25mg，每日 2～3次；以后可酌情增量，最大量为每日 200mg。

【药物相互作用】

－ 本品可阻断利舍平的作用，减弱左旋多巴的作用；不应与单胺氧化酶抑制剂同时应用或在停用单胺氧化酶抑制剂后不到 14 天内应用。

【不良反应】倦睡是最常见的不良反应，其他不良反应有体位性低血压、锥体外系症状、胃肠障碍和抑郁情绪。

【用药指导】疗程中不应驾车和操纵机器。

【制剂与规格】片剂：25mg。

【贮藏】室温，密封保存。

丙硫喷地（Prothipendyl）

【商品名或别名】丙硫氮嗪，氮丙嗪。

【药物概述】本品的作用同氯丙嗪。

【用药指征】用于治疗精神病及其失眠症状；也可作为镇痛药的辅助药以治疗严重疼痛，也可预防丛集性头痛。

【用法用量】口服给药：盐酸丙硫喷地每次 20～40mg，每日 4 次，必要时增至每日 320mg。

【药物相互作用】同氯丙嗪。

【禁忌证】同氯丙嗪。

【不良反应】同氯丙嗪。

【制剂与规格】片剂：①40mg；②80mg。注射剂：2ml∶40mg。

【贮藏】室温，密封保存。

氯卡帕明（Clocapramine）

【商品名或别名】氯卡比米嗪，氯哌咪嗪。

【药物概述】有抗精神病和抗抑郁作用，并有较强的镇吐作用。

【用药指征】适用于治疗伴抑郁症状的精神分裂症。

【用法用量】口服给药：每次 10～50mg，每日 3 次。

【不良反应】有失眠、倦怠、头痛、烦躁、口干、恶心、便秘等。

【制剂与规格】片剂：10mg。

【贮藏】室温，密封保存。

二、精神兴奋药

咖啡因（Caffeine）

【商品名或别名】甲基可可碱，咖啡碱，无水咖啡因。

【药物概述】其作用机制至今尚未阐述清楚，仅知能提高机体组织细胞内环磷腺苷的含量。咖啡因小剂量作用于大脑皮质的高位中枢，促使精神兴奋，可解除疲劳；大剂量则有兴奋延髓呼吸中枢及血管运动中枢的作用，特别当这些中枢处于抑制状态时，作用更为显著。另外，咖啡因还可增加肾小球的血流量，减少肾小管的重吸收，有利尿作用，但远不及其他利尿药显著。

【药动学】本品口服后，经胃肠道吸收快但不规则，进入中枢神经系统快，体内无蓄积，分布半衰期一般为 3.5h。血药浓度及其相应的峰值随用量而异。主要在肝脏代谢，随尿排出，同时也可泌入唾液和乳汁中。消除半衰期为 6h。

【用药指征】

1. 主要用于健脑提神，使患者保持神志清醒。

2. 用于综合治疗小儿多动症，防治未成熟新生儿呼吸暂停或阵发呼吸困难。

3. 本品可以与麦角胺配伍治疗偏头痛；对抗中枢性抑制。

4. 本品与溴化物合用，用于神经官能症。

【用法用量】口服给药：每次 0.1～0.3g，每日 3 次；日极量为 1.5g。

【药物相互作用】

＋ 异烟肼和甲丙氨酯能促使咖啡因增效，提高后者脑组织内的浓度，而肝和肾内浓度则有所下降。

－ 口服避孕药可减慢本品的代谢。

＋ 本品与麻黄碱合用，有协同作用。

【禁忌证】胃溃疡患者禁用。

【不良反应】常见的有胃部不适、恶心、呕吐、头痛及失眠等。

【用药指导】

1. 咖啡因能促使血中肾素的活性增强、儿茶酚胺的释放增多，但对肾素和儿茶酚胺的破坏亦快，不一定出现血压升高。

2. 本品对前列腺素受体的效应是弱激动、强拮抗。

【制剂与规格】片剂：①0.1g；②0.3g；③0.5g。

【贮藏】遮光，密封，在干燥处保存。

安钠咖（Caffeine and Sodium Benzoate）

【商品名或别名】苯甲酸钠咖啡因。

【药物概述】本品为中枢兴奋药，能提高细胞内环磷腺苷含量。因咖啡因难溶于水，需加入等量的苯甲酸钠助溶。

【药动学】本品注射给药后，分布到全身体液，可快速进入中枢神经系统，亦可通过胎盘进入胎儿循环。主要在肝脏代谢，可泌入唾液和乳汁。半衰期为 3~7h。

本品口服后，经胃肠道吸收快但不规则，进入中枢神经系统快，体内无蓄积，分布半衰期一般为 3.5h。血药浓度及其相应的峰值随用量而异。主要在肝脏代谢，随尿排出，尿液中仅有 1%~2% 为原形，同时也可泌入唾液和乳汁中。消除半衰期为 6h。

【用药指征】用于因催眠药、麻醉药中毒或急性感染性疾病所引起的中枢性呼吸循环功能不全，也可用于麻醉药或催眠药中毒等的昏迷状态。

【用法用量】

1. 口服给药 每次 1 片，每日 4 次，饭后服用。

2. 皮下注射 每次 1~2ml，2~4h 可重复注射。每次极量 3ml，每日极量 12ml。

3. 肌内注射 用法用量同皮下注射项。

【药物相互作用】

＋ 异烟肼和甲丙氨酯能促使咖啡因增效，提高后者脑组织内的浓度，而肝和肾内浓度则有所下降。

－ 口服避孕药可减慢本品的代谢。

+ 本品与麻黄碱合用，有协同作用。

【禁忌证】胃溃疡患者；孕妇禁用。

【不良反应】

1. 常见的有胃部不适、恶心、呕吐、头痛及失眠等。

2. 咖啡因的成人致死量一般为 10g，当其血药浓度为 60～160μg/ml 时，尿内出现管形或红细胞。

【用药指导】本品长期大量服用，可出现耐受性，用药时应注意。

【制剂与规格】片剂：0.3g（咖啡因 0.15g，苯甲酸钠 0.15g）。注射剂：1ml：0.25g（无水咖啡因 0.12g，苯甲酸钠 0.13g）；2ml：0.5g（无水咖啡因 0.24g，苯甲酸钠 0.26g）。

【贮藏】遮光，密封，在干燥处保存。

哌苯甲醇（Pipradrol）

【商品名或别名】米拉脱灵，匹普鲁多。

【药物概述】本品为中枢神经较温和的兴奋药。能兴奋中枢的多种精神性活动，促使思路敏捷、解除疲劳、精神振作，作用机制尚不明。制止小儿好动，引起阵发性安静，延长注意力集中，可能作用于大脑皮质和大脑皮质下神经元，包括丘脑在内。

【用药指征】

1. 用于消除催眠药引起的嗜睡，倦怠及呼吸抑制。

2. 近年用于治疗小儿多动综合征。

【用法用量】口服给药：

（1）用于治疗疲劳、抑郁状态、发作性睡病等：常用量口服每日 2～6mg，分 3 次服用。

（2）用于治疗小儿多动综合征：上午 1mg，下午 0.5mg，2 周后如有效，可继续服用一段时间。

【禁忌证】内因性抑郁症、各种精神病的激动焦虑状态、强迫症状、偏执或妄想狂、舞蹈病等患者禁用。

【不良反应】可引起失眠、恶心、食欲不振、焦虑、皮疹、眩晕及幻觉等不良反应。一般停药后即可消失。

【制剂与规格】片剂：1mg。

【贮藏】遮光，密封，在干燥处保存。

哌甲酯（Methylphenidate）

【商品名或别名】利他林，利太林，瑞它林。

【药物概述】哌甲酯是哌啶衍生物，为中枢神经较温和的兴奋药，能引起精神兴奋，作用比苯丙胺弱，毒副反应亦较少。其能兴奋中枢的多种精神性活动，促使患者思维敏捷或精神振作，并可解除疲劳。另外，本品可制止小儿好动，使小儿安静，注意力集中，还可对抗抑郁症。其作用机制尚不清楚，可能与作用于大脑皮质和大脑皮质下神经元（包括背侧丘脑）有关。

【药动学】本品口服经胃肠道易吸收。食物可促进药物吸收，但不能增加其吸收总量。儿童口服普通片剂 1.9h 血药浓度达峰值，作用可维持 4h 左右；缓释片剂的达峰时间为 4.7h。本品在体内迅速代谢，经肾排泄。口服药物的 70% 在 24h 内排出体外，无蓄积作用。

【用药指征】

1. 适用于消除催眠药引起的嗜睡、倦怠及呼吸抑制。

2. 近年用于治疗注意缺陷与多动障碍（如儿童多动综合征、轻度脑功能失调等）以及发作性睡病。

【用法用量】

1. 口服给药　每次 10mg，每日 2～3 次，饭前 45min 给药。

2. 皮下注射　每次 10～20mg。

3. 肌内注射　同皮下注射项。

4. 静脉注射　每次 10～20mg，缓慢静脉注射。

【药物相互作用】

＋　中枢兴奋药及肾上腺素受体激动剂与本品合用时作用相加。

－　抗癫痫药、抗凝药及保泰松等与本品合用，使本品血药浓度升高，出现毒性反应。

+ 抗 M 胆碱药与本品合用可增效。

- 抗高血压药（包括利尿性抗高血压药）与本品合用时，其疗效可减弱。

【禁忌证】对本品过敏者；青光眼患者；严重焦虑者；激动或过度兴奋者；孕妇及哺乳妇女禁用。

【不良反应】

1. 常见的有食欲减退、紧张激动、不易入睡。

2. 较常见的有头晕、头痛、失眠、嗜睡、运动障碍、口干、恶心、呕吐、神经质、心律失常、心悸、白细胞减少、血小板减少及贫血等。

3. 偶见腹痛、高血压、心率改变等。

【用药指导】

1. 每日最后 1 次药至少应在睡前 4h 服用。

2. 应在停用单胺氧化酶抑制剂 2 周后，再使用本品。

3. 停药前应逐渐递减用量。

【制剂与规格】片剂：① 5mg；② 10mg；③ 20mg。缓释片：20mg。注射剂：1ml：20mg。

【贮藏】密闭保存。

匹莫林（Pemoline）

【商品名或别名】苯异妥英，培脑灵，匹吗啉。

【药物概述】本品为中枢兴奋药，中枢兴奋作用温和，并有弱拟交感作用，还可提高中枢神经去甲肾上腺素含量，补充去甲肾上腺素的不足。

【药动学】本品口服给药吸收迅速完全，服药后 20～30min 出现药理效应，2～4h 血药浓度达高峰值，半衰期为 12h 左右。多次给药，2～3 日后药物在机体组织中血药浓度可达稳态。本品在肝内代谢，经肾由尿排出给药量的 75%，约 43% 的原形药物由尿排泄。

【用药指征】

1. 用于治疗轻微脑功能失调、轻度抑郁症、发作性睡病、遗传性过敏性皮炎。

2. 还可用于儿童多动症。

【用法用量】 口服给药：

（1）用于轻微脑功能失调：每次 20mg，每日 1 次，晨服，一般剂量不超过 60mg。

（2）儿童多动症：6 岁以上儿童，每次 20mg，每日 1 次，晨服。每日总量不超过 60mg。

（3）过敏性皮炎：初始剂量 20mg，每 2～3 日递增 20mg，至止痒或每日剂量 80mg 为止，每周用 6 日，停药 1 日。

【药物相互作用】

－　本品可降低惊厥发作的阈值，故合用抗癫痫药时需调整后者的用量。

＋　本品与其他中枢神经兴奋药合用时，可相互增强。

【禁忌证】 肝、肾功能损害者；癫痫患者禁用。

【不良反应】

1. 常见的有厌食、失眠或体重减轻。

2. 少见的有头昏、萎靡、易激惹、抑郁、恶心、皮疹、胃疼。

3. 罕见的有黄疸。

【用药指导】

1. 凡症状已控制较好者，应减少用量或在暑假中停止治疗几个月，也可在每周中治疗 5 日。

2. 长期使用较大剂量者应缓慢减量。

3. 见效慢，疗效高峰约在 1 周左右，停药后药效可持续 1～3 日。

【制剂与规格】 片剂：20mg。

【贮藏】 遮光，密封保存。

右苯丙胺（Dexamfetamine）

【药物概述】本品为苯丙胺的右旋体，药理作用较左旋体强。本品有 α、β 样肾上腺素能激动活性，为间接拟交感药物。对中枢神经系统有显著的兴奋作用，尤其对大脑皮质、呼吸中枢和血管运动中枢。可使精神活动增加，提高情绪，减少疲劳，改善自我感觉。剂量过大时可升高血压。其作用与促使神经元释放儿茶酚胺、抑制神经元再摄取交感胺和直接作用于多巴胺及 5－羟色胺受体有关。本品有较强的欣快作用，长期服用有成瘾性。

【用药指征】

1. 用于治疗发作性睡病和作为注意缺陷障碍（儿童多动症）的心理学、教育及社会关怀措施的辅助用药。

2. 还可用于改善精神抑郁状态。

【用法用量】口服给药：

（1）用于治疗发作性睡病：起始剂量为每日 5～10mg，分次口服，每周增加每日 5～10mg，至最大每日 60mg。

（2）用于儿童多动症：一般 6 岁以上的儿童，每次 5mg，每日 1～2 次，最多达到每日 20mg。

（3）用于精神抑郁：每次 2～10mg，每次极量 20mg。

【药物相互作用】

－　不得与单胺氧化酶抑制剂合用。

【禁忌证】血卟啉症患者禁用。

【不良反应】主要表现为中枢神经系统过度兴奋症状。

【制剂与规格】片剂：① 5mg；② 10mg；③ 25mg。注射剂：①1ml：5mg；②1ml：10mg。

【贮藏】密封保存。

苯丙胺（Amfetamine）

【商品名或别名】安非他明，苯齐巨林，非那明。

【药物概述】苯丙胺是一种间接作用的拟交感神经药，主要作用于大脑皮质和网状激活系统，使人保持灵敏警觉状态。对网状激活系统作用的程度，主要决定于局部去甲肾上腺素的释放，但没有作用于肾上腺素受体的迹象。作用于外周，能使支气管平滑肌松弛。通过刺激化学感受器反射性地兴奋呼吸，同时使血压微升。

【药动学】口服易被胃肠道吸收，经肝代谢，随酸性尿排出，碱性尿排出较缓慢。成人半衰期为 10～12h，儿童半衰期为 6～8h。

【用药指征】

1. 主要用于发作性睡病、脑炎后遗症、各种精神抑制状态。

2. 还用于麻醉药及其他中枢神经抑制剂中毒等。

3. 苯丙胺可作为雾化剂吸入，用于解除鼻炎的阻塞症状。

【用法用量】

1. 口服给药　常用量，每次 2～10mg；极量，每次 20mg，每日 30mg。

2. 皮下注射　常用量，每次 5～10mg；极量，每次 10mg，每日 20mg。

3. 肌内注射　同皮下注射项。

【药物相互作用】

－　与碱化尿液的药物合用，本品的排泄可减慢，使效应更加显著。

－　吸入全麻药能促使本品对心肌的作用增加，可导致室性心律失常。

－　本品能使血糖升高，糖尿病患者使用胰岛素及其他降糖药物时剂量需要调整。

＋　与中枢性兴奋药或抗震颤麻痹药、甲状腺素合用，效应彼此相加。

－　抗高血压药以及利尿性抗高血压药与本品合用，降压作用可降低，甚至失效。

－　与β肾上腺素受体阻断剂合用，升压作用明显，且常出现严重的心动过缓，甚至伴发房室传导阻滞。

— 与洋地黄毒苷、左旋多巴合用，可导致心律失常。

— 抗精神病药丁酰苯类、吩噻嗪类药、噻吨类药、洛沙平等，与本品合用时效应减弱。

— 锂盐能拮抗本品的中枢兴奋作用。

— 本品应停用 14 日后才能将甲泛葡胺注入蛛网膜下腔做脊髓造影，否则可致惊厥。

＋ 单胺氧化酶抑制剂能抑制苯丙胺的代谢，使本品的心肌兴奋和加压作用增效。

— 本品能延长苯巴比妥和苯妥英等自胃肠道吸收的时间。

【禁忌证】高血压患者；动脉硬化者；冠心病患者；甲状腺功能亢进患者；神经衰弱患者；孕妇；老年人及小儿禁用。

【不良反应】

1. 较常见的不良反应　激动、紧张不安、难以入睡，兴奋后可见疲乏、困倦、思维抑制。

2. 少见不良反应　胸痛、心律失常、过敏性皮疹、中枢兴奋过度产生的共济失调等。

【用药指导】

1. 本品成瘾性强，为一类精神药品。注意其耐受性和依赖性，遵医嘱用药，用量不得任意加大，服用数周后复诊。

2. 服药后可引起兴奋，故应于睡前 10～14h 进服。

3. 服用期间如出现头晕或欣快感，应停止驾车或做其他精密工作。

【制剂与规格】片剂：① 5mg；② 10mg。注射剂：① 1ml∶5mg；② 1ml∶10mg。

【贮藏】密封保存。

三、抗抑郁药

（一）三环类抗抑郁药

丙米嗪（Imipramine）

【商品名或别名】丙帕明，米帕明，托弗尼尔。

【药物概述】本品为三环类抗抑郁药，其抗抑郁作用机制尚未完全明确。目前认为，本品是通过阻断去甲肾上腺素、5－羟色胺在神经末梢的再摄取，增高突触间隙的递质浓度，促进突触传递功能，从而发挥抗抑郁作用。

【药动学】本品口服吸收良好，2~8h血药浓度达峰值。在体内广泛分布，以脑、肝、肾及心脏分布较多，可透过血－脑脊液屏障和胎盘屏障。本品主要在肝内经肝药酶代谢，经肾脏排泄。血浆半衰期为10~20h。

【用药指征】

1. 用于各种类型的抑郁症，但对精神分裂症伴发的抑郁状态几乎无效或疗效差。

2. 可用于小儿遗尿症。

【用法用量】口服给药：

（1）用于抑郁症：初始剂量为每次25~50mg，每日2次，早上与中午服。以后逐渐增至每日100~250mg。每日极量为300mg。维持剂量为每日50~150mg。

（2）用于小儿遗尿症：6岁以上儿童，每日25~50mg，每晚睡前1h顿服。

【药物相互作用】

＋　与哌甲酯合用时，本品的血药浓度升高，抗抑郁作用增强。

＋　本品可增强拟肾上腺素类药物的升压作用。

－　与异烟肼、安普那韦合用，本品的作用增强，毒副作用也增加。

—　抗凝药与本品合用时，抗凝药的代谢减少、吸收增加，出血的危险增加。

—　本品与抗精神病药丁酰苯类、吩噻嗪类药、噻吨类等药物合用时，可相互干扰代谢。

—　西咪替丁、氟西汀、帕罗西汀、文拉法辛、舍曲林、奎尼丁、酮康唑、普罗帕酮、维拉帕米、拉贝洛尔及普萘洛尔可减少本品的代谢，可能导致丙米嗪中毒。

—　苯丙胺类药物、沙美特罗与本品合用时，可出现高血压等心血管异常，以及中枢神经系统兴奋等不良反应。

—　本品与磷苯妥英或苯妥英合用，可抑制后者的代谢，增加后者中毒的危险。

—　巴比妥类、卡马西平可增加本品的代谢，降低本品的血药浓度，并增加中枢神经系统不良反应。

—　含雌激素的药物可增加本品在肝脏的代谢，使抗抑郁疗效降低，还可导致三环类药物中毒。

—　氯吉兰、异丙烟肼、异卡波肼、吗氯贝胺、尼亚拉胺、帕吉林、司来吉兰、苯乙肼、丙卡巴肼、托洛沙酮及苯环丙胺与本品合用时，可导致神经毒性、癫痫发作。严重者可导致 5 - 羟色胺综合征。

—　与胍那决尔、胍乙啶、胍法辛、可乐定、倍他尼定及利舍平合用，可降低抗高血压药的疗效。

—　苯海拉明与本品合用时，可增加抗胆碱能的不良反应。

—　苄普地尔、西沙必利、多非利特、格帕沙星、莫西沙星、卤泛群、伊布利特、匹莫齐特、索他洛尔及司氟沙星等药物与本品合用时，具有心脏毒性。

—　使用本品时，同时服用奈福泮、鞘内注射碘海醇，可降低癫痫发作阈值，增加癫痫发作的风险。

—　曲马朵与本品合用，可增加癫痫发作的危险。

【禁忌证】对三环类抗抑郁药过敏者；癫痫、谵妄患者；粒细胞减少者；高血压患者；严重心脏病患者；青光眼患者；甲状腺功能

亢进者；排尿困难、尿潴留者；支气管哮喘患者；肝、肾功能不全者；孕妇；6 岁以下儿童禁用。

【不良反应】

1. 血液　偶见白细胞减少，严重时可见异常出血、巩膜或皮肤黄染等。偶见骨髓抑制。

2. 心血管系统　可见心动过速、心肌损害、直立性低血压。

3. 消化系统　可见便秘、口干、腹泻、恶心、呕吐、食欲减退、麻痹性肠梗阻。偶见中毒性肝损害。

4. 精神神经系统　可见焦虑、精神紊乱、震颤、视物模糊、眩晕、失眠、嗜睡、疲劳、虚弱及激动不安。严重者可有惊厥、意识障碍、手足麻木。偶见癫痫发作。

5. 泌尿生殖系统　尿潴留、性功能减退、乳房肿痛（包括男性）。

6. 其他　可见体重增加、体液潴留、脱发、皮疹、多汗、发声或吞咽困难、运动障碍等。

【用药指导】

1. 宜在饭后服药，以减少胃部刺激。

2. 对易发生头昏、萎靡等不良反应者，可在晚间顿服，以免影响白天工作。

3. 维持治疗时，可每晚顿服，但老人、儿童与心脏病患者仍宜分次服。

4. 停药期间仍应继续观察服药期间内的所有反应。

【制剂与规格】 片剂：①12.5mg；②25mg；③50mg。注射剂：2ml：25mg。

【贮藏】 在室温下避光，密闭保存。

阿米替林（Amitriptyline）

【商品名或别名】 氨三环庚素，依拉维。

【药物概述】 本品为三环类抗抑郁药，能选择性地抑制中枢神经突触部位对去甲肾上腺素和 5 - 羟色胺的再摄取，使突触间去甲肾上腺素和 5-羟色胺的含量增加，并增强突触后膜 5-HT$_2$ 受体的敏感性。其抗抑郁作用类似于丙米嗪，可使抑郁患者情绪提高，改善思维迟缓、行为迟缓及食欲缺乏等症状。其镇静作用及抗胆碱作用比丙米嗪强。

【药动学】本品口服吸收完全，8~12h 达血药浓度峰值。吸收后分布于全身，可透过胎盘屏障。血浆蛋白结合率为 90%。药物经肝脏代谢。本品主要经肾脏排泄，排泄较慢，也可从乳汁排泄。血浆半衰期为 32~40h。

【用药指征】

1. 用于治疗各型抑郁症或抑郁状态，对抑郁性神经症亦有效。

2. 用于治疗小儿遗尿症。

【用法用量】

1. 口服给药　初始剂量为每次 25mg，每日 2~3 次。可酌情增至每日 150~250mg，分 3 次服用。最大剂量不超过每日 300mg，维持剂量为每日 50~150mg。

2. 肌内注射　严重抑郁症、抑郁状态：每次 20~30mg，每日 2 次。

3. 儿童口服给药

（1）小儿遗尿症：6 岁以上儿童，每次 25mg，睡前顿服。

（2）青少年抑郁症：每日 50mg，分次服或晚间顿服。

【药物相互作用】

＋　氯氮䓬、奥芬那君、三环类药可增强本品的抗胆碱作用。

＋　甲状腺素、吩噻嗪类药可增强本品的作用。

－　西咪替丁、哌甲酯、抗精神病药、钙通道阻滞剂及抑制细胞色素 P-450 同工酶的药物可导致本品血药浓度增高，引起中毒症状。

＋　本品可增强中枢抑制剂的作用。

－　与单胺氧化酶抑制剂合用或相继应用时，可增加不良反应。

－　口服避孕药或含雌激素的药物、硫糖铝、巴比妥类药物及其他酶诱导药可降低本品的疗效。

　　－　本品可抑制去甲肾上腺素的释放。

　　－　三环类抗抑郁药可减弱倍他尼定、异喹胍、胍乙啶和可乐定的抗高血压作用。

　　－　本品与抗惊厥药合用，可降低癫痫发作阈值，降低抗惊厥药的作用。

　　－　三环类抗抑郁药与可延长 Q－T 间期的药物合用时，可能会增加发生室性心律失常的危险。

　　【禁忌证】对本品及其他三环类药物过敏者；严重心脏病、高血压患者；青光眼患者；排尿困难、前列腺肥大、尿潴留者；甲状腺功能亢进者；重症肌无力患者；急性心肌梗死恢复期患者；癫痫患者；肝功能不全者；6 岁以下儿童禁用。

　　【不良反应】

　　1. 常见口干、嗜睡、便秘、视物模糊、排尿困难、心悸及心动过速。

　　2. 偶见心律失常、眩晕、运动失调、癫痫发作、直立性低血压、肝损害和迟发性运动障碍等。用量较大时对敏感者可引起谵妄。

　　【用药指导】

　　1. 宜在饭后服药，以减少胃部刺激。

　　2. 易出现头昏、萎靡等不良反应者，可在晚间顿服，以免影响日常工作。

　　3. 维持治疗时，可每晚顿服，但老人、儿童与心脏病患者仍宜分次服用。

　　4. 本品可导致光敏感性增加，应避免长时间暴露于阳光或日光灯下。

　　5. 停药宜在 1～2 个月内逐渐减少用量。

　　【制剂与规格】片剂：①10mg；②25mg。缓释片剂：50mg。注射剂：2ml∶20mg。

　　【贮藏】遮光，密闭保存。

氯米帕明（Clomipramine）

【商品名或别名】 安拿芬尼，海地芬，氯丙米嗪。

【药物概述】 本品为三环类抗抑郁药，通过抑制突触前膜对去甲肾上腺素与5－羟色胺的再摄取而产生抗抑郁作用，其抑制5－羟色胺再摄取的作用强于其他三环类抗抑郁药。本品具中度抗胆碱作用，同时还有抗焦虑与镇静作用。

【药动学】 本品口服吸收迅速而完全，生物利用度为30%～40%，进食对吸收无影响。药物可广泛分布于全身，也可分布于脑脊液中，能透过胎盘屏障。蛋白结合率高达96%～97%。在肝脏有首关代谢。本品约70%自尿排出，30%自粪便排出，也可经乳汁分泌。半衰期为21～31h。

【用药指征】

1. 用于内因性抑郁症、心因性抑郁症、抑郁性神经症以及各种抑郁状态；伴有抑郁症状的精神分裂症。

2. 用于强迫症、恐怖症。

3. 也用于多种疼痛。

【用法用量】

1. 口服给药

（1）治疗抑郁症：起始剂量为每次25mg，每日2～3次。或缓释片，每日75mg，每晚顿服。可在1～2周内缓慢增加至最适剂量。

（2）治疗强迫症：起始剂量为每次25mg，每日1次。前2周逐渐增加至每日100mg，数周后可再增加，最大剂量为每日250mg。

（3）治疗恐怖症：每日75～150mg，分2～3次服。

（4）治疗慢性疼痛：每日10～150mg，宜同时服用镇痛药。

2. 静脉滴注　严重抑郁症：开始每日25～50mg溶于250～500ml葡萄糖氯化钠注射液中，每日1次，在1.5～3h内输完。可缓慢增加至每日50～150mg，最大剂量每日不超过200mg。

【药物相互作用】

－　依那普利、费洛克汀、氟伏沙明、帕罗西汀、普罗帕酮、

利托那韦、舍曲林、丙戊酸钠、安普那韦、奎尼丁、抗精神病药丁酰苯类、吩噻嗪类药、噻吨类等药物可抑制本品的代谢，增强毒性。

－ 苄普地尔、西沙必利、多非利特、加替沙星、格帕沙星、卤泛群、伊布利特、莫西沙星、匹莫齐特、索他洛尔及司氟沙星等药与本品合用，可导致 Q－T 间期延长、尖端扭转型室性心动过速、心脏停搏。

＋ 本品与抗组胺药或抗胆碱药合用，可相互增效。

－ 与甲状腺制剂合用，可相互增效，导致心律失常。

－ 本品可增强沙美特罗对血管的作用，增加引起心血管兴奋的危险。

－ 本品可抑制磷苯妥英、苯妥英的代谢，增加苯妥英中毒的危险。

－ 本品可抑制抗凝药的代谢，增加出血的危险。

－ 奥昔布宁、巴比妥酸盐、雌激素或含雌激素的避孕药降低本品的疗效。

－ 本品与胍乙啶、倍他尼定、可乐定、胍那决尔合用，后者的抗高血压作用可被降低。

－ 本品可降低癫痫阈值，与抗癫痫药合用时可降低其抗癫痫作用。

－ 本品与碘海醇、奈福泮、奥氮平、曲马朵合用，可导致癫痫发作。

－ 本品与单胺氧化酶抑制剂合用，可产生高血压危象。

－ 本品与肾上腺素受体激动药合用，可引起严重高血压与高热。

－ 本品与异丙烟肼、异卡波肼、吗氯贝胺、烟肼酰胺、帕吉林、苯乙肼、丙卡巴肼、司来吉兰、托洛沙酮、苯环丙胺合用，可导致神经毒性、癫痫发作或 5－羟色胺综合征。

【禁忌证】对本品及其他三环类药物过敏者；严重心脏病、循环障碍、急性心肌梗死、传导阻滞、低血压患者；青光眼患者；排尿困难、尿潴留者；白细胞数过低者；癫痫患者；6岁以下儿童禁用。

【不良反应】

1. 常见过度嗜睡。其他主要不良反应有精神紊乱、口干、出汗、眩晕、震颤、视物模糊、排尿困难、直立性低血压、性功能障碍（见于男性）、恶心及呕吐等。

2. 偶见皮肤过敏、粒细胞减少。

3. 罕见肝损伤、发热、癫痫发作。

【用药指导】

1. 应在饭后服药，以减少胃部刺激。

2. 易出现头昏、萎靡等不良反应者，可在晚间顿服，以免影响日常工作。

3. 维持治疗时，可每晚顿服，但老人、儿童与心脏病患者仍宜分次服用。

4. 不宜骤然停药，应在1～2个月内逐渐减少用量。

5. 用药期间不宜驾驶车辆、操作机械或高空作业。

【制剂与规格】 片剂：①10mg；②25mg。注射剂：2ml：25mg。

【贮藏】 避光，密闭，在阴凉处保存。

地昔帕明（Desipramine）

【商品名及别名】 去甲丙米嗪。

【药物概述】 同阿米替林，但主要阻滞去甲肾上腺素的镇静作用和抗毒蕈碱作用（轻得多）。本品治疗抑郁症的血浆浓度可能 < 145ng/ml。

【药动学】 口服吸收迅速。血浆蛋白结合率73%～92%。治疗血药浓度范围50～150mg/ml。半衰期14～76h。主要经肾脏排泄。

【用药指征】 用于治疗各种抑郁症。

【用法用量】 口服给药：每次25mg，每日3次。逐渐增大用量，最大量为每日200mg。维持量为每日100mg。

【禁忌证】 同丙米嗪。

【不良反应】 同阿米替林，但镇静和抗毒蕈碱不良反应轻，癫痫

发作少，偶见射精抑制和粒细胞缺乏。其他不良反应有口干、食欲不振、恶心、呕吐、疲倦、多汗晕眩、视力障碍、便秘、失眠、震颤、抽搐、共济失调、尿频、心动过速、皮疹等。

【制剂与规格】片剂：25mg。胶囊剂：25mg。

【贮藏】避光，密闭，在阴凉处保存。

曲米帕明（Trimipramine）

【商品名或别名】三甲丙米嗪。

【药物概述】同阿米替林，但对单胺转运的影响较小。

【药动学】口服后吸收较快，达峰时间为2～4h，连续服药5～7日可达稳态血药浓度。血浆蛋白结合率为95%，在肝脏代谢，半衰期为8h。

【用药指征】伴有严重焦虑症状的抑郁症患者。

【用法用量】口服给药：开始每日75mg，以后可逐渐调整至每日75～150mg。一般不超过200mg。

【药物相互作用】

± 本品能加强巴比妥类、乙醚、吗啡的作用，也有拮抗阿扑吗啡的作用。

【禁忌证】同阿米替林。

【不良反应】有口干、嗜睡、便秘、视物模糊、心动过速、个别病例体位性低血压、可引起肝损害，运动障碍，排尿困难。

【制剂与规格】片剂：①10mg；②25mg。胶囊剂：50mg。注射剂：1ml：25mg。

【贮藏】避光，密闭，在阴凉处保存。

去甲替林（Nortriptyline）

【商品名或别名】去甲阿米替林，去甲阿密替林。

【药物概述】为阿米替林的代谢产物，具有抗抑郁作用，起效快。

【药动学】口服吸收迅速。生物利用度46%～70%，血浆蛋白结合率为93%~95%，半衰期18~93h。24h内平均由尿排出58%。

【用药指征】

1. 主要用于治疗各种抑郁症，尤其对伴有睡眠障碍的抑郁症效果良好。

2. 用于控制遗尿。

【用法用量】口服给药：治疗抑郁症，开始剂量，每次10mg，每日3次。以后逐渐增至每次25mg，每日4次。治疗剂量每日100~150mg。

【禁忌证】严重心脏病、青光眼及排尿困难者禁用。

【不良反应】口干，嗜睡，便秘，视物模糊，心动过速，个别病例体位性低血压。可引起肝损害，运动障碍，排尿困难。

【药物评价】去甲替林的血药浓度与临床疗效曲线相关，血浆浓度低于或高于治疗浓度范围均疗效不好。当血药浓度在治疗浓度范围内时，70%的内源性抑郁症可得到缓解；而当血药浓度高于或低于这一范围时，缓解率不足30%。

【制剂与规格】片剂：①10mg；②25mg。

【贮藏】遮光，密闭保存。

普罗替林（Protriptyline）

【商品名或别名】丙氨环庚烯。

【药物概述】同阿米替林，但镇静作用是三环类中最弱的一个，可能还有某些兴奋作用。抗抑郁作用起效较速，血浆有效浓度为70~170ng/ml。本品主要阻滞神经末梢对去甲肾上腺素的再摄取。

【药动学】口服吸收良好，但较慢，数小时后血药浓度才达峰值。治疗血药浓度130~250μg/ml，生物利用度为77%~93%；吸收后广泛分布全身，蛋白结合率为90%~95%，分布容积为19~57L/kg；主要以游离和结合形式的代谢物由尿排出。半衰期为54~92h。

【用药指征】同阿米替林，用于抑郁症，也用于伴有猝倒症状的发作性睡病，对睡眠中的阻塞性窒息和打鼾亦有疗效。

【用法用量】口服给药：治疗抑郁症：每次 5~10mg，每日 3~4 次；因有潜在性的兴奋作用，增加剂量时应从早上服的剂量加起，如出现失眠，每日最后服的一次剂量不应迟于下午 3~4 点钟；重症可增量至每日 60mg。

【不良反应】同阿米替林，但焦虑和激动较多见，也可有心血管反应，皮肤光敏反应常见，偶有射精疼痛。

【药物评价】有关普罗替林血药浓度与抗抑郁作用关系的研究报告较少，其治疗浓度范围应为 70~260μg/L。

【制剂与规格】片剂：①5mg；②10mg。

【贮藏】遮光，密闭保存。

多塞平（Doxepin）

【商品名或别名】多虑平，凯塞，普爱宁。

【药物概述】多塞平为三环类抗抑郁药物。作用机制同阿米替林。除抗抑郁外，本品有一定的抗焦虑作用，但抗胆碱作用较弱。本品外用治疗皮肤瘙痒的机制尚不清楚，可能与本品对组胺 H_1、H_2 受体的阻断作用有关。

【药动学】本品口服易吸收，2~4h 血药浓度达峰值。多塞平在体内分布较广，可透过血-脑脊液屏障和胎盘屏障。在肝脏代谢，随尿液排出。药物可泌入乳汁。半衰期为 8~25h。

【用药指征】

1. 用于治疗焦虑性抑郁症或抑郁性神经症。

2. 也可用于镇静、催眠。

3. 本品乳膏剂用于治疗慢性单纯性苔癣、湿疹、特应性皮炎、过敏性接触性皮炎等引起的瘙痒。

【用法用量】

1. 口服给药　抗抑郁：初始剂量为每次 25mg，每日 2~3 次。逐渐增至每日 100~250mg。最大剂量不超过每日 300mg。

2. 肌内注射　重度抑郁症：每次 25~50mg，每日 2 次。

3. 局部外用　于患处涂一薄层，每日 3 次。每次涂布面积不超过总体表面积的 5%，2 次使用应间隔 4h。

【药物相互作用】

－　与西咪替丁合用可出现严重的抗胆碱能症状。

＋　合用三环类抗抑郁药，应减少用量。

【禁忌证】对本品及其他三环类药物过敏者；严重心脏病患者；心肌梗死恢复期患者；甲状腺功能亢进患者；出现谵妄的患者；尿潴留者；癫痫患者；青光眼患者；肝功能不全者禁用。

【不良反应】

1. 轻微的不良反应有唇干、口干、口腔异味、恶心、呕吐、食欲缺乏、消化不良、便秘、腹泻、头痛、头晕、嗜睡、疲劳、失眠、烦躁、多汗、虚弱、体重增加或减少、视物模糊等。

2. 严重的不良反应有兴奋、焦虑、发热、胸痛、意识障碍、排尿困难、乳房肿胀、耳鸣、痉挛、惊厥、脱发、手足麻木、心悸、癫痫、咽痛、紫癜、震颤、眼睛或皮肤黄染等。

【用药指导】

1. 宜在饭后服药，以减少胃部刺激。

2. 出现头昏、萎靡等不良反应者，可晚间顿服。

3. 本品只用于局部未破损皮肤，不能用于眼部及黏膜。用药部位不可使用密封敷料。

4. 连续使用本品乳膏不得超过 1 周，以防药物蓄积。

5. 用药期间应避免驾驶车辆、操作机械或高空作业。

6. 如出现严重嗜睡，应减少用药面积、用药剂量、用药次数，或暂停用药。

7. 停药宜在 1～2 个月内逐渐减少用量。

【制剂与规格】片剂：①25mg；②50mg；③100mg。注射剂：1ml：25mg。乳膏剂：10g：0.5g。

【贮藏】避光、密闭，阴凉处保存。

马普替林（Maprotiline）

【商品名或别名】路滴美，路地米尔，盐酸麦普替林。

【药物概述】马普替林为四环类抗抑郁药，与三环类抗抑郁药具有相似的药理作用。本品可选择性地抑制中枢神经元突触前膜对去甲肾上腺素的再摄取，但不能阻断对 5 - 羟色胺的再摄取。本品抗抑郁效果与丙米嗪、阿米替林相似，但起效较快、不良反应较少。此外，本品还有明显的镇静作用及抗组胺、抗胆碱作用。

【药动学】本品口服后吸收完全，服药后 12h 血药浓度达峰值。可广泛分布于全身，在肺、肾上腺、甲状腺中浓度较高，脑、脊髓和神经组织中较低。蛋白结合率达 88%。在肝脏中代谢。约 65% 与葡萄糖醛酸结合由尿中排出，约 30% 由粪便排出，也可通过乳汁排泄。

【用药指征】主要用于治疗各型抑郁症，如内因性抑郁症和心因性抑郁症。

【用法用量】口服给药：有效治疗量一般为每日 75 ~ 200mg，最大量不超过每日 225mg。维持剂量每日 50 ~ 150mg，分 1 ~ 2 次服。

【药物相互作用】

+ 与抗组胺药合用，可加强本品的抗胆碱作用。

- 西咪替丁、氟伏沙明可抑制本品代谢，升高本品的血药浓度，增加毒性反应。

+ 与氟西汀合用，两者血药浓度均增高，作用加强。

- 与单胺氧化酶抑制剂合用，可发生 5 - 羟色胺综合征。

- 与可乐定、胍乙啶、胍那决尔合用，可降低这些药的抗高血压作用。

- 与甲状腺激素合用，可增加心律失常的发生率。

- 与巴比妥类药物、苯二氮䓬类药物、肌松药、镇静药、麻醉药、镇痛药、吩噻嗪类药或三环类抗抑郁药合用可导致过度嗜睡。

- 本品可增加癫痫发作的危险性，故可降低抗癫痫药的疗效。

- 西沙必利、伊布利特与本品合用时，可导致心脏中毒性损害。

- 与奎尼丁合用，产生马普替林中毒性损害。

【禁忌证】对本品过敏者；急性心肌梗死者；癫痫患者或有惊厥史者；青光眼患者；尿潴留者；6 岁以下儿童；哺乳期妇女禁用。

【不良反应】本品的不良反应与三环类药物相似，但少而轻。以抗胆碱能症状最为常见。偶可诱发躁狂症、癫痫大发作等。少数患者偶见皮疹、体重增加、震颤、心动过速或低血压。

【用药指导】

1. 可与食物同服，以减轻胃部刺激。

2. 如果发生漏服应尽快补服，然后恢复正常的服药规律。

【制剂与规格】 片剂：①25mg；②50mg。

【贮藏】密闭保存。

度硫平 （Dosulepin）

【商品名或别名】 度流平，二苯噻庚英，硫庚定。

【药物概述】 同阿米替林，除有抗抑郁作用外，也有镇静作用。

【药动学】 口服易吸收，因可减慢胃肠运动，尤其当过量摄入时，吸收可能延迟；在肝内经首关代谢，其代谢产物经尿排泄，小量从粪便排出，乳汁中也含有之。

【用药指征】 类似阿米替林，除治疗抑郁症外，对多种疼痛如纤维肌痛或纤维织炎、非典型性面部疼痛与癌症疼痛，当传统的镇痛药无效时可试用。

【用法用量】 口服给药：治疗抑郁症：开始口服每次25mg，每日3次，如需要渐增至每次50mg，每日3次，也可在睡前顿服1日量；重症可增至每日225mg。

【不良反应】 同阿米替林，但抗毒蕈碱不良反应少见，偶见皮肤光敏反应。

【制剂与规格】 片剂：75mg。胶囊剂：25mg。

【贮藏】 避光保存。

（二）单胺氧化酶抑制剂

苯乙肼 （Phenelzine）

【商品名或别名】 硫酸苯乙肼，拿地尔。

【药物概述】本品是不可逆地抑制单胺氧化酶的代表性药物，应用数天后出现对单胺氧化酶的最大抑制效应。

【用药指征】

1. 用于各种抑郁症，特别是伴有恐怖症或焦虑症者。

2. 用于神经性贪食患者。

【用法用量】口服给药：每次 10～15mg，每日 3 次，每日最大剂量 60mg。服药 3～4 周无效停药。

【药物相互作用】

＋　加强本类药物的中枢神经作用的药物有：苯丙胺类、麻黄碱类、左旋多巴、胺类、利舍平、色氨酸、抑制 5－羟色胺再吸收的药物。

＋　加强或延长其他药物的作用：酒（各型）、麻醉药、抗组胺药、抗帕金森药、巴比妥类、苯二氮䓬类、水合氯醛、口服降糖药、鸦片类、甲状腺浸膏、三环抗抑郁药。

【禁忌证】肝功能不良者禁用。

【不良反应】有体位性低血压、头晕、头痛、口干、便秘、恶心、视物模糊、焦躁不安、失眠、周围性神经炎、排尿困难、皮疹、性功能障碍、食欲异常、体重增加、白细胞减少和肝功能损害等，严重者可致高血压危象。

【用药指导】避免食用含有酪胺的食物。老年人用此类药应小心。

【制剂与规格】片剂：①10mg；②15mg。

【贮藏】密闭、避光，干燥处保存。

反苯环丙胺（Tranylcypromine）

【商品名及别名】苯环丙胺，苯环丙胺锭，环苯丙胺。

【药物概述】本品为非酰肼类的单胺氧化酶抑制剂，对酶的抑制是可逆的，抑制持续时间 7 日左右。化学结构类似右旋苯丙胺，因而保留着某些苯丙胺的拟交感特性。

【药动学】从胃肠道很快吸收，1～3.5h 血药浓度达峰值。半衰期为 1.5～3.2h。主要以代谢物形式从尿中排出。

【用药指征】仅适用于对此药敏感或用三环类药物无效以及不宜用电休克治疗的严重抑郁症。

【用法用量】口服给药：每次 10mg，每日 2～3 次。

【禁忌证】心脑血管疾患者和嗜铬细胞瘤患者禁用。

【不良反应】体位性低血压、头晕、乏力、睡眠障碍、口干、便秘、视物模糊等。严重而危险的反应为高血压危象及中毒性肝炎。

【用药指导】不宜睡前给药。

【制剂与规格】片剂：①5mg；②10mg。

【贮藏】密闭、避光，干燥处保存。

异卡波肼（Isocarboxazid）

【商品名或别名】马泼伦，闷可乐，异唑肼。

【药物概述】本品为非选择性单胺氧化酶抑制剂，能与单胺氧化酶 A 和单胺氧化酶 B 产生不可逆性结合，增加中枢神经部位单胺（主要是去甲肾上腺素和 5 - 羟色胺）的含量，从而起到抗抑郁作用。

【药动学】本品口服经胃肠道吸收良好。口服后 3～5h 血药浓度达峰值，作用持续 10 日。在肝脏进行氧化代谢和生物转化，代谢物经肾脏排泄。

【用药指征】

1. 用于对三环类抗抑郁药治疗无效或有所禁忌，以及电休克治疗无效的抑郁症患者。

2. 对伴有焦虑、疑病症状的抑郁症也有效。

【用法用量】口服给药：起始剂量为每日 10～20mg，分 2～3 次服用，以后增至每日 30～60mg。维持量为每日 10～20mg。

【药物相互作用】同苯乙肼。

【禁忌证】同苯乙肼。

【不良反应】

1. 可见体位性低血压或晕厥、头晕、便秘、厌食、坐立不安、失眠、口干、视物模糊、水肿、月经过多等。

2. 偶见中毒性肝炎（有时伴黄疸）、白细胞减少。

【用药指导】本品有蓄积作用，不宜长期服用。

【制剂与规格】片剂：10mg。

【贮藏】遮光，密封保存。

吗氯贝胺（Moclobemide）

【商品名或别名】奥嘉新，奥罗力士，恬泰。

【药物概述】本品为选择性和可逆性的单胺氧化酶 A 抑制剂。能可逆性地抑制单胺氧化酶 A，提高脑内去甲肾上腺素、多巴胺和 5－羟色胺水平，从而产生抗抑郁作用。与不可逆性的单胺氧化酶 A 抑制剂相比，本品具有抑酶作用快，停药后单胺氧化酶活性恢复快的特点。本品具有作用持续时间短和可逆性的特点，故受食物中酪胺的影响较小。此外，本品不具有早期单胺氧化酶抑制剂的肝脏毒性。

【药动学】本品口服吸收迅速而完全，单次口服 50～300mg，1～2h 后达血药浓度峰值。体内分布较广。主要经肝脏代谢，半衰期为 1～3h。经肾脏排出体外。

【用药指征】用于内因性抑郁症、轻度心境低下、心因性或反应性抑郁症的治疗。

【用法用量】口服给药：每日 300～450mg，分 2～3 次饭后口服。

【药物相互作用】

+ 本品可增强芬太尼和布洛芬的作用。

+ 安普尼定可增强单胺氧化酶抑制剂的作用。

+ 与赛庚啶合用，可延长和加强抗胆碱能效应。

－ 与西咪替丁合用，可延缓本品的代谢。

－ 与苯丙胺、苄非他明、环苯扎林、丁螺环酮、右旋苯丙胺合用，可导致高血压危象。

－ 与溴莫尼定、肾上腺素、异丙肾上腺素、去甲肾上腺素合用可能引起急性高血压。

— 与卡马西平合用，可引起急性高血压、高热、癫痫发作。

— 与 β_2 肾上腺素受体激动药合用，可引起心悸、激动或轻度躁狂。

— 与氟哌利多合用，可增加心脏毒性。

— 与吗啡合用可加重高血压及中枢神经系统和呼吸抑制作用。

— 与六甲蜜胺合用，有引起严重体位性低血压的危险。

— 与抗糖尿病药合用，可能引起严重的低血糖、抑郁及癫痫发作等。

— 本品可增加安非拉酮的毒性，引起癫痫发作、激动、精神改变等。

— 阿米替林、阿莫沙平、氯米帕明、地昔帕明、氯氮䓬、氯氟胺、右美沙芬、多塞平、非莫西汀等与本品合用，可引起中枢神经系统毒性、癫痫发作及 5 - 羟色胺综合征。

— 与西酞普兰合用可引起 5 - 羟色胺综合征。

— 与右芬氟拉明合用，可引起中枢神经系统毒性或 5 - 羟色胺综合征。

— 使用中枢性镇痛药、麻黄碱、伪麻黄碱或苯丙醇胺的患者禁用本品。

— 本品禁止与麻醉药合用。

【禁忌证】对本品过敏者；躁狂症、急性精神错乱患者；嗜铬细胞瘤患者；儿童；哺乳妇女。

【不良反应】本品不良反应较少，无抗胆碱能不良反应及中枢兴奋作用。常见的不良反应为恶心。

【用药指导】

1. 用药期间应避免进食大量富含酪胺的食物，如干酪、干酵母和大豆发酵制品。为降低与酪胺发生相互作用的可能性，本品每日剂量应分为 3 次，分别于餐后立即服用。

2. 用药期间不宜驾驶车辆、操作机械或进行高空作业。

【制剂与规格】片剂：①75mg；②150mg。胶囊剂：100mg。

【贮藏】 遮光，密封保存。

（三）新型抗抑郁药

氟西汀（Fluoxetine）

【商品名或别名】 奥麦伦，百优解，氟苯氮苯胺，氟苯氧丙胺，氟脘苯胺丙醚，开克，氯苯氟丙优克，优克。

【药物概述】 本品为选择性5-羟色胺再摄取抑制剂，可特异性地抑制5-羟色胺的再摄取，增加突触间隙5-羟色胺的浓度，从而起到抗抑郁的作用。本品对5-羟色胺再摄取的抑制作用强于对去甲肾上腺素或多巴胺再摄取的抑制作用。其抗副交感神经的作用和抗组胺的作用较弱。

【药动学】 本品口服吸收良好，用药后1~2周即可起效。本品有首关效应，生物利用度为100%。在体内分布广泛，可透过血-脑脊液屏障。血浆蛋白结合率高达95%。本品主要在肝脏代谢。药物主要经肾随尿排出，少量随粪便排出，另有部分随乳汁分泌。

【用药指征】 用于治疗各种抑郁性精神障碍，包括轻型或重型抑郁症、双相情感性精神障碍的抑郁症、心因性抑郁症及抑郁性神经症。

【用法用量】 口服给药：

（1）一般用法：通常有效治疗剂量为每次20~40mg，每日1次。最大剂量不应超过每日60mg。

（2）难治性抑郁症：每次60mg，每日1次。

（3）强迫症、贪食症：每次40~60mg，每日1次。

【药物相互作用】

＋ 本品能增加抗凝血药及某些强心药的作用。

－ 本品可增加苯妥英的血药浓度，同时可出现中毒症状。

－ 糖尿病患者合用本品与降糖药，有发生低血糖的可能。

－ 本品与中枢神经抑制剂物合用可相互加强中枢抑制作用。

－ 本品可增加洋地黄毒苷的毒性。

－　本品与单胺氧化酶抑制剂合用，可能发生 5 - 羟色胺综合征。

－　本品与碳酸锂合用，可能引起 5 - 羟色胺综合征。

－　本品与酪氨酸合用，会出现激动、不安及胃肠道反应。

－　本品与色氨酸合用，会出现 5 - 羟色胺综合征。患者同时有强迫观念、行为障碍恶化、恶心、腹部痉挛痛。

【禁忌证】对本品过敏者。

【不良反应】

1. 常见厌食、焦虑、腹泻、倦怠、头痛、失眠及恶心等。

2. 可见昏睡、多汗、皮疹等。

3. 少见咳嗽、胸痛、味觉变化、呕吐、胃痉挛、食欲减退或体重下降、便秘、视力改变、多梦、注意力集中困难、头晕、口干、心率加快、乏力、震颤、尿频、痛经、性功能减退及皮肤潮红。

4. 罕见皮肤过敏反应、低血糖症、低钠血症、躁狂发作或癫痫发作。

【用药指导】

1. 患者起立应缓慢，突然起床可发生头晕。

2. 一旦出现皮疹应立即停药。

【制剂与规格】片剂：①10mg；②20mg。胶囊剂：20mg。

【贮藏】室温，密闭保存。

氟伏沙明（Fluvoxamine）

【商品名或别名】氟甲沙明，氟戊肟胺，兰释。

【药物概述】本品具有抗抑郁作用，可抑制脑神经元对 5 - 羟色胺的再摄取，但不影响对去甲肾上腺素的再摄取。本品无明显兴奋、镇静作用，对毒蕈碱、组胺、α_1 受体、α_2 受体亲和力很弱。本品不影响单胺氧化酶的活性，对心血管系统影响小，很少引起直立性低血压。

【药动学】本品口服吸收迅速而完全。用药后 10 日内达稳态血药浓度。进食对药物吸收的影响不明显。蛋白结合率为 77%，分布容积为 25L/kg。药物在肝脏代谢，经肾脏排泄。

【用药指征】

1. 用于治疗各类抑郁症。

2. 用于治疗强迫症。

【用法用量】口服给药：

（1）治疗抑郁症：常用有效剂量为每日 100mg。每日剂量超过 150mg 时可分次服用。

（2）预防抑郁症复发：推荐剂量为每日 50～100mg。

（3）治疗强迫症：通常有效剂量在每日 100～300mg 之间。每日最大剂量为 300mg。睡前服。

【药物相互作用】

－ 本品与阿米替林、氯氮䓬、奋乃静、马普替林、氯米帕明、地昔帕明、地尔硫䓬、丙米嗪、氟哌啶醇等药合用，后者的血药浓度明显升高。

－ 本品可使美沙酮血药浓度升高，容易出现戒断症状。

－ 本品可使丁螺环酮、利托那韦、阿普唑仑的血药浓度升高、活性代谢产物增多。

－ 本品可使奎尼丁对心脏的毒性增加。

－ 本品可降低经肝脏代谢的肾上腺素 β 受体阻断剂的肝脏代谢率。

－ 本品可降低华法林、经肝脏代谢的抗维生素 K 类抗凝血药的肝脏代谢率。

－ 本品与西沙必利、硫利达嗪、特非那定、阿司咪唑、匹莫齐特合用，会增加对心脏的毒性。

－ 银杏叶制剂、芬氟拉明、氯吉兰、曲马朵、羟色氨酸、锂盐、托洛沙酮、西布曲明、右旋苯丙胺、芬氟拉明、苯环丙胺、吗氯贝胺、尼亚拉胺、异丙烟肼、异卡波肼、苯乙肼、丙卡巴肼、帕吉林、司来吉兰等药物与本品合用，会导致 5－羟色胺综合征。

－ 本品与色氨酸合用可引起严重的呕吐。

－ 本品与那拉曲坦、利扎曲坦、琥珀酸舒马坦、佐米曲普坦合用，可能引起虚弱、反射亢进、动作失调。

【禁忌证】对本品过敏者；哺乳期妇女禁用。

【不良反应】本品耐受良好，常见的不良反应有困倦、恶心、呕吐、口干、过敏等，连续使用2～3周后可逐渐消失。也可见心动过缓、可逆性血清肝酶浓度升高，偶见惊厥。

【用药指导】停用氟伏沙明2周后才可用单胺氧化酶抑制剂。

【制剂与规格】片剂：①50mg；②100mg。

【贮藏】干燥避光处保存。

帕罗西汀（Paroxetine）

【商品名或别名】赛乐特，氟苯哌苯醚，帕罗克赛。

【药物概述】帕罗西汀为抗抑郁药，能选择性抑制5-羟色胺的再摄取，提高神经突触间隙内5-羟色胺的浓度，从而产生抗抑郁作用。此外，帕罗西汀不与肾上腺素 α_1、α_2 或 β 受体发生作用，也不与多巴胺 D_2 或组胺 H_1 受体结合，而且不抑制单胺氧化酶。它只微弱地抑制去甲肾上腺素与多巴胺的再摄取，因而相关的不良反应少。

【药动学】帕罗西汀口服吸收良好，有首关效应。生物利用度为50%～100%。吸收不受食物或抗酸药的影响。本品可广泛分布于各种组织和器官。蛋白结合率高达95%。大部分在肝脏中代谢。本品大部分经肾随尿排出。

【用药指征】

1. 主要用于治疗抑郁症及抑郁症伴发的焦虑症状和睡眠障碍。

2. 也可用于强迫症、惊恐障碍与社交恐惧症。

【用法用量】口服给药：建议每日早餐时顿服。

（1）治疗抑郁症：每次20mg，每日1次。每日最大量可达50mg。

（2）治疗强迫症：治疗剂量范围为每日20～60mg，每日1次。

（3）治疗惊恐障碍与社交焦虑障碍：治疗剂量范围为每日20～50mg，每日1次。

【药物相互作用】

－ 不得与色氨酸药物合用，否则造成 5－羟色胺综合征。

－ 与苯妥英钠合用可降低本品血药浓度并增加不良反应。

－ 与华法林合用导致出血增加。

－ 本品使抗精神病药物及抗心律失常药物的血浆浓度升高。

【禁忌证】 对本品过敏者；15 岁以下儿童；孕妇禁用。

【不良反应】

1. 常见的不良反应　乏力、便秘、腹泻、头晕、头痛、视物模糊、多汗、失眠、性功能减退、震颤、尿频或尿潴留、恶心、呕吐等。

2. 较少见的不良反应　焦虑、食欲改变、心悸、感觉异常、味觉改变、肝功能异常、体重变化、肌痛、肌无力、体位性低血压、血管神经性水肿、低钠血症、荨麻疹。

3. 罕见的不良反应　锥体外系反应。另外还有瞳孔扩大、躁狂发作等。

【用药指导】

1. 停药时应逐渐减量，防止停药综合征。

2. 与食物、水同服可避免胃部刺激。

3. 驾驶车辆或从事机械操作时应倍加小心。

【制剂与规格】 片剂：20mg。

【贮藏】 遮光，密封，在干燥处保存。

舍曲林（Sertraline）

【商品名或别名】 珊特拉林，郁乐复，左洛复。

【药物概述】 舍曲林是一种新型抗抑郁药，能选择性地抑制 5－羟色胺的再摄取。对 5－羟色胺再摄取的抑制作用强化了 5－羟色胺受体神经传递。此外，舍曲林还抑制了缝际区 5－羟色胺神经放电，由此增强了蓝斑区的活动，形成了突触后膜 β 受体与突触前膜 α_2 受体的低敏感化。舍曲林不与肾上腺素 α_1、α_2 或 β 受体结合，也不对胆碱受体、γ－氨基丁酸受体或苯二氮䓬类受体有亲和作用。

【药动学】本品口服吸收缓慢而持续，在体内分布广泛，血浆蛋白结合率约为98%。在肝脏首关代谢。从粪便和尿排泄。

【用药指征】

1. 主要用于治疗抑郁症。

2. 也用于治疗强迫症。

【用法用量】口服给药：

（1）治疗抑郁症：每次50mg，每日1次，治疗剂量范围为每日50～100mg。

（2）治疗强迫症：开始剂量为每次50mg，每日1次，逐渐增加至每日100～200mg，分次口服。

【药物相互作用】

－ 本品与单胺氧化酶抑制剂合用，可出现严重反应。

－ 本品与色氨酸或芬氟拉明合用，可使中枢神经系统对5-羟色胺的再摄取增加。

－ 本品与西咪替丁合用，可降低舍曲林的清除。

－ 本品与华法林合用，可延长凝血酶原时间。

【禁忌证】对本品过敏者；严重肝功能不良者禁用。

【不良反应】

1. 常见食欲或体重下降、性功能减低、头痛、头晕、失眠、乏力、震颤、多汗、腹泻、恶心、胃或腹部痉挛性疼痛等。

2. 少见焦虑、激动、不安、视物模糊、便秘、皮肤潮红、心悸等。

【制剂与规格】片剂：①50mg；②100mg。

【贮藏】密封，30℃以下保存。

曲唑酮（Trazodone）

【商品名或别名】每玉素，美舒郁，美舒玉。

【药物概述】本品为三唑吡啶类抗抑郁药，其抗抑郁的确切机制目前还未完全阐明，但一般认为在治疗剂量下，本品可选择性地抑制5-羟色胺的再吸收，并有微弱的阻止去甲肾上腺素重吸收的作用，但对多巴胺、组胺和乙酰胆碱无作用，亦不抑制脑内单胺氧化酶的活性。本品无抗胆碱不良反应，这对伴有青光眼的抑郁患者尤为适宜；对心血管系统毒性小，但能引起血压下降，此作用与剂量相关。本品还具有中枢镇静作用和轻微的肌肉松弛作用，但无抗痉挛和中枢兴奋作用。此外，本品能阻断 $5-HT_2$ 受体，可减轻失眠和改善睡眠，并显著缩短抑郁症患者入睡的潜伏期，延长整体睡眠时间，明显提高睡眠效率。

【药动学】口服吸收良好。如饭后服用本品，食物可能会影响其吸收，降低血药浓度峰值，同时延长达峰时间。血浆蛋白结合率为 85% ~ 95%。本品吸收后较多分布于肝、肾，由肝脏代谢。本品及其代谢产物均易透过血 – 脑脊液屏障。本品也可经乳汁分泌。代谢产物最后经肾脏排出。

【用药指征】

1. 主要用于治疗各种抑郁症，尤适用于治疗老年性抑郁症。顽固性抑郁症患者经其他抗抑郁药治疗无效者，可试用本品。

2. 可用于治疗焦虑症。

【用法用量】口服给药：初始剂量为每日 50 ~ 100mg，分次服。3 ~ 4 日内，每日剂量可增加 50mg。

【药物相互作用】

－　与地高辛或苯妥英合用，可使后两者的血药浓度升高。

＋　本品可加强巴比妥类药或其他中枢神经抑制剂的作用。

－　与氯丙嗪、三氟拉嗪、氟奋乃静、奋乃静、美索达嗪、哌泊噻嗪、丙氯拉嗪、硫乙拉嗪、硫利达嗪合用可引起低血压。

－　与降压药合用，需要减少降压药的剂量。

－　与氟哌利多合用，引起心脏毒性的风险增加。

－　帕罗西汀与本品合用可引起 5 – 羟色胺综合征。

－　与可乐定合用，可抑制可乐定的降压作用。

－　氟西汀可使本品的清除减少，引起本品中毒和 5 – 羟色胺综合征。

－　本品与华法林合用，可能引起凝血酶原时间延长或缩短。

－　本品与单胺氧化酶抑制剂有相互作用，不应合用。

【禁忌证】对本品过敏者；严重肝功能不全者；严重心脏病或心律失常者；意识障碍者禁用。

【不良反应】本品不良反应较少而轻微。

【用药指导】

1. 应在餐后立即服用本品。禁食或空腹服药可能会加重头晕。

2. 用药期间不宜进行有潜在危险性的工作。

【制剂与规格】片剂：①50mg；②100mg。

【贮藏】避光、密闭，在干燥处保存。

奈法唑酮（Nefazodone）

【商品名或别名】盐酸非那唑酮。

【药物概述】本品为抗抑郁药物中新一代的选择性5－羟色胺再摄取抑制剂中的第一个新产品。本品是苯基哌嗪衍生物，在生物化学和药理学方面明显不同于其他抗抑郁药。奈法唑酮具有双重作用模式，能阻滞5－羟色胺再吸收及突触后5－HT_2受体。故可使5－羟色胺水平提高并通过5－HT_{1A}受体有利于神经传递。因此，本品既为5－羟色胺受体拮抗剂，也阻断5－羟色胺再摄入，以及通过抑制突触前的去甲肾上腺素自体受体抑制去甲肾上腺素摄入。一般认为本品是治疗抑郁症的一种新的和有效的途径，它同时作用于5－羟色胺和去甲肾上腺素递质。

【药动学】本品口服后，吸收迅速、完全，但在肝内经历广泛的首关代谢，绝对生物利用度约20%。食物延迟本品吸收。

【用药指征】适用于抗抑郁症。

【用法用量】口服给药：有效剂量范围是每日300～600mg，分次口服。

【不良反应】类似曲唑酮，镇静不良反应显著，抗毒蕈碱作用弱，心脏毒性低，低血压风险少，安全范围大。

【用药指导】服药期间不应驾车或操作机器。

【药物相互作用】

－　奈法唑酮体外已显示可抑制细胞色素 P－450 3A4 同功酶，因此禁与代谢过程中包含有此酶参与的特非那丁和阿司咪唑并用。

－　本品慎与单胺氧化酶抑制剂并用。

－　本品亦可减少氟哌啶醇的清除率，增加地高辛的血浓度。

【制剂与规格】 片剂：①100mg；②150mg；③200mg；④250mg；⑤300mg。

【贮藏】 密闭保存。

安非他酮（Amfebutamone）

【商品名或别名】 安非布他酮，丁氨苯丙酮，叔丁胺苯丙酮。

【药物概述】 为非苯丙胺类食欲抑制剂，其中枢兴奋作用比苯丙胺小。通过兴奋下丘脑腹内侧的饱食中枢，促进 5－羟色胺的释放；抑制下丘脑摄食中枢，阻止 5－羟色胺的再摄取，从而产生饱食感，达到控制食欲、降低食量的作用。

【药动学】 口服容易吸收。主要代谢产物为马尿酸，从尿中排泄。

【用药指征】 适用于对其他抗抑郁药疗效不明显或不能耐受的抑郁患者的治疗。

【用法用量】 口服给药：每次 25mg，每日 2～3 次，饭前 0.5～1h 服用。如疗效不显，而耐受良好时，可增加剂量至每日 100mg，即傍晚加服每次 25mg。每一疗程为 1.5～2.5 个月，必要时可隔 3 个月重复疗程。

【不良反应】 常见有激动、口干、失眠、恶心、便秘等。有引起癫痫发作的危险。

【禁忌证】 有惊厥病史者；孕妇、哺乳妇女；过敏者；18 岁以下儿童禁用。

【药物相互作用】

－　不可与单胺氧化酶抑制剂合用或接续使用。

【用药指导】

1. 高空作业及驾驶员慎用。

2. 治疗期间应采用低热卡饮食。

3. 治疗期间不宜间歇服药。

4. 不可以突然停药。

【制剂与规格】 片剂：①25mg；②75mg。

【贮藏】 密闭，置干燥处保存。

文拉法辛（Venlafaxine）

【商品名或别名】 博乐欣，万拉法新，益福乐。

【药物概述】 文拉法辛及其活性代谢物是神经系统 5 - 羟色胺和去甲肾上腺素的再摄取抑制剂，通过抑制 5 - 羟色胺和 NE 的再摄取而发挥抗抑郁作用。其抗抑郁作用较三环类抗抑郁药强或相似，且本品起效快，不良反应较少。

西

药

篇

【药动学】 本品口服后从胃肠道吸收，并经首关效应在肝脏中代谢。主要经肾排泄。

【用药指征】 适用于各种抑郁症（包括伴有焦虑的抑郁症）及广泛性焦虑症。

【用法用量】 口服给药：开始时每日75mg，分2~3次进餐时服用。一般情况最高剂量为每日225mg，分3次服。严重的抑郁症患者，可增加至每日375mg，分3次服。

【药物相互作用】

— 与三环类抗抑郁药合用，会竞争性抑制对方的代谢，增加两者的毒性。

— 西咪替丁会减少对本品的清除，增加其毒性。

— 氯氮平或右美沙芬与文拉法辛合用，两者代谢均减少，血药浓度增加，毒性也增加。

— 利托那韦可抑制本品的代谢，增加其毒性作用。

— 本品可减少氟哌啶醇的代谢，增加其血药浓度。

— 5 - 羟色胺激动剂与文拉法辛合用，可导致中枢神经毒性或

5－羟色胺综合征。

　　－　那拉曲坦、利扎曲坦、琥珀酸舒马坦与本品合用，可能引起虚弱、反射亢进、动作失调。

　　－　与金丝桃素、帕罗西汀、西布曲明合用，可增加发生5－羟色胺综合征的危险。

　　－　苯巴比妥增加文拉法辛的代谢，降低其效应。

　　－　与三氟拉嗪、丙氯拉嗪合用，可引起神经阻滞剂恶性综合征。

　　－　与唑吡坦合用，可引起幻觉等。

【禁忌证】对本品过敏者；正在服用单胺氧化酶抑制剂者禁用。

【不良反应】本品不良反应较少，常见的有恶心、盗汗、嗜睡、失眠、头昏等。较少见的有心动过速、性功能障碍、体重减轻、癫痫发作等。

【用药指导】

1. 本品缓释胶囊应在每日相同的时间与食物同时服用，每日1次，用水送服。注意不得将其弄碎、嚼碎后服用或溶解在水中服用。

2. 为防止本品的停药反应，应在2周以上的时间内逐渐减量。

【制剂与规格】片剂：① 25mg；② 37.5mg；③ 50mg；④75mg；⑤ 100mg。胶囊剂：① 25mg；② 50mg。缓释胶囊剂：①75mg；②150mg。

【贮藏】密闭，在干燥处保存。

维洛沙秦（Viloxazine）

【商品名或别名】维罗噻嗪，苯氧吗啉，慰乐散。

【药物概述】本品有阻滞突触前膜对单胺类递质再摄取作用，作用与去甲丙咪嗪相似，但较弱，抗胆碱和镇静作用微弱。

【药动学】胃肠吸收，能透过血脑屏障，主要代谢途径是羟基化和络合物形式，从尿排泄。半衰期为3.5～11.4h。研究表明血药浓度与临床效果呈正相关。

【用药指征】用于治疗各种类型抑郁症。

【用法用量】口服给药：开始 50mg，每日 3 次，与食物同服。2周后剂量可增到每日 300mg。

【药物相互作用】

－　禁与单胺氧化酶抑制剂合用。

±　与苯妥英或抗高血压药合用，后二者必须减量。

【禁忌证】妊娠头 3 个月禁用；正在服用单胺氧化酶抑制剂者禁用。

【不良反应】常见有头痛、恶心、腹泻，少数人出现口干、便秘、共济失调等反应。

【制剂与规格】片剂：①50mg；②100mg。

【贮藏】密闭，在干燥处保存。

瑞波西汀（Reboxetine）

【商品名或别名】甲磺酸瑞波西汀。

【药物概述】瑞波西汀为二环吗啉衍生物，是一种选择性去甲肾上腺素再摄取抑制剂，化学结构与其他抗抑郁药相似。本品通过选择性抑制去甲肾上腺素再摄取和拮抗 α_2 肾上腺素受体而起抗抑郁作用。具有很弱的 5 - 羟色胺特性，对 α_1 肾上腺素受体和毒蕈碱受体的亲和力很低。

【药动学】本品口服后 1.5～2.4h 达血药浓度峰值。口服生物利用度为 92%～94%。蛋白结合率为 96%～97%，分布容积（V_d）为 0.385～0.92L/kg。在肝脏广泛代谢，主要通过细胞色素 P - 450 系统代谢成无活性产物。给药量的 76% 经肾随尿排泄，7%～16% 经粪便排泄。本品的消除半衰期为 12～14h。

【用药指征】主要用于治疗重性抑郁症。

【用法用量】口服给药：重性抑郁，初始剂量为每日 8mg，分 2 次给药。以后可根据患者耐受性及临床需要增加至每日 10mg，分次给药。多数患者使用初始剂量即可获得较好疗效。不推荐每日剂量大于 12mg。

【药物相互作用】

+ 酮康唑可增加本品的生物利用度，两者合用时，本品血药浓度升高。

- 本品与单胺氧化酶抑制剂合用，可能导致中枢神经系统毒性或5-羟色胺综合征。

【禁忌证】 对本品过敏者禁用。

【不良反应】

1. 心血管系统 可出现低血压、一过性高血压和心动过速。

2. 中枢神经系统 有出现头晕、头痛或偏头痛、失眠、癫痫发作、感觉异常、眩晕、嗜睡等的报道。双相情感障碍患者使用本品可出现躁狂。

3. 内分泌或代谢 可出现低钠血症。

4. 胃肠道 可出现恶心、口干、便秘。

5. 泌尿或生殖系统 可出现阳萎、泌尿道感染、排尿困难、尿潴留、性欲降低、自发射精等。

6. 眼 可出现视力模糊。

7. 其他 可出现寒战。

【用药指导】 本品不应与单胺氧化酶抑制剂同用，在停用单胺氧化酶抑制剂14日后才可使用本品。

【制剂与规格】 片剂：4mg。

【贮藏】 密闭，在干燥处保存。

西酞普兰（Citalopram）

【商品名或别名】 氰酞氟苯胺，喜普妙。

【药物概述】 本品为选择性5-羟色胺再摄取抑制剂，通过抑制5-羟色胺再摄取，提高突触间隙5-羟色胺浓度，增强5-羟色胺的传递功能而产生抗抑郁作用。本品具有高效和高选择性的特点，其对5-羟色胺再摄取抑制作用的选择性较对去甲肾上腺素和多巴胺再摄取抑制作用高数千倍。由于本品选择性高，故治疗指数也很高。临床抗抑郁疗效与三环类或四环类抗抑郁药相似，但不良反应少且轻，无三环类、四环类抗抑郁药所产生的严重心血管反应。与其他选择性 5 - 羟色胺再摄取抑制剂的疗效、耐受性和不良反应类似。

【药动学】 口服吸收好，2 ~ 4h 达血药浓度峰值，食物不影响其吸收。绝对生物利用度约 80%。在肝脏代谢，经肾脏排泄。本品消除半衰期较长，正常成人半衰期约 35h，故适合每日给药 1 次的治疗方法。血液透析不能清除本品。

【用药指征】 用于抑郁性精神障碍（内源性及非内源性抑郁）、抑郁症及焦虑症的常规治疗。

【用法用量】 口服给药：初始剂量为每次 20mg，每日 1 次；可增至每次 40mg，每日 1 次；必要时可增至最大剂量每次 60mg，每日 1 次。早晨或晚上服用。

【药物相互作用】

- 本品可抑制丙米嗪的代谢。

- 西咪替丁与本品合用时可能降低本品清除率。

- 与单胺氧化酶抑制剂、右芬氟拉明、芬氟拉明、白果、羟色氨酸、异卡波肼、丁螺环酮或吗氯贝胺合用，可引起 5 - 羟色胺综合征。

- 与曲马朵合用，可使中枢和外周的 5 - 羟色胺浓度增加，引起癫痫和 5 - 羟色胺综合征。

- 与氟哌利多合用时，可增加心脏毒性。

- 与阿莫曲坦、那拉曲坦、呋喃唑酮合用可出现无力、反射亢进、动作失调。

- 卡马西平与本品合用时可能增加本品的清除。

【禁忌证】 对本品过敏者；正在使用单胺氧化酶抑制剂或停用单胺氧化酶抑制剂 2 周内；孕妇及哺乳妇女禁用。

【不良反应】

1. 常见恶心、呕吐、口干、多汗、头痛、嗜睡或睡眠时间偏短。通常在治疗开始的第 1 ~ 2 周比较明显，随着抑郁状态的改善，不良反应逐渐消失。

2. 可引起激素分泌紊乱、躁狂、心动过速和体位性低血压。

【用药指导】服用本品期间，患者从事需要精神高度集中的工作时应谨慎。

【制剂与规格】片剂：20mg。

【贮藏】密闭，室温（25℃以下）保存。

（王宪英　解　皓　王　伟　王　华　陈丽平）

第二章

自主神经系统用药

第一节 拟胆碱药

一、胆碱能受体激动药

氯乙酰胆碱（Acetylcholine Chloride）

【商品名或别名】 山胆碱，酰胆碱，氯化酰胆碱。

【药物概述】 本品为 M、N 胆碱受体激动药，选择性低、作用广泛、短暂。小剂量即可明显兴奋 M 胆碱受体，剂量稍大时，也激动 N 胆碱受体。M 样作用的主要表现为血管扩张、心率减慢、心肌收缩力下降、血压降低，胃肠道、支气管、泌尿道和胆道平滑肌兴奋，瞳孔括约肌和睫状肌收缩，泪腺、汗腺、消化腺和支气管腺体分泌增加等。N 受体主要表现为骨骼肌收缩。

【用药指征】 用于治疗血管痉挛性疾病，如肢端动脉痉挛症，栓塞性脉管炎以及治疗耳鸣、耳聋、耳病性眩晕等。注入前房角缩瞳用于白内障手术、角膜成形术、虹膜切除术。

【用法用量】

1. 眼前房内注射　1% 新鲜配制的溶液 0.5～2ml，注入眼前房内。

2. 肌内注射　用于治疗血管痉挛性疾病，每次 0.1g，用注射用水溶解。

【禁忌证】 支气管哮喘、溃疡病患者禁用。

【不良反应】 可有恶心、呕吐、腹痛、面红、出汗、头痛、低血压、支气管收缩、胸部发紧感等。通常持续时间很短，必要时可用阿托品 0.5～1mg 对抗。

【制剂与规格】 注射剂：0.1g，1% 溶液，新鲜配制。

【贮藏】 遮光，密闭保存。

卡巴胆碱（Carbachol）

【商品名或别名】 氨甲酸胆碱，氨甲酰胆碱，碳酰胆碱。

【药物概述】 卡巴胆碱为合成的拟胆碱药，具有与乙酰胆碱类似的毒蕈碱与烟碱样作用，并有轻度的抗胆碱酯酶作用。经眼给药后可使睫状肌收缩，导致瞳孔缩小和调节痉挛。本品还具有增加胃肠道张力及收缩蠕动的作用，同时能增加胃肠道腺体的分泌。

【药动学】 本品不易被胆碱酯酶灭活，故作用持续时间较长。滴眼剂滴眼后，10～20min 内产生缩瞳作用，并可持续 4～8h，眼压降低可持续 8h。眼前房内注射，2～5min 内达到最大缩瞳作用，并可维持 24～48h。

【用药指征】 本品的眼用注射剂可用于白内障摘除术、人工晶体植入术等需要缩瞳的手术。滴眼剂可用于治疗开角型青光眼。非眼用制剂可用于术后腹部胀气、尿潴留及其他原因导致的胃肠功能异常。

【用法用量】

1. 前房内注射　用于白内障摘除术、人工晶体植入术前给药，每次 0.02mg。

2. 滴眼　用于治疗青光眼，可用于 0.75%～1.5% 的滴眼剂，每日 2～3 次。

3. 口服给药　治疗青光眼，每次 2mg，每日 3 次。

4. 皮下注射　治疗青光眼，每次 0.25mg，必要时间隔 30min 重复 1 次，共 2 次。

【药物相互作用】

– 局部（眼部）使用非甾体类抗炎药时，本品可失效。

【禁忌证】对本品过敏及甲状腺功能亢进、低血压、消化性溃疡、支气管哮喘、心律失常、癫痫、闭角型青光眼、机械性肠梗阻、尿路梗阻、痉挛等患者禁用。

【不良反应】

1. 可引起较强的调节痉挛及由此引起的暂时性视力下降和头痛等不良反应，还可见结膜充血、泪腺分泌增多以及眼睑瘙痒、抽动，并可增加虹膜及睫状体的血流。以上反应可比使用毛果芸香碱时更严重。另外尚有引起白内障的报道。

2. 较少引起全身不良反应，偶可出现皮肤潮红、出汗、上腹部不适、腹部绞痛、呃逆、膀胱紧缩感、头痛和流涎等。

【用药指导】本品注射剂禁用于静脉或肌内注射。

【制剂与规格】片剂：2mg。注射剂：①1ml：0.1mg；②1ml：0.25mg。滴眼剂：0.75%~3%。

【贮藏】密闭保存。

毛果芸香碱（Pilocarpine）

【商品名或别名】匹鲁卡品，硝酸毛果芸香碱，硝酸匹罗卡品。

【药物概述】本品是一种节后拟胆碱药，能直接作用于 M 胆碱受体，使胆碱能神经节后纤维兴奋，产生毒蕈碱样作用。滴眼后可直接作用于瞳孔括约肌和睫状肌的胆碱受体，使这两种平滑肌收缩，导致瞳孔缩小和睫状肌收缩，从而使房水阻力减小，使青光眼的眼压下降。本品降眼压的幅度与用药前的眼压水平成正比，故主要对青光眼有降压作用，对眼压正常者作用不明显。此外，本品全身用药后还能促进汗腺、唾液腺、泪腺、胃肠道腺体和呼吸道黏液腺的分泌，使胃肠道、胆道、呼吸道、子宫等平滑肌兴奋。对心血管系统有抑制作用，静脉小剂量注射可引起血压下降。

【药动学】1% 滴眼剂滴眼后 10~30min 出现缩瞳作用，持续时间达 4~8h 以上，75min 达最大降眼压作用，持续 4~14h。眼药膜降眼压作用的达峰时间为 1.5 ~ 2h。用于缓解口干时 20min 起效，单次使用作用持续 3 ~ 5h，多次使用可持续 10h 以上。

【用药指征】本品可用于开角型青光眼、急性闭角型青光眼、慢性闭角型青光眼及继发性青光眼。还可用于治疗调节性内斜视。口服可用于多种原因引起的口干。

【用法用量】滴眼：

（1）慢性青光眼：使用 0.5% ~ 4% 的滴眼剂，每次 1 滴，每日 1 ~ 4 次。

（2）急性闭角型青光眼急性发作期：使用 1% ~ 2% 的滴眼剂，每次 1 滴，每 5 ~ 10min 1 次，3 ~ 6 次后每 1 ~ 3h 1 次，直至眼压下降。

（3）缩瞳：对抗胆碱药的散瞳作用时，用 1% 的滴眼剂滴眼 1 滴，用 2 ~ 3 次。

（4）先天性青光眼：术前用药时，用 1% 滴眼剂滴眼，一般用 1 ~ 2 次。

（5）虹膜切除：术前用药时，用 2% 滴眼剂滴眼，每次 1 滴，共滴 4 次。

【药物相互作用】

－ 与地匹福林合用，可导致近视程度暂时增加。

－ 阿托品、环喷托酯与本品合用时，可干扰本品的抗青光眼作用，而这些药物的散瞳作用也会被抵消。

－ 本品可减弱拉坦前列素的作用。

－ 磺胺醋酰钠滴眼剂能使结膜液的 pH 一过性升高达 7.4，并可使本品沉淀。

【禁忌证】对本品过敏者；气管哮喘患者；虹膜炎及虹膜睫状体炎等不应缩瞳的眼病患者禁用。

【不良反应】

1. 可使视力下降，产生暂时性近视，结膜充血、眼痛、头痛、眼刺激等症状。

2. 长期应用可引起强直性瞳孔缩小、虹膜囊肿、白内障及近视程度加深等。

3. 泌尿生殖系统，可引起膀胱紧缩感和尿频。

4. 使用口服制剂可引起恶心、呕吐、上腹痛、腹泻等。

【用药指导】使用滴眼剂滴眼时为避免全身吸收过多，用药后可用手指压迫泪囊部 1～2min。另外，一般情况下应避免频繁用药。

【制剂与规格】滴眼剂：①1%；②2%。硝酸毛果芸香碱滴眼剂：①5ml：100mg；②10ml：50mg；③10ml：100mg；④10ml：200mg。硝酸毛果芸香眼膏剂：①1%；②2%；③4%。注射剂：1ml：10mg。

【贮藏】避光，密闭，凉暗处保存。

氯贝胆碱（Bethanechol Chloride）

【商品名或别名】氨甲酰甲胆碱，乌拉胆碱。

【药物概述】M 胆碱受体激动药，N 样作用小。特点为胃肠道及膀胱平滑肌收缩作用显著，对心血管系统的抑制作用很弱。

【用药指征】主要用于手术后腹气胀及尿潴留，阿尔茨海默病，先天性巨结肠、食管反流，转化斑，逆转药物的抗 M 样作用及治疗口吃，尿失禁。

【用法用量】口服或舌下给药每次 10～30mg，每日 2～3 次。皮下注射每次 5mg。

【制剂与规格】片剂：10mg。注射剂：1ml：5mg。

【贮藏】遮光、密闭保存。

二、抗胆碱酯酶药

新斯的明（Neostigmine）

【商品名或别名】普洛斯的明，普洛色林。

【药物概述】具有抗胆碱酯酶作用，但对中枢神经系统的毒性较毒扁豆碱弱，因尚能直接作用于骨骼肌细胞的胆碱能受体，故对骨骼肌作用较强，缩瞳作用较弱。

【用药指征】用于重症肌无力及腹部手术后的肠麻痹。

【用法用量】

1. 口服用药　每次 30mg，每日 100mg。

2. 皮下注射或肌内注射　其甲硫酸盐，每日 1 ~ 3 次，每次 0.25 ~ 1.0mg；极量每次 1mg，每日 5mg。

3. 滴眼　以 0.05% 眼药水用于青少年假性近视眼，每日 2 次，每次 1 ~ 2 滴，3 个月为 1 疗程。

【禁忌证】癫痫、心绞痛、室性心动过速、机械性肠梗阻、尿路梗塞及支气管哮喘患者禁用。

【不良反应】大剂量时可引起恶心、呕吐、腹泻、流泪、流涎等，可用阿托品对抗。

【制剂与规格】片剂：15mg。注射剂：①1ml：0.5mg；②2ml：1mg。

【贮藏】密闭保存。

溴吡斯的明（Pyridostigmine Bromide）

【商品名或别名】吡啶斯的明，吡斯的明，溴吡啶斯的明。

【药物概述】本品为可逆性胆碱酯酶抑制药，特点为起效慢、维持时间长。能可逆性地抑制胆碱酯酶的活性，使乙酰胆碱效应增强和延长，还可直接兴奋横纹肌的 N 胆碱受体，对横纹肌有较明显的选择性兴奋作用。此外，本品可使生长释素引起的生长激素水平显著增加，与生长释素合用可诊断和治疗儿童短身材，但效果不及新斯的明与生长释素合用。

【药动学】本品糖浆制剂的起效时间为 30 ~ 45min，注射剂为 2 ~ 5min，服用糖浆及缓释片 1 ~ 2h 可达峰值，肌内注射及静脉注射为 0.25h，糖浆作用持续时间为 3 ~ 6h，缓释片为 6 ~ 12h，肌内注射及静脉注射为 6 ~ 12h。本品不易从胃肠道吸收，口服生物利用度低。本品极少进入中枢，但可透过胎盘。药物在体内经肝脏可先水解成氨基酸和吡啶衍生物。原形药物或代谢产物经肾排泄，少量可分泌入乳汁中。静脉注射后的 $t_{1/2}$ 为 1.9h。

【用药指征】本品可用于重症肌无力及手术后腹胀、尿潴留。还可用于拮抗非去极化肌松药作用（限注射给药）。本品与生长释素合用，可诊断儿童短身材病因。另外，本品还可预防性给药以避免神经毒气损害。

【用法用量】

1. 口服给药

（1）治疗重症肌无力：①糖浆剂：初始剂量为 60～120mg，每 3～4h 1 次，维持剂量为每日 60mg。②缓释片：治疗严重的重症肌无力，每次 180～540mg，每日 1～2 次，间隔不得短于 6h，由于缓释片的用量大，毒性反应也较多发生。

（2）预防性用药以避免神经毒气损害：每次 30mg，每 8h 1 次。

2. 肌内注射　用于治疗重症肌无力：每次 2mg，每 2～3h 1 次。

3. 静脉注射

（1）用于拮抗非去极化肌松药：单次 10～20mg，常与阿托品 0.5～1mg 合用。

（2）重症肌无力：同肌内注射项。

4. 皮下注射　每日 1～5mg。

【药物相互作用】

－　本品可使酯类局麻药在体内水解减慢，导致中毒反应。故使用本品期间，宜采用酰胺类局麻药。

－　本品可降低琥珀酰胆碱的代谢，增加神经肌肉阻滞作用。

－　本品可拮抗氨基糖苷类抗生素、卷曲霉素、林可霉素、多黏菌素、利多卡因注射剂的作用。

－　本品可减弱乙醚、恩氟烷、异氟烷等吸入全麻药的肌松作用。

－　阻断交感神经节的降压药（如胍乙啶、美卡拉明等）可使本品的效应减弱。

－　本品不宜与抗毒蕈碱样作用的药物（如普鲁卡因胺、奎尼丁等）合用，因为它可以降低本品对重症肌无力的疗效。

【禁忌证】 对本品过敏者；心绞痛、支气管哮喘、机械性肠梗阻和尿路梗阻的患者禁用。

西

药

篇

【不良反应】

1. 本品单独使用时可出现轻度的抗胆碱酯酶的毒性反应，如腹痛、腹泻、唾液增多、气管内黏液分泌增加、出汗、缩瞳、血压下降和心动过缓等，一般均能自行消失。

2. 注射部位可发生红肿痛，应注意血栓性静脉炎的发生。

3. 本品长期口服可出现溴化物的反应，如皮疹、乏力、恶心和呕吐等。

【用药指导】

1. 术后肺不张或肺炎患者及心律失常（尤其是房室传导阻滞）者慎用。

2. 孕妇给药后，由于子宫肌收缩，可引起早产，故应慎用。

3. 本品少量可分泌入乳汁中，但常规剂量时，婴儿透过乳汁摄入的药物量极少，乳母可安全用药。

4. 儿童不推荐使用。

5. 本品漏服后不可服用双倍量。

6. 重症肌无力患者用药须谨慎，不可过量，否则会出现"胆碱能危象"。

7. 食物不影响本品的生物利用度，但延迟药物达峰时间。

【制剂与规格】 片剂：60mg。糖浆剂：1ml：12mg。缓释片剂：180mg。注射剂：①1ml：1mg；②1ml：5mg；③2ml：10mg。

【贮藏】 遮光，密封保存。

溴地斯的明（Distigmine Bromide）

【商品名或别名】 溴化双吡己胺。

【药物概述】 本品为季铵类胆碱酯酶抑制剂，口服不易吸收。作用与新斯的明类似，但作用时间更长。

【用药指征】 用于预防和治疗手术后腹胀、尿潴留、神经性膀胱炎。

【用法用量】

1. 口服给药 每次5mg，每日1次，早饭前30min服用。

2. 肌内注射　每次 500μg，手术后 12h 用药，必要时每隔 24h 重复 1 次，直到正常功能恢复。

【禁忌证】癫痫、心绞痛、室性心动过速、机械性肠梗阻、尿路梗塞及支气管哮喘患者禁用。

【不良反应】大剂量时可引起恶心、呕吐、腹泻、流泪等，可用阿托品对抗。

【制剂与规格】片剂：5mg。注射剂：1ml∶0.5mg。

【贮藏】遮光、密闭保存。

安贝氯铵（Ambenonium Chloride）

【商品名或别名】氯化美斯的明，酶司的明，阿伯农。

【药物概述】本品为胆碱酯酶抑制药，减慢乙酰胆碱的灭活，使存在于胆碱受体周围的乙酰胆碱浓度增加而发挥其疗效。还可直接兴奋横纹肌的 N 胆碱受体，对横纹肌有较明显的选择性兴奋作用。其作用主要表现为：缩瞳、心动过缓、提高胃肠道和支气管等平滑肌的张力、增加唾液和汗腺的分泌。

【药动学】本品口服后胃肠道吸收不良且不规则。口服 1~2h 达血药浓度峰值。本品不能透过血－脑脊液屏障和胎盘屏障，也不能进入乳汁。

【用药指征】

1. 本品用于治疗重症肌无力。尤其是不能耐受新斯的明、溴吡斯的明或对溴过敏的重症肌无力患者。

2. 还可用于腹胀气。

【用法用量】口服给药：重症肌无力：每次 5~10mg，每日 3 次。最大量可用至每次 25mg，每日 3 次。

【药物相互作用】

－　本品禁与颠茄类药物（如阿托品）合用，两药合用可因药理作用相互拮抗而导致严重的不良反应，如肌束震颤和随意肌麻痹等。

【禁忌证】对支气管哮喘患者；机械性肠梗阻患者；尿路梗阻患

者；接受神经节阻断药美卡拉明治疗者禁用。

【不良反应】本品治疗量可引起头痛，大剂量时可有恶心、呕吐、腹泻、腹痛、流涎、心动过缓、出汗等症状。

【用药指导】

1. 本品建议在餐后服用，因为空腹服用本品会增加不良反应。

2. 本品用于治疗重症肌无力时，应注意调整剂量。抢救重症肌无力、"肌无力危象"时，可联合肾上腺皮质激素、血浆交换疗法、人工辅助呼吸等治疗措施。

3. 用药过量可引起"胆碱能危象"表现，可用阿托品对抗。

【制剂与规格】片剂：①5mg；②10mg；③20mg；④25mg。

【贮藏】密封保存。

毒扁豆碱（Physostigmine）

【商品名与别名】依色林。

【药物概述】本品有抗胆碱酯酶的作用，使胆碱能神经末梢所释放的乙酰胆碱不致被破坏而积聚，作用于M胆碱受体呈现与其他拟胆碱药类似的作用，即瞳孔缩小、胃肠道蠕动增强、心率减慢等。

【用药指征】用于青光眼、调节肌麻痹，其药效比毛果芸香碱强。

【用法用量】用其0.2%~0.5%的溶液点眼，每次1~2滴。

【制剂与规格】水杨酸毒扁豆碱滴眼剂：由水杨酸毒扁豆碱0.25g，硼酸1.8g，亚硫酸氢钠0.1g，蒸馏水加至100ml配成。

【贮藏】密闭保存。

加兰他敏（Galantamine）

【商品名与别名】氢溴酸加兰他敏，慧敏，尼瓦林。

【药物概述】本品为可逆性抗胆碱酯酶药，其作用与新斯的明相似。本品可产生较强的中枢作用。其毒蕈碱样作用短暂、微弱，作用时间较长，能对抗阿片的呼吸抑制，但不影响它的麻醉作用。

【药动学】本品口服吸收快，作用时间长，口服2h可达血药峰浓度，最高浓度可达 $1.15\mu g/ml$，生物利用度可达 100%。本品组织分布浓度由高到低依次为肾、肝、脑。本品 $t_{1/2}$ 超过 $5h$，主要经肾随尿排泄。

【用药指征】主要用于重症肌无力、小儿麻痹后遗症及因神经系统疾病或外伤所致的运动障碍等神经肌肉功能紊乱。用于术后肠麻痹、尿潴留。还用于手术麻醉后的催醒剂及箭毒的解毒剂。本品的胶囊和片剂用于良性记忆障碍，注射剂可逆转注射氢溴酸东莨菪碱所致的中枢抗胆碱作用。

【用法用量】

1. 口服给药

（1）一般剂量：每次 5mg，每日 4 次，3 日后改为每次 10mg，每日 4 次。儿童每日 $0.5\sim1mg/kg$，分 3 次服用。

（2）老年性痴呆（AD）：每日 $30\sim40mg$，分 3 次服用，1 个疗程至少 $8\sim10$ 周。

2. 肌内注射或皮下注射

（1）重症肌无力：每次 $2.5\sim10mg$，每日 1 次，$2\sim6$ 周为 1 个疗程。儿童每次 $0.05\sim0.1mg/kg$，每日 1 次，$2\sim6$ 周为 1 个疗程。

（2）抗箭毒：起始剂量为 $5\sim10mg$，$5\sim10min$ 后按需要可逐渐增加至 $10\sim20mg$。

3. 静脉注射　逆转注射氢溴酸东莨菪碱所致的中枢抗胆碱作用，每次 $0.5mg/kg$。

【药物相互作用】

+ 　本品与西咪替丁、酮康唑、帕罗西汀等药合用，可使本品的生物利用度增加。

- 　本品能抑制血浆胆碱酯酶的活性，使酯类局麻药在体内水解缓慢，易出现中毒反应。故在本品使用期间，宜采用酰胺类局麻药。

- 　本品可拮抗氨基糖苷类抗生素、卷曲霉素、林可霉素、多黏菌素、利多卡因注射剂或奎宁注射剂。

- 　本品可减弱乙醚、恩氟烷、异氟烷、甲氧氟烷、环丙烷等吸入全麻药的肌松效应。

— 阻断交感神经节的降压药（如胍乙啶、美卡拉明和咪芬等）可减弱本品的效应。

— 本品不能与有抗毒蕈碱样胆碱作用的药物（如普鲁卡因胺、奎尼丁等）合用，它可减弱本品对重症肌无力的疗效。

— 红霉素可降低本品的疗效。

【禁忌证】 对本品过敏的患者；癫痫患者；运动功能亢进患者；心绞痛；心动过缓者；严重哮喘或肺功能障碍患者；严重肝、肾功能损害者；机械性肠梗阻患者及青光眼患者禁止使用本品注射剂。

【不良反应】

1. 消化系统症状　主要有口干、呕吐、腹胀、反胃、腹痛、腹泻、厌食及体重减轻等。

2. 内分泌系统　偶见血糖增高。

3. 神经系统　常见疲劳、头晕眼花、头痛、发抖、失眠、梦幻。罕见张力亢进、感觉异常、失语症等。

4. 心血管系统　可见心动过缓、心律不齐。

5. 血液系统　可见贫血，偶见血小板减少。

【用药指导】

1. 漏服本品后，不可 1 次服用双倍量。

2. 重症肌无力患者用量过多时可引起危象，表现出胆碱样及毒蕈碱样毒性反应。此时应立即停药，并使用阿托品解毒。

【制剂与规格】 片剂：5mg。注射剂：①1ml∶1mg；②1ml∶2.5mg；③1ml∶5mg。氢溴酸加兰他敏片剂：5mg。氢溴酸加兰他敏胶囊剂：5mg。氢溴酸加兰他敏注射剂：①1ml∶1mg；②1ml∶2.5mg；③1ml∶5mg。

【贮藏】 遮光，密闭保存。

二氢加兰他敏（Dihydrogalantamine）

【商品名或别名】 力可拉敏。

【药物概述】 同氢溴酸加兰他敏，但作用较弱。

【用药指征】本品用于脊髓灰白质炎后遗症伴弛缓性瘫痪，脑血管意外所致瘫痪，坐骨神经炎。

【用法用量】肌内注射每次 12 ~ 24mg，每日或隔日 1 次，30 ~ 50 天为 1 个疗程。

【禁忌证】支气管哮喘患者；机械性肠梗阻或心绞痛患者禁用。

【制剂与规格】注射剂：①1ml∶6mg；②1ml∶12mg。

【贮藏】密闭保存。

第二节 抗胆碱药

阿托品（Atropine）

【商品名或别名】硫酸阿托品，颠茄碱。

【药物概述】本品为抗 M 胆碱受体药，具有松弛内脏平滑肌的作用，从而解除平滑肌痉挛，缓解或消除胃肠平滑肌痉挛所致的绞痛，对胆管、输尿管、支气管都有解痉作用，但对子宫平滑肌的影响较少。虽然可透过胎盘屏障，但对胎儿无明显影响，也不抑制新生儿呼吸。大剂量可抑制胃酸分泌，但对胃酸浓度、胃蛋白酶和黏液的分泌影响很小。随用药剂量增加可依次出现如下反应：腺体分泌减少、瞳孔扩大和调节麻痹、心率加快、膀胱和胃肠道平滑肌的兴奋性降低、胃液分泌抑制；中毒剂量则出现中枢症状。本品对心脏、肠和支气管平滑肌的作用比其他颠茄生物碱更强更持久。

【药动学】本品易透过生物膜，自胃肠道及其他黏膜吸收，也可经眼吸收，少量从皮肤吸收。口服单次剂量，1h 后达血药峰浓度；肌内注射 2mg，15 ~ 20min 后即达血药峰浓度。吸收后广泛分布于全身组织，血浆蛋白结合率为 50%。本品可透过血 - 脑脊液屏障，在 0.5 ~ 1h 内中枢神经系统达到较高浓度。也能透过胎盘进入胎儿循环。本品除对眼的作用持续 72h 外，其他所有器官的作用维持约 4h。部分在肝脏代谢，约 80% 经尿排出，其中约 1/3 为原形，其余为水解后与葡萄糖醛酸结合的代谢物。$t_{1/2}$ 为 2 ~ 4h。各种分泌液及粪便中仅有少量排出。

【用药指征】

1. 用于各种内脏绞痛。对胃肠绞痛、膀胱刺激症状（如尿频、尿急等）疗效较好，但对胆绞痛或肾绞痛疗效较差。

2. 用于迷走神经过度兴奋所致的窦房传导阻滞、房室传导阻滞等缓慢性心律失常，也可用于继发于窦房结功能低下而出现的室性异位节律。

3. 用于抗休克

（1）改善微循环，治疗严重心动过缓，晕厥合并颈动脉窦反射亢进以及Ⅰ度房室传导阻滞。

（2）治疗革兰阴性杆菌引起的感染中毒性休克。

4. 作为解毒剂，可用于锑剂中毒引起的阿斯综合征、有机磷酯类中毒以及急性毒蕈中毒。

5. 用于麻醉前以抑制腺体分泌，特别是呼吸道黏液分泌。

6. 可减轻帕金森病患者的强直及震颤症状，并能控制其流涎及出汗过多。

7. 本品滴眼剂和眼膏用于散瞳，并对虹膜睫状体炎有消炎止痛的作用。

【用法用量】

1. 口服给药　每次 0.3 ~ 0.6mg，每日 3 次。极量：每次 1mg，每日 3mg。

2. 皮下、肌内、静脉注射　每次 0.3 ~ 0.5mg，每日 0.5 ~ 3mg。1 次用药的极量为 2mg。

【药物相互作用】

+　与异烟肼合用，本品的抗胆碱作用增强。

+　与盐酸哌替啶合用，有协同解痉的止痛作用。

+　与奎尼丁合用，可增强本品对迷走神经的抑制作用。

+　胆碱酯酶复活剂（碘解磷定、氯解磷定等）与本品有互补作用，合用时可减少本品用量和不良反应，提高治疗有机磷中毒的疗效。

－　抗组胺药可增强本品的外周和中枢效应，也可加重口干或一过性声音嘶哑、尿潴留及眼压增高等不良反应，不宜合用。

　　－　氯丙嗪可增强本品致口干、视物模糊、尿潴留及促发青光眼等不良反应，不宜合用。

　　－　与金刚烷胺、吩噻嗪类药、扑米酮、普鲁卡因胺、三环类抗抑郁药合用，本品的毒副作用可加剧。

　　－　与碱化尿液的药物（包括含镁或钙的制酸药、碳酸酐酶抑制药、碳酸氢钠、枸橼酸盐等）合用时，本品排泄延迟，作用时间和毒性增加。

　　－　与单胺氧化酶抑制剂（包括呋喃唑酮、丙卡巴肼等）合用时，可发生兴奋、震颤或心悸等不良反应，必须合用时本品应减量。

　　－　甲氧氯普胺对食管下端括约肌的影响与本品相反，本品可逆转甲氧氯普胺引起的食管下端张力升高，反之，甲氧氯普胺可逆转本品引起的食管下端张力降低。

　　－　抗酸药能干扰本品的吸收，故两者合用时宜分开服用。

　　－　本品可使左旋多巴吸收量减少。

　　－　在使用本品的情况下，舌下含化硝酸甘油、戊四硝酯、硝酸异山梨酯的作用可减弱。因为本品阻断 M 受体，减少唾液分泌，使舌下含化的硝酸甘油等崩解减慢，从而影响其吸收。

　　【禁忌证】对本品及其他抗胆碱药过敏者；青光眼患者；前列腺增生（可引起排尿困难）者；高热患者禁用。

　　【不良反应】本品具有多种药理作用，临床上应用其中一种作用时，其他的作用则成为不良反应。

　　1. 常见便秘、出汗减少（排汗受阻可致高热）、口鼻咽喉干燥、视物模糊、皮肤潮红、排尿困难（尤其是老年患者有发生急性尿潴留的危险）、胃肠动力低下、胃－食管反流。

　　2. 少见眼压升高、过敏性皮疹或疱疹。

　　3. 本品长期滴眼，可引起局部过敏反应（药物接触性睑结膜炎）。

【用药指导】

1. 20 岁以上患者存在潜隐性青光眼时，使用本品有诱发的危险。

2. 前列腺肥大引起的尿路感染（膀胱张力减低）及尿路阻塞疾病的患者，使用本品后可导致完全性尿潴留，慎用。

3. 本品可使胃肠排空时间延长，故能增加很多药物（如地高辛、维生素 B_2 等）的吸收率，从而使发生不良反应的危险性增加。

4. 本品中毒时忌用硫酸镁导泻。

5. 从事驾驶或具有潜在危险性工作的患者，用药期间应避免饮酒。

6. 本品静脉注射宜缓慢。小量反复多次给药，虽可提高对部分不良反应的耐受，但同时疗效也随之降低。

7. 治疗帕金森症时，用量加大或改变治疗方案时应逐步进行，不可突然停药，否则可能出现撒药症状。

8. 由于用本品治疗儿童屈光不正时可出现毒性反应，故儿童用药宜选用眼膏，或浓度较低的滴眼剂（如选 0.5% 的溶液），这样可减少全身性吸收。在用药后立即把过多的药液或药膏拭去。滴眼时压迫泪囊部以防吸收中毒。其他制剂儿童不推荐使用。

9. 怀孕与哺乳妇女、老人均不推荐使用。

【制剂与规格】 片剂：0.3mg。纸型片：0.3mg。注射剂：①1ml：0.5mg；②2ml：1mg；③1ml：5mg；④2ml：10mg。滴眼剂：0.5% ~ 1%。眼膏剂：①1%；②2%。

【贮藏】 密闭保存。

东莨菪碱（Scopolamine）

【商品名与别名】 亥俄辛，海俄辛。

【药物概述】 作用与阿托品相似，其散瞳及抑制腺体分泌作用比阿托品强，对呼吸中枢具有兴奋作用，对大脑皮质有明显的抑制作用，此外还有扩张毛细血管、改善微循环以及抗晕船晕车等作用。

【药动学】 胃肠道易吸收，分布于所有组织。约 1% 排于尿中，分泌腺中排出甚少。

【用药指征】临床上用作镇静药，用于全身麻醉前给药、晕动病、震颤性麻痹、狂躁性精神病、有机磷中毒等。由于本品既兴奋呼吸又对大脑皮质呈镇静作用，故用于抢救重型流行性乙型脑炎呼吸衰竭亦有效。

【用法用量】

1. 口服给药　每次 0.2～0.6mg，每日 0.6～1mg。极量：每次 0.6mg，每日 2mg。

2. 皮下注射　每次 0.2～0.5mg。极量：每次 0.5mg，每日 1.5mg。

3. 抢救乙脑呼吸衰竭　常用量为 0.02～0.04mg/kg，用药间歇时间一般为 20～30min，用药总量最高达 6.3mg。

【禁忌证】青光眼患者禁用。

【不良反应】以口干、畏光、嗜睡为最常见。过量可引起激动不安甚至惊厥。中毒时可用催眠镇静药，亦可用新斯的明。

【制剂与规格】片剂：0.2mg。注射剂：①1ml：0.3mg；②1ml：0.5mg。

【贮藏】密闭保存。

丁溴东莨菪碱（Scopolamine Butylbromide）

【商品名与别名】解痉灵，溴丁东碱，溴丁东莨菪碱。

【药物概述】本品为 M 胆碱受体阻滞药，除对平滑肌有解痉作用外，尚有阻断神经节及神经肌肉接头的作用，但对中枢的作用较弱。本品能选择性地缓解胃肠道、胆道及泌尿道平滑肌痉挛，抑制胃肠蠕动，对心脏、瞳孔以及唾液腺的影响较小，故较少出现类似阿托品引起的中枢神经兴奋、扩瞳、抑制唾液分泌等不良反应。

【药动学】本品静脉注射后 2～4min 起效，皮下或肌内注射后 8～10min 起效，口服吸收差，20～30min 起效。药效维持时间为 2～6h。本品有肠肝循环，不易透过血－脑脊液屏障。药物几乎全部在肝脏代谢，主要随粪便排泄，若静脉给药，亦有部分经肾脏排泄。

【用药指征】

1. 用于治疗各种病因引起的胃肠道痉挛、胃肠道蠕动亢进、胆绞痛或肾绞痛等。也可用于子宫痉挛。

2. 用于胃、十二指肠、结肠的纤维内镜检查，内镜逆行胰胆量管造影，胃、十二指肠、结肠的气钡低张造影或腹部 CT 扫描的术前准备，以减少或抑制肠道蠕动。

【用法用量】

1. 口服给药　每次 10～20mg，每日 3 次，或每次 10mg，每日 3～5 次。

2. 肌内注射或静脉注射　每次 10～20mg，或 1 次使用 10mg 间隔 20～30min 后再用 10mg。

【药物相互作用】

－　与吩噻嗪类药物合用时会增加毒性。

－　注射给药时，与金刚烷胺合用，可增强本品的抗胆碱作用。

－　禁止与三环类抗抑郁药（阿米替林等）合用，两者均具有抗胆碱能效应，导致不良反应加剧。

－　与某些抗心律失常药（如奎尼丁、丙吡胺等）合用时应谨慎，因此类药具有阻滞迷走神经作用，故能增强本品的抗胆碱能效应，导致不良反应加剧。

＋　与地高辛、呋喃妥因、维生素 B_2 等合用时，可增加后者的吸收。

±　与拟肾上腺素能药物合用时，可增强止吐作用，减少本品的嗜睡作用，但口干更显著。

－　使用本品或其他抗胆碱能药物期间，舌下含化硝酸甘油预防或治疗心绞痛时，因唾液减少使后者崩解减慢，从而影响其吸收，作用有可能推迟及（或）减弱。

－　本品与促胃肠动力药（如多潘立酮、甲氧氯普胺、丁沙必利）有相互拮抗作用。

【禁忌证】严重心脏病患者、器质性幽门狭窄患者；麻痹性肠梗阻患者；青光眼患者及前列腺肥大患者（可致排尿困难）禁用。

【不良反应】

1. 可出现烦渴、视力调节障碍、嗜睡、心悸、面部潮红、恶心、呕吐、眩晕、头痛等反应。

2. 本品还可降低食管下括约肌（LES）压力，故可加重胃－食管反流。

3. 偶可出现过敏反应。

4. 大剂量时，易出现排尿困难，偶出现精神失常。

【用药指导】

1. 儿童不推荐使用。

2. 本品不应与碱、碘及鞣酸溶液配伍使用。

3. 血压偏低患者使用本品注射剂时，应注意防止直立性低血压发生。

4. 本品不宜用于胃溃疡。

5. 皮下或肌内注射时要注意避开神经与血管。如需反复注射，不要在同一部位，应左右交替注射。

6. 静脉注射时速度不宜过快。

7. 用药中如出现过敏反应，应立即停药。

【制剂与规格】 片剂：①10mg；②20mg。胶囊剂：10mg。注射剂：①1ml∶10mg；②1ml∶20mg；③2ml∶20mg。口服溶液：5ml∶5mg。

【贮藏】 避光、密闭，于阴凉干燥处贮存。

甲溴东莨菪碱（Scopolamine Methobromide）

【商品名或别名】 溴甲东莨菪碱，哌明。

【药物概述】 与东莨菪碱作用相同，但口服吸收较少，不宜透过血脑屏障，无中枢作用。

【用药指征】 临床用于消化性溃疡、胃肠道痉挛、多汗症等。

【用法用量】

1. 口服给药 每次2.5mg，每日3次。

2. 皮下或肌内注射 每次0.25～1mg。

【制剂与规格】片剂：2.5mg。注射剂：1ml：1mg。

【贮藏】密闭保存。

山莨菪碱（Anisodamine）

【商品名或别名】氢溴酸山莨菪碱，消旋山莨菪碱，安宜。

【药物概述】本品为 M 胆碱受体阻断药，作用与阿托品相似或稍弱。具有明显的外周抗胆碱作用，能使痉挛的平滑肌松弛，并能解除血管痉挛（尤其是微血管），改善微循环。同时有镇痛作用，但扩瞳和抑制腺体（如唾液腺）分泌的作用较弱，且极少引起中枢兴奋症状。

【药动学】本品口服吸收较差，口服 30mg 组织内药物浓度与肌内注射 10mg 相近。静脉注射本品后 1～2min 起效。$t_{1/2}$ 约 40min。注射后很快从尿中排出，无蓄积作用，对肝肾无损害。

【用药指征】

1. 用于缓解胃肠道、胆管、胰管、输尿管等痉挛引起的绞痛。

2. 感染中毒性休克（如暴发型流行性脑脊髓膜炎、中毒性痢疾等）。

3. 用于血管痉挛和栓塞引起的循环障碍（如脑血栓、瘫痪、脑血管痉挛、血管神经性头痛、血栓闭塞性脉管炎等）。

4. 用于抢救有机磷中毒。

5. 用于各种神经痛（如三叉神经痛、坐骨神经痛等）。

6. 用于眩晕症。

7. 用于眼底疾病（如中心性视网膜炎、视网膜色素变性、视网膜动脉血栓等）。

8. 用于突发性耳聋（配合新针疗法可治疗其他耳聋）。

【用法用量】

1. 口服给药

（1）一般用法：每次 5～10mg，每日 3 次。

（2）胃肠道痉挛绞痛：服用本品氢溴酸盐，每次 5mg，疼痛时服，必要时 4h 后可重复 1 次。

2. 肌内注射

（1）一般慢性疾病：每次 5 ~ 10mg，每日 1 ~ 2 次，可连用 1 个月以上。

（2）严重三叉神经痛：必要时可加大剂量至每次 5 ~ 20mg。

3. 静脉注射

（1）抢救感染中毒性休克：根据病情决定剂量。成人每次 10 ~ 40mg，需要时每隔 10 ~ 30min 重复给药，随病情好转逐渐延长给药间隔时间，直至停药。如病情无好转可加量。儿童用量每次 0.3 ~ 2mg/kg。

（2）血栓闭塞性脉管炎：每次 10 ~ 15mg，每日 1 次。

4. 静脉滴注　脑血栓：每日 30 ~ 40mg，加入 5% 葡萄糖注射剂中滴注。

【药物相互作用】

－　本品与盐酸哌替啶合用可增强抗胆碱作用。

＋　本品与维生素 K 合用治疗黄疸型肝炎，在降低氨基转移酶、消退黄疸方面优于常规治疗。

＋　本品可减少抗结核药的肝损害。

－　本品可拮抗西沙必利对胃肠道的动力作用。

－　本品可拮抗去甲肾上腺素所致的血管痉挛。

－　本品可拮抗毛果芸香碱的促分泌作用，但抑制强度低于阿托品。

－　因为本品阻断 M 受体，减少唾液分泌，可使舌下含化的硝酸甘油、戊四硝酯、硝酸异山梨酯的崩解减慢，从而影响吸收，作用减弱。

－　与甲氧氯普胺（胃复安）、多潘立酮（吗丁啉）等合用，各自的效用降低。

－　本品不宜与地西泮在同一注射器中应用，为配伍禁忌。

【禁忌证】对本品过敏者；颅内压增高者；出血性疾病（如脑出血急性期等）患者；青光眼患者；前列腺增生者；尿潴留者及哺乳期妇女禁用。

【不良反应】本品不良反应与阿托品相似，但毒性较低。

1. 可有口干、面红、轻度扩瞳、视近物模糊等。

2. 用量较大时，可有心率加快、排尿困难等，多在 1 ~ 3h 内消失。

【用药指导】

1. 孕妇慎用本品。

2. 治疗感染性休克时，在应用本品的同时，其他治疗措施（如与抗菌药合用）不能减少。

3. 用量过大时可出现阿托品样中毒症状（如抽搐、甚至昏迷等中枢神经兴奋症状），可用 1% 匹鲁卡品 0.25 ~ 0.5ml，每隔 15 ~ 20min 皮下注射 1 次解救，亦可用新斯的明或氢溴酸加兰他敏解除症状。

【制剂与规格】片剂：①5mg；②10mg。注射剂：①1ml：5mg；②1ml：10mg；③1ml：20mg。

【贮藏】遮光、密封保存。

樟柳碱（Anisodine）

【药物概述】本品为抗胆碱药。其中枢作用较山莨菪碱强，但较东莨菪碱弱，外周抗胆碱作用如解除平滑肌痉挛、抑制腺体分泌、散瞳等作用与山莨菪碱相似，而较阿托品弱。本品也有解除血管痉挛和改善微循环的作用。

【药动学】口服可在胃肠道中迅速而完全吸收，$t_{1/2}$ 为 1.3h。

【用药指征】临床用于治疗偏头痛型血管性头痛、脑血管病等引起的急性瘫痪、一氧化碳中毒所致中枢神经功能障碍、视网膜血管痉挛、缺血性视神经炎、震颤麻痹、晕动病、支气管哮喘、对抗磷酸酯类中毒以及静脉复合麻醉等。

【用法用量】

1. 口服给药　每次 1 ~ 4mg，每日 3 ~ 4 次。

2. 肌内或静脉注射　每次 2 ~ 5mg，每日 1 ~ 3 次。

【不良反应】常见有口干、头晕、面红、视力模糊、疲乏等，少数可出现暂时性红视、黄视，意识模糊及精神症状，偶有排尿困难、减量或停药后可自行消失。

【用药指导】骤然停药可致头晕、呕吐，逐步减量可以防止。

【制剂与规格】片剂：①1mg；②3mg。注射剂：①1ml：2mg；②1ml：5mg。

【贮藏】密闭保存。

双环维林（Dicycloverine）

【商品名与别名】双环胺，双环己胺。

【药物概述】作用类似阿托品，但较弱。

【用药指征】用于消化道溃疡及胃肠道痉挛。

【用法用量】口服给药：每次 10～20mg，每日 3～4 次。

【禁忌证】禁用于半岁以下婴儿。

【不良反应】同阿托品。

【制剂与规格】片剂：10mg。

【贮藏】密闭保存。

溴丙胺太林（Propantheline Bromide）

【商品名与别名】溴化丙胺太林，普鲁本辛。

【药物概述】作用类似阿托品，但抑制胃肠道活动的作用较强，且能不同程度地减少汗液、唾液及胃液的分泌。

【用药指征】临床用于消化性溃疡，胃炎，幽门、胃肠道、胆道及泌尿道痉挛，胰腺炎，遗尿症，多汗症及妊娠呕吐。

【用法用量】口服给药 每次 15mg，每日 3～4 次。

【药物相互作用】

－ 本品可延缓呋喃妥因和地高辛在肠内的停留时间，增加这些药物的吸收。

【不良反应】常见有轻微口干、视觉模糊、排尿困难、便秘、头痛、心悸等。中毒量可阻断神经肌肉接头，从而产生骨骼肌麻痹。

【制剂与规格】片剂：15mg。

【贮藏】密闭保存。

第三节　拟肾上腺素药

一、肾上腺素能受体激动药

肾上腺素（Epinephrine）

【商品名或别名】副肾素。

【药物概述】本品为一种直接作用于肾上腺素能 α 受体、β 受体的拟交感胺药。其药理作用有：①对心血管系统作用：能兴奋心脏 β_1 受体，使心肌收缩力加强，心率增快，传导加速，心输出量增加。冠状血管扩张，改善心肌血液供应，心肌耗氧量明显增加。不同部位的血管对肾上腺素反应不同，以 α 受体占优势的皮肤、黏膜、结合膜及心脏的血管收缩，以 β_2 受体为主的冠状动脉和骨骼肌血管则舒张。对血压的影响与剂量有关，小剂量收缩压上升，舒张压不变或下降，大剂量时收缩压与舒张压均上升。②对平滑肌的作用：可兴奋支气管平滑肌，缓解哮喘发作，消除黏膜水肿，改善通气。对胃肠道平滑肌呈抑制作用，而增加幽门和回盲部括约肌张力。还可抑制膀胱逼尿肌，产生尿潴留。还兴奋虹膜 α 受体，使瞳孔扩大。③对代谢的影响：能使肌糖原及肝糖原分解，血糖升高，促进脂肪水解，机体耗氧量增加。

【药动学】本品易被消化液分解，口服无效。皮下注射吸收缓慢，维持作用约 1h，肌内注射吸收较快，维持 30min 左右。吸收后迅速被体内儿茶酚氧位甲基转移酶和单胺氧化酶代谢，亦可被肾上腺素能神经末梢或非神经组织所摄取。代谢产物经尿排出。

【用药指征】

1. 控制支气管哮喘急性发作。

2. 为心脏骤停时心脏复苏的首选药。

3. 治疗过敏性休克。

4. 局部应用收缩血管，用于鼻黏膜和齿龈出血止血。

5. 治疗青光眼，降低眼内压。

6. 治疗荨麻疹、血清反应等。

【用法用量】皮下或肌内注射：

（1）用于抗过敏：每次 0.2～0.5mg，必要时可每隔 10～15 分钟重复给药 1 次，用量可逐渐增加到 1mg。

（2）治疗支气管哮喘：初始剂量 0.2～0.5mg，必要时可每隔 20min～1h 重复 1 次。

（3）抢救心脏骤停：稀释后每次 0.1～1mg，必要时 5min 重复 1 次。

【药物相互作用】

－ 本品与 α 受体阻滞剂如吩噻嗪、酚妥拉明、酚苄明和妥拉唑啉以及各种血管扩张药等合用时，可对抗本品的加压作用。

－ 与全麻药如氯仿、环丙烷、氟烷等合用，可使心肌对拟交感胺类药反应更敏感，有致严重室性心律失常的危险。用于指趾部位做局麻时，药液中不宜加本品，以免肢端组织供血不良导致坏死。

－ 与洋地黄毒苷合用可导致心律失常。

－ 与麦角胺、麦角新碱或催产素合用，可加剧血管收缩，导致严重高血压或外周组织缺血。

± 与胍乙啶合用，使后者降压作用减弱，而本品作用增强，导致高血压和心动过速。

－ 与降糖药合用，可使降糖效应减弱。

－ 与 β 受体阻滞剂合用：两者疗效互相抵消，而 α 受体兴奋，致高血压和心动过缓。

－ 与三环类抗抑郁药合用，可加强本品对心血管的作用，产生高血压和心律失常。

＋ 与其他拟交感胺类药合用，产生对心血管的协同作用。

－ 与硝酸酯类药合用，两者对心血管作用均减弱。

【禁忌证】高血压、糖尿病、心血管病、甲状腺功能亢进、洋地黄中毒、帕金森综合征、外伤性及出血性休克、心源性哮喘等患者禁用。

【不良反应】可引起心悸、头痛、焦虑不安、烦躁、震颤、多汗等。大量时可出现胸痛和心律失常，血压升高，严重者可引起室颤或脑出血等。

【用药指导】

1. 儿童需减量使用。

2. 老年人、孕妇不推荐使用。

3. 注射部位需轮换，否则容易引起局部组织坏死。

4. 溶液变色不宜使用。

【制剂与规格】注射剂：其盐酸盐或酒石酸盐溶液：①1ml：0.5mg；②1ml：1mg。油剂注射剂：1ml：2mg。滴鼻剂：0.1%。

【贮藏】遮光、密闭保存。

多巴胺（Dopamine）

【商品名或别名】儿茶酚乙胺，盐酸多巴胺，盐酸羟酪胺。

【药物概述】本品是交感神经递质的生物合成前体，也是中枢神经递质之一。可以激动交感神经系统的肾上腺素受体和位于肾、肠系膜、冠状动脉、脑动脉的多巴胺受体而发挥作用，其临床效应与剂量相关：①小剂量时（每分钟 $0.5 \sim 2\mu g/kg$），主要作用于多巴胺受体，扩张肾及肠系膜血管，从而使肾血流量及肾小球滤过率增加，尿量及钠排泄量增加。②中等剂量时（每分钟 $2 \sim 10\mu g/kg$），能直接激动 β_1 受体并间接促使去甲肾上腺素自贮藏部位释放，对心肌产生正性应力作用，使心肌收缩力及心搏出量增加，从而使心排血量加大、收缩压升高、脉压增大、舒张压无变化或有轻度升高。此时，周围血管阻力常无改变，冠脉血流及心肌氧耗得到改善。③大剂量（每分钟大于 $10\mu g/kg$），能激动 α 受体，导致周围血管阻力增加，肾血管收缩，肾血流量及尿量反而减少。由于心排血量及周围血管阻力增加，致使收缩压及舒张压均增高。

【药动学】本品口服无效，故一般静脉给药。静脉注射 5min 内起效，并持续 $5 \sim 10$min，作用时间的长短与用量无关。静脉滴注后在体内分布广泛，但不易透过血-脑脊液屏障。在体内很快透过单胺氧化酶、儿茶酚氧位甲基转移酶（COMT）及多巴胺-羟化酶的作用，在肝、肾及血浆中降解成无活性的化合物，一次用量的25%左右在肾上腺素神经末梢代谢成去甲肾上腺素。本品 $t_{1/2}$ 为2min左右。经肾排泄，代谢产物约80%在24h内随尿液排出，尿液内以代谢物为主，极少部分为原形。

【用药指征】

1. 用于心肌梗死、创伤、内毒素败血症、心脏手术、肾衰竭、充血性心力衰竭等引起的休克综合征。

2. 用于补充血容量疗效不佳的休克，尤其有少尿及周围血管阻力正常或较低的休克。

3. 由于本品可增加心排血量，也用于洋地黄及利尿药无效的心功能不全。

【用法用量】静脉滴注：

（1）一般情况：开始时每分钟1~5µg/kg，每10~30min增加1~4µg/kg，直至出现满意疗效。

（2）休克：开始剂量为每分钟5µg/kg，逐渐增至每分钟5~10µg/kg，最大剂量为每分钟20µg/kg。停药时应逐渐减量，防止低血压再度发生。

（3）短时间治疗慢性顽固性心力衰竭：开始剂量为每分钟0.5~2µg/kg，然后逐渐增加剂量直至尿量增加。多数患者给予每分钟1~3µg/kg即可生效。

（4）闭塞性血管病变：静脉滴注开始每分钟1µg/kg，渐增至每分钟5~10µg/kg，直至每分钟20µg/kg，以达到最满意效应。

（5）危重患者：先按每分钟5µg/kg滴注，然后按每分钟5~10µg/kg递增直至每分钟20~50µg/kg，以达到满意效应，最大剂量不超过每分钟500µg/kg。

【药物相互作用】

+ 本品与单胺氧化酶抑制药合用，可增强和延长本品效应。用本品前2~3周曾接受过单胺氧化酶抑制药治疗者，使用本品时，初始量应减少到常用剂量的1/10。

    — 本品与胍乙啶合用，可加强本品的升压效应，减弱胍乙啶的降压作用，从而可能导致高血压及心律失常。

    — 三环类抗抑郁药可增强本品的心血管作用，引起心律失常、心动过速、高血压。

    + 本品与利尿药合用，可增强利尿效果。

    — 本品与全麻药（尤其是环丙烷或卤代碳氢化合物）合用，可使心肌对本品异常敏感，致室性心律失常。

    — 与苯妥英同时静脉注射可产生低血压与心动过缓。如用本品时需用苯妥英抗惊厥治疗，则需要考虑两药交替使用。

    — 肾上腺素受体阻断剂可拮抗本品对心脏的受体作用。

    — 与硝酸酯类药合用，可减弱硝酸酯的抗心绞痛作用及本品的升压效应。

    — 大剂量本品可拮抗肾上腺素受体阻断药（如酚苄明、酚妥拉明、妥拉唑啉）的扩血管效应。

    — 与硝普钠、异丙肾上腺素、多巴酚丁胺合用时，可引起心排血量的改变，合用时应注意。

    — 本品在碱性液体中不稳定，遇碱易分解，故不宜与碱性药物配伍。

【禁忌证】对本品及其任何成分过敏者；用环丙烷麻醉者及嗜铬细胞瘤患者禁用。

【不良反应】

1. 本品不良反应较轻。常见有胸痛、呼吸困难、心悸、心律失常（尤其是大剂量时）、心搏快而有力、全身软弱无力，少见的有心跳缓慢、头痛、恶心、呕吐。

2. 长期大剂量或小剂量用于周围血管病患者，可出现手足疼痛或手足发冷，周围血管长期收缩可能导致局部组织坏死或坏疽。还有报道可引起氮质血症、血压升高或下降。

【用药指导】

1. 应用本品治疗前必须先纠正低血容量及酸中毒。

2. 在静脉滴注前必须稀释，稀释液的浓度取决于剂量及个体需要的液体量。

3. 应选用粗大的静脉做静脉注射或静脉滴注，同时防止药液外溢致组织坏死，如发现输入部位的皮肤变色，应更改静脉注射或静脉滴注部位，并将酚妥拉明 5～10mg 用生理盐水稀释后在渗漏部位浸润注射。

4. 静脉滴注时，应根据血压、心率、尿量、外周血管灌注以及异位搏动出现与否等控制滴速和时间。当休克纠正后即应减慢滴速，遇有周围血管过度收缩而引起舒张压不成比例升高以至脉压减小或出现尿量减少，心率增快甚至心律失常时，滴速必须减慢或暂停滴注。

5. 突然停药可产生严重低血压，故停药时应逐渐递减。

【制剂与规格】注射剂：2ml：20mg。

【贮藏】遮光，密闭，在阴凉处保存。

麻黄碱（Ephedrine）

【商品名或别名】麻黄素。

【药物概述】麻黄碱既直接作用于肾上腺素受体，也可促进去甲肾上腺素能神经末梢释放去甲肾上腺素，从而发挥间接作用。治疗剂量下，通过提高心输出量及外周血管收缩使血压升高，心跳有时加快。可致支气管扩张、降低肠张力和运动、扩张膀胱逼尿肌、收缩括约肌、降低子宫活动、扩张瞳孔但不影响对光反射。

【用药指征】

1. 用于脊椎麻醉前或麻醉后注射以预防或纠正血压下降。

2. 用于鼻炎时滴鼻以消除鼻黏膜充血。

3. 用于防治轻度支气管哮喘。

4. 用于缓解荨麻疹和血管神经性水肿等过敏反应的皮肤黏膜症状，糖尿病神经病变性水肿。

5. 用于滴眼以扩瞳，对调节的影响不大，也不增加眼内压。

6. 用于麻醉和手术时出现的呃逆。

7. 辅助用于脊髓灰质炎及夜间遗尿等。

【用法用量】

1. 肌内或皮下注射　每次 15～30mg 以预防血压下降，已出现低血压时可肌内注射 30～45mg 以纠正。

2. 滴鼻　用 0.5% 浓度。

3. 静脉注射　每次 5mg。

4. 口服给药　每次 15～60mg，每日 3 次。

【药物相互作用】

－　本品与茶碱合用，不良反应增多，使后者的疗效降低。

－　麻黄碱可加速地塞米松的体内消除，故不宜合用。

【禁忌证】前列腺肥大的患者、哺乳期妇女、高血压、冠心病及甲状腺功能亢进患者禁用。

【不良反应】剂量过大或敏感者可引起震颤、焦虑、失眠、心悸、血压升高等。

【用药指导】

1. 晚饭后不要服用，以免失眠。

2. 连续滴鼻过久，可产生反跳性鼻黏膜充血，故不可过久滴鼻。

【制剂与规格】片剂：① 15mg；② 25mg；③ 30mg。注射剂：1ml：30mg。滴鼻剂：0.5%。滴眼剂：1%。

【贮藏】贮存于避光密闭容器中。

伪麻黄碱（Pseudoephedrine）

【商品名或别名】右麻黄碱，异麻黄碱。

【药物概述】与麻黄碱作用类似，加压和中枢兴奋作用稍弱。

【用药指征】减轻鼻黏膜充血。

【用法用量】口服给药：每次 60mg，每日 3～4 次。

【药物相互作用】

－　同时给予氢氧化铝可增加本品的吸收，应用白陶土可降低其吸收。

【不良反应】常见有口干、厌食、失眠、焦虑、紧张、心动过缓等。偶见复发性假猩红热、固定性药疹、儿童癫痫样发作。

【贮藏】密闭保存。

二、α肾上腺素能受体激动药

去甲肾上腺素（Norepinephrine）

【商品名或别名】正肾上腺素，去甲肾。

【药物概述】本品为儿茶酚胺类药。其药理作用主要兴奋 α 受体，兴奋 β₁ 受体作用较弱，对支气管平滑肌 β₂ 受体影响更小。本品具有很强的血管收缩作用，除使冠状血管扩张外，使全身小动脉和小静脉均收缩，外周阻力增高，血压上升，肝、肾、肠系膜、骨骼肌等血流量减少，心输出量不变或下降。本品治疗量对血糖、支气管平滑肌等均无明显影响。

【药动学】口服后在胃肠道内全部被破坏，皮下注射吸收差，易致局部组织坏死。静脉给药起效迅速，停止滴注后维持作用短，仅 1～2min。主要在肝脏代谢，部分在各组织内被儿茶酚氧位甲基转化酶（COMT）和单胺氧化酶作用，转为无活性代谢产物。经肾脏排泄，仅微量以原形随尿排泄。

【用药指征】

1. 治疗休克　应用本品升高血压，增加心、脑等主要器官血流灌注。对于低血容量性休克和感染性休克在适当补液扩充血容量同时应用本品。

2. 治疗上消化道出血　口服或胃内输注本品，兴奋 α 受体，使黏膜血管收缩止血，还可减少胃酸分泌。止血有效率80%左右。

3. 治疗椎管内阻滞　用于治疗椎管内阻滞时的低血压及心脏骤停复苏后的血压维持。

【用法用量】静脉滴注：本品 1～3mg 加入生理盐水或5%葡萄糖液 100ml 内静脉滴入，滴速开始 8～12μg/min，根据血压调整滴速，达血压至理想水平，给维持量 2～4μg/min。

【药物相互作用】

－ 本品与全麻药如氯仿、环丙烷、氟烷等合用，容易导致心律失常。

－ 与β受体阻滞剂合用，各自疗效降低。

－ 与降压药合用，降压效应被抵消。

－ 与洋地黄类合用，易致心律失常。

－ 与麦角制剂如麦角胺、麦角新碱等合用，使血管收缩加强，引起严重高血压，外周血管血容量锐减。

－ 该药不宜与偏碱性药如磺胺嘧啶钠、氨茶碱等配伍，以免失效。

【禁忌证】高血压、动脉硬化症、器质性心脏病、少尿患者和孕妇禁用。

【不良反应】

1. 静脉滴注时间过长，浓度过高，药液外漏，可致局部缺血坏死。

2. 治疗休克时，用量过大或时间过久，可引起急性肾功能衰竭。

【用药指导】

1. 该药滴注后需停药时，应逐渐减量和减速，切忌突然停药，否则发生血压突降。

2. 用药过程中，应注意监测血压、心率、心律、尿量、中心静脉压和心电图等。

3. 本品遇光变色，应避光保存，如针剂变色或沉淀，不宜应用。

【制剂与规格】注射剂：①1ml：2mg；②1ml：10mg（重酒石酸去甲肾上腺素2mg相当去甲肾上腺素1mg）。

【贮藏】遮光，密闭保存。

间羟胺（Metaraminol）

【商品名或别名】阿拉明。

【药物概述】本品为人工合成品，药用其重酒石酸盐。主要有直

接兴奋 α 受体，对 β₁ 受体兴奋作用较弱，此外，能间接促进肾上腺素能神经末梢释放去甲上腺素。因此产生与去甲肾上腺素相似作用。但其收缩血管升压效应较去甲肾上腺素弱而持久，因为本品不易被单胺氧化酶破坏。对心脏 β₁ 受体兴奋较弱，略增强心肌收缩力。对肾血管收缩作用较小，较少引起少尿等不良反应。

【药动学】肌内注射后约 10min 起效，皮下注射后 5～10min 起效，持续作用约 1h。静脉注射后 1～2min 起效，持续作用 20min。主要在肝脏代谢，代谢产物大多经胆汁及尿液排出，尿液酸化可增加排出，以原药形式从肾脏排泄。

【用药指征】适用于各种原因引起的休克，尤其适用于神经源性、心源性及感染性休克。由于本品具有可靠的升压作用，且持续作用较长，即可静脉注射又可肌内注射，对肾血管收缩较弱等优点，因此，在抗休克治疗中常被用作去甲肾上腺素的代用品。

【用法用量】

1. 肌内或皮下注射　每次 5～10mg（以间羟胺计，以下同），必要时 10min 后可重复注射。

2. 静脉滴注　一般从小剂量开始，5～10mg 加入 5% 葡萄糖液或生理盐水 100ml，静脉滴注，根据血压调整用量和滴速。成人极量每次 100mg。紧急时亦可静脉注射每次 1～5mg，继而静脉滴入。

【药物相互作用】

－　本品与单胺氧化酶抑制剂合用，可引起严重高血压。

－　与氟烷、环丙烷或其他卤族麻醉药合用，可能诱发心律失常。

－　与洋地黄类或其他拟交感胺合用可引起异位节律。

＋　与甲基多巴合用，可使本品作用增强。

－　与子宫收缩药如麦角新碱等合用增强本品升压效应。

－　与青霉素及其他碱性药物配伍，可影响疗效，禁止联合使用。

【禁忌证】高血压、充血性心衰、甲状腺功能亢进、糖尿病等患者忌用。

【不良反应】可有头痛、眩晕、震颤、恶心、呕吐、失眠等，少数可出现心动过速、心律失常等。静脉用药外溢可引起局部血管严重收缩，导致组织坏死。

【用药指导】

1. 停药时应逐渐减量，骤然停药可引起低血压反应。

2. 静脉用药外溢可引起组织坏死，一旦发生可用 5 ~ 10mg 酚妥拉明稀释于 10 ~ 15ml 生理盐水做局部浸润。

【制剂与规格】注射剂：1ml：10mg 间羟胺（相当于重酒石酸间羟胺 19mg）；5ml：50mg 间羟胺（相当于重酒石酸间羟胺 95mg）。

【贮藏】密闭保存。

去氧肾上腺素（Phenylephrine）

【商品名或别名】新福林，苯肾上腺素。

【药物概述】本品为拟交感胺类药。其药理作用主要兴奋 α 受体，对 β 受体作用微弱。有明显缩血管作用，外周阻力增加，收缩压和舒张压均升高。可反射性地使迷走神经兴奋而心率减慢。其药效较去甲肾上腺素弱但持久，毒性较小，尚有短暂的散瞳作用和延长局麻药时效作用。

【药动学】本品可在胃肠道和肝脏内被单胺氧化酶降解，不宜口服。皮下注射后于 10 ~ 15min 起升压作用，持续 50 ~ 60min，肌内注射后 10 ~ 15min 起效，持续 30 ~ 120min。静脉注射立即起效，持续 15 ~ 20min。

【用药指征】

1. 治疗低血压和休克，收缩血管、升高血压。

2. 治疗室上性阵发性心动过速。

3. 散瞳检查眼底。

4. 滴鼻治疗鼻黏膜充血。

【用法用量】

1. 皮下或肌内注射　每次 5 ~ 10mg，1 ~ 2h 1 次。极量 1 次 10mg，每日 50mg。每次 0.1 ~ 0.25mg/kg 用于升高血压。

2. 静脉滴注 10～20mg 加入5%葡萄糖液或生理盐水500ml 内，静脉滴注。用于升压，根据血压调整滴速和剂量。

3. 静脉注射 每次 0.2～0.5mg 稀释成 0.02% 的浓度，缓慢静脉注射。极量每次 1mg，每日 2.5mg，用于治疗室上性阵发性心动过速。

4. 滴眼 散瞳用 2%～5% 滴眼剂滴眼。

【药物相互作用】

－ 本品与全麻药如氟烷、甲氧氟烷等合用，易引起心律失常。

± 本品与胍乙啶合用，可降低胍乙啶作用，并增加本品升压作用。

－ 本品与单胺氧化酶抑制剂或催产药合用，可引起严重高血压。

＋ 本品与三环类抗抑郁药合用，本品升压作用增强。

【禁忌证】高血压、动脉硬化、甲状腺功能亢进、心肌病、心肌梗死、糖尿病患者和孕妇忌用。

【不良反应】可有恶心、呕吐、头晕、四肢疼痛、反射性心动过缓等。大剂量时可出现心动过速和心律失常等。

【制剂与规格】注射剂：1ml：10mg。滴眼剂：1%～5%溶液。

【贮藏】密闭保存。

甲氧明（Methoxamine）

【商品名或别名】美速克新命，甲氧胺。

【药物概述】本品为人工合成的 α 受体兴奋剂，与盐酸去氧肾上腺素相似，收缩周围血管，增加周围血管阻力，升高血压。对 β 受体无影响，不兴奋心脏，血压升高可反向性地引起心率减慢。对肾血管有收缩作用。本品还直接抑制窦房结，延长心肌不应期和减慢房室传导作用。

【药动学】静脉注射后 1～2min 内起效，作用持续 5～15min，肌内注射后 15～20min 起效，作用持续 1～1.5h。

【用药指征】

1. 防治低血压　用于治疗全身麻醉或椎管内阻滞麻醉时发生的低血压。

2. 中止阵发性室上性心动过速发作。

【用法用量】

1. 肌内注射　治疗低血压：一般每次 10~20mg，极量每次不超过 20mg，每日不超过 60mg。

2. 静脉注射或静脉滴注

（1）用于急症患者：每次 5mg，极量每次不超过 10mg。

（2）治疗阵发性室上性心动过速：每次 10mg，缓慢静脉注射，或 10~20mg 加入 5% 葡萄糖液稀释后静脉滴注，每分钟15~20滴，或根据病情调整滴速，当心率突然减慢时即应停注。

【禁忌证】高血压、嗜铬细胞瘤、器质性心脏病、甲状腺功能亢进和严重动脉硬化患者及孕妇禁用。

【不良反应】大剂量时可出现头痛、恶心、呕吐、血压升高、心动过缓等，偶有异常出汗、尿急感等。

【制剂与规格】注射剂：①1ml：10mg；②1ml：20mg。

【贮藏】密闭保存。

去甲苯福林（Norfenefrine）

【药物概述】作用与去氧肾上腺素相似，主要兴奋 α 受体，能收缩血管，增加外周阻力，升高血压，心脏兴奋作用较弱。升压作用缓和，比去甲肾上腺素弱。

【药动学】肌内注射 1~3min 生效，静脉注射 50s 生效。口服 $t_{1/2}$ 为 2.4h，75% 于 24h 内从尿中排出。

【用药指征】用于低血压。

【用法用量】口服给药：每次 3~9mg，每日 3 次。

【制剂与规格】片剂：3mg。

【贮藏】密闭保存。

三、β肾上腺素能受体激动药

异丙肾上腺素（Isoprenaline）

【商品名或别名】盐酸异丙肾上腺素，异丙肾，治喘宁。

【药物概述】本品为非选择性肾上腺素受体激动药，对肾上腺素 β_1、β_2 受体均有较强的激动作用，对 α 受体几乎无作用。主要作用如下：①作用于心脏肾上腺素受体，使心肌收缩力增强，心律加快，传导加速，心排血量和心肌耗氧量增加。②作用于血管平滑肌肾上腺素受体，使骨骼肌血管明显舒张，肾、肠系膜血管及冠状动脉亦不同程度舒张，血管总外周阻力降低。其心血管作用导致收缩压升高，舒张压降低，脉压差变大。③作用于支气管平滑肌肾上腺素受体，使支气管平滑肌松弛。④促进糖原和脂肪分解，增加组织耗氧量。

【药动学】本品口服后在肠壁可与硫酸结合，吸收后在肝脏又经代谢失效，故口服作用极弱。舌下含服：经舌下静脉丛吸收迅速而完全，给药后 $15 \sim 30min$ 起效，作用可维持 $0.5 \sim 2h$。生物利用度为 $80\% \sim 100\%$，有效血药浓度为 $0.5 \sim 2.5ng/ml$，表观分布容积（V_d）为 $0.7L/kg$，血浆蛋白结合率为 65%。$t_{1/2}$ 为 $2h$。在肝脏与硫酸结合，在其他组织中被儿茶酚氧位甲基转移酶甲基化代谢灭活，最后以硫酸结合的甲基化代谢产物从尿中排出，$5\% \sim 15\%$ 于 $24h$ 内几乎完全随尿排出，尿中排泄原形药物和甲基化代谢产物各占 50%。

【用药指征】

1. 用于控制支气管哮喘性发作。

2. 用于治疗各种原因（如溺水、电击、手术意外和药物中毒等）引起的心跳骤停。

3. 用于房室传导阻滞。

4. 用于心源性休克和感染性休克。

【用法用量】

1. 舌下含化

西

药

篇

264

（1）支气管哮喘：成人常用量为每次 10～15mg，每日 3 次，极量为每次 20mg，每日 60mg。

（2）Ⅱ度房室传导阻滞：每次 10mg，每 4h 1 次。

2. 气雾吸入　对于支气管哮喘，以 0.25% 气雾剂吸入，每次 0.1～0.4mg，极量为每次 0.4mg，每日 2.4mg。重复作用的间隔时间不应少于 2h。

3. 心腔内注射　用于心跳骤停，心腔内注射 0.5～1mg。

4. 静脉滴注　用于休克：每次 0.5～1mg 加入 5% 葡萄糖注射剂 200ml 中静脉滴注。

【药物相互作用】

+　本品与其他拟肾上腺素药有协同作用。

+　三环类抗抑郁药可增强本品的升压作用。

－　与单胺氧化酶抑制剂、丙米嗪、丙卡巴肼合用，可增加本品的不良反应。

－　与洋地黄类药物合用，可加剧心动过速，禁忌合用。

－　钾盐（如氯化钾）可导致血钾增高，增加本品对心肌的兴奋作用，易引起心律失常，禁忌合用。

－　与普萘洛尔合用，可拮抗本品对心脏的兴奋效应，减弱心肌收缩力，降低心率和心脏指数。

－　与茶碱合用，可降低茶碱的血药浓度。

－　与甲苯磺丁脲合用，可影响本品在体内的代谢。

－　本品遇酸碱易被破坏，忌与氧化物和碱性物质配伍，否则可致疗效降低。

【禁忌证】对本品过敏者；冠心病患者；心绞痛患者；心肌梗死患者；心动过速者；甲状腺功能亢进者及嗜铬细胞瘤患者禁用。

【不良反应】

1. 常见口咽发干、心悸，偶见头晕目眩、颜面潮红、恶心、心率加快、震颤、多汗、乏力等。

2. 舌下含服或吸入本品可使唾液或痰液变红。长期舌下给药，由于药物的酸性，可致牙齿损害。

【用药指导】

1. 舌下含服时，宜将药片嚼碎含于舌下，否则不能达到速效。

2. 过多、反复应用气雾剂可产生耐受性，气雾吸入时，应限制吸入的次数和吸入量。在12h内已喷药3~5次而疗效不明显时，应换药。

3. 对中心静脉压高、心排血量低者，应在补足血容量的基础上再用本品。

4. 本品可与肾上腺素交替使用，以免发生严重致命性室性心律失常，但不能同时应用。交替使用时须待前药作用消失后才可用后药。

【制剂与规格】 片剂：①10mg；②25mg。注射剂：①2ml：1mg；②1ml：30mg；③1ml：50mg。气雾剂：0.175mg×200揿。

【贮藏】 遮光、密闭、阴凉处保存。

多培沙明（Dopexamine）

【商品名与别名】 多哌沙胺。

【药物概述】 兴奋 β_2 受体和多巴胺受体，也抑制神经元对去甲肾上腺素的重摄取。产生的效应表现为心输出量增加、外周血管扩张。

【药动学】 $t_{1/2}$ 约为 6~7min，主要经胆道和肾排泄。

【用药指征】 主要用于心脏手术时短时治疗心力衰竭。

【用法用量】 静脉滴注：每次 400~800μg，溶于 5% 葡萄糖溶液或 0.9% 生理盐水中静脉滴注。

【制剂与规格】 注射剂：1ml：400μg。

【贮藏】 密闭保存。

依替福林（Etilefrine）

【商品名与别名】 乙苯福林，低压丁。

【药物概述】 升压作用比去氧肾上腺素弱，但维持时间较长。具有明显的正性肌力作用，心输出量增加，血压升高，但外周阻力并不增加。

【用药指征】用于各种低血压症。

【用法用量】

1. 口服给药　每次 5~10mg，每日 2~3 次。

2. 皮下或肌内注射　每次 2~10mg。

【不良反应】恶心、口渴、心悸等，过量可引起头痛和血压激增。

【制剂与规格】片剂：① 5mg；②10mg。注射剂：1ml：10mg。

【贮藏】密闭保存。

第四节　其他自主神经系统药

谷维素（Oryzanol）

【商品名或别名】谷维醇，阿魏酸酯。

【药物概述】本品能调整自主性神经功能紊乱，减少内分泌平衡障碍，改善精神神经失调状况。

【用药指征】临床上主要用于自主性神经功能失调以及胃肠、心血管神经官能症。周期性精神病、脑震荡后遗症、周期型精神分裂症、更年期综合征、月经前期紧张症等。

【用法用量】口服给药：每次 10mg，每日 3 次，有时可增至每日 60mg，疗程一般 3 个月。

【不良反应】偶有胃不适、恶心、呕吐、口干、皮疹、瘙痒、乳房肿胀、油脂分泌过多、脱发、体重迅速增加等反应，停药即消失。

【制剂与规格】片剂：10mg。

【贮藏】密闭保存。

（李雪靖　刘国强　段秀芬　马　天）

中 成 药 篇

第三章

头 痛 用 药

头痛是临床上常见的自觉症状，可以出现于多种急慢性疾病之中，在西医内科临床上则见于血管神经性头痛（如偏头痛）、感染发热性疾病、高血压、颅内疾病、神经衰弱以及精神性头痛等。

正如前述，头痛病因多样，治疗必须根据具体病因采取相应措施才能根本解决。

从中医辨证来看，凡风邪侵犯头目引起的头痛，以疏散外风，用川芎茶调散、正天丸（中西药复方制剂）。至于镇脑宁胶囊、太极通天液等则是根据中医理论而研制开发的镇静镇痛复方，主要用于肝阳上亢的头痛（"内伤头痛"）及血管神经性头痛等，效果较佳。

川芎茶调散（丸、颗粒、口服液、袋泡剂）

【药物组成】川芎、羌活、白芷、荆芥、薄荷、防风、细辛、甘草。

【功能与主治】疏风止痛。用于外感风邪所致的头痛，或有恶寒、发热、鼻塞。

【临床应用】

1. 头痛系由感受风邪而致的偏、正头痛，尤其表现为遇风加重，同时伴有鼻塞、流涕等；神经性头痛、血管性头痛见上述症候者。

2. 感冒多因外感风邪所致，伴有头痛、恶寒、发热、鼻塞等；感冒、鼻炎见上述症候者。

3. 本品还可用于风邪上扰所致的急慢性鼻炎、额窦炎、三叉神经痛等。

【用法用量】散剂：饭后清茶冲服。每次 3~6g，每日 2 次。

丸剂：饭后清茶冲服。每次 3~6g，每日 2 次。

颗粒剂：饭后用温开水或浓茶冲服。每次 1 袋，每日 2 次；儿童酌减。

口服液：口服。每次 10ml，每日 3 次。

袋泡剂：开水泡服。每次 2 袋，每日 2 ~3 次。

【不良反应】目前尚未检索到不良反应报道。

【注意事项】

1. 久病气虚、血虚，或因肝肾不足，肝阳上亢之头痛慎用。

2. 方中含辛香走窜之品，有碍胎气，孕妇慎服。

3. 服药期间饮食宜用清淡易消化之品，忌食辛辣、油腻之物，以免助热生湿。

4. 本品药性发散，易伤正气，服用当中病即止，不可多服、久服。

【剂型与规格】颗粒剂：每袋装 7.8g。口服液：每支装 10ml。袋泡剂：每袋装 1.6g。

【贮藏】密封，置阴凉干燥处。

复方羊角片

【药物组成】羊角、川芎、白芷、制川乌。

【功能与主治】平肝、镇痛。

【临床应用】用于偏头痛，紧张性头痛及神经性头痛。

【用法用量】口服。每次 5 片，每日 3 次。

【贮藏】密封。

正 天 丸

【药物组成】钩藤、白芍、川芎、当归、地黄、白芷、防风、羌活、桃仁、红花、细辛、独活、麻黄、附片、鸡血藤、部分西药。

【性状】本品为黑色的水丸，气微香，味微苦。

【功能与主治】疏风活血，养血平肝，通络止痛。用于外感风邪、瘀血阻络、血虚失养、肝阳上亢引起的多种头痛、神经性头痛、颈椎病型头痛、经前头痛。

【临床应用】用于下列各种头痛，包括偏头痛、紧张性头痛、颈椎病型头痛、经前头痛等；也可用于三叉神经痛、月经痛等镇痛治疗。

用于350例慢性头痛患者的治疗，治愈率33%，显效率45%，总有效率为97%。按中医辨证分型分析：正天丸对瘀血头痛、风寒头痛、血虚头痛疗效最好，痰浊头痛和风湿头痛次之，对肝阳头痛和肾虚头痛疗效较差。

按西医诊断的慢性头痛，证明以偏头痛、紧张性头痛有较好的疗效，总有效率为93%。

【用法用量】饭后服用，每次6g，每日2～3次，15日为1个疗程。

【不良反应】个别患者服药后会出现大便次数增加、腹泻，可停药待症状缓解后继续服用。

【注意事项】①孕妇禁用。②本品对肝阳上亢头痛和肾虚头痛疗效较差。③空腹服可能出现胃部不适，故宜饭后服用。④本品为中西药复方制剂，需要在医生指导下应用。

【剂型与规格】水丸，每瓶装：①6g；②60g。

【贮藏】密封，置阴凉干燥处。

镇脑宁胶囊

【药物组成】水牛角浓缩粉、天麻、川芎、丹参、细辛、白芷、葛根、藁本、猪脑粉。

【功能与主治】息风通络。用于风邪上扰所致的头痛头昏、恶心呕吐、视物不清、肢体麻木、耳鸣；血管神经性头痛、高血压、动脉硬化见上述症候者。

【临床应用】

1. 头痛　用于风邪上扰所致的头痛、头昏、烦躁、易怒、恶心呕吐、耳鸣、耳聋、肢体麻木；血管神经性头痛、原发性高血压、脑动脉硬化见上述症候者。

2. 眩晕　用于风邪上扰所致的头晕目眩，耳鸣，耳聋，视物不清，肢体麻木；原发性高血压、神经衰弱见上述症候者。

【用法用量】口服。每次4~5粒，每日3次。

【不良反应】文献报道有患者口服镇脑宁胶囊后出现全身不适、恶心、烦躁、胸闷、心慌，面部、颈背部、两大腿内侧出现大片隆起风团样皮疹，瘙痒难忍，又有患者出现牙龈红肿和疼痛及面部、四肢甚至全身水肿，有严重患者出现中毒性表皮坏死松解症。颜面部大片红斑，眼睑肿胀，结膜充血，糜烂，颜面、双手及双下肢肿胀；全身有许多暗红色斑片，呈水肿性，其上有散在鸡蛋至手掌大小的松弛性水疱、易破，尼氏征阳性，背部、臀部有大片糜烂、渗出，似Ⅱ度烫伤样外观，外阴水肿、糜烂。

【注意事项】

1. 肝火上炎所致的头痛者忌用。

2. 痰湿中阻所致眩晕忌用。

3. 本品含细辛，不宜久服。

4. 服药期间忌食辛辣油腻食物。

【剂型与规格】每粒装0.3g。

【贮藏】密封，置阴凉干燥处。

养血清脑颗粒

【药物组成】熟地黄、当归、钩藤、珍珠母、决明子、夏枯草、白芍、川芎、鸡血藤、延胡索、细辛。

【功能与主治】养血平肝，活血通络。用于血虚肝旺所致的头痛眩晕、心烦易怒、失眠多梦。

【临床应用】

1. 头痛　多因血虚肝旺所致，症见头痛、眩晕、视物昏花、心悸、失眠等；原发性高血压、血管神经性头痛见上述症候者。

2. 眩晕　系由血虚肝旺所致，症见头晕、乏力、心悸、失眠、多梦、两目干涩，视物昏花；原发性高血压见上述症候者。

3. 不寐　系由心肝血虚，血不养神所致，症见失眠多梦、心悸、乏力；神经衰弱见上述症候者。

【用法用量】 开水冲服。每次 4g，每日 3 次。

【不良反应】 目前尚未检索到不良反应报道。

【注意事项】

1. 外感或湿痰阻络所致头痛、眩晕者慎用。

2. 本品含活血药物，孕妇慎用。

3. 服药期间饮食宜用清淡易消化之品，忌食辛、辣、油腻之品，以免助热生湿。

4. 平素脾虚便溏患者慎用。

【剂型与规格】 每袋装 4g。

【贮藏】 密封，置阴凉干燥处。

天 舒 胶 囊

【药物组成】 天麻、川芎。

【性状】 本品为胶囊剂，内容物为棕黄色粉末；有特殊的香气。

【功能与主治】 活血平肝。主要用于血瘀所致的血管神经性头痛，症见头痛日久、痛有定处，或兼头晕，夜寐不安，舌质暗或有瘀斑。

【临床应用】 主用于血管神经性头痛（"瘀血内阻证"及"肝阳上亢证"）有良好疗效，据称本品可调节脑血管舒缩功能，降低全血黏度，抑制血小板聚集，调节 5－羟色胺、前列腺素（PGE）浓度，以达到缓解头痛之效应。

【用法用量】 饭后口服，每次 4 粒，每日 3 次。

【不良反应】 偶见胃部不适，头胀；妇女月经过多。

【注意事项】 孕妇和月经过多妇女禁用。

【剂型与规格】 胶囊剂，每粒 0.4g。

【贮藏】 密封，置阴凉干燥处。

天麻丸（片）

【药物组成】天麻、羌活、独活、粉萆薢、杜仲（盐炒）、牛膝、附子（制）、地黄、玄参、当归。

【功能与主治】祛风除湿，通络止痛，补益肝肾。用于风湿瘀阻、肝肾不足所致的痹病，症见肢体拘挛、手足麻木、腰腿酸痛。

【临床应用】

1. 痹病　因风湿瘀阻，肝肾不足所致，筋脉挛痛，手足麻木，腰腿疼痛，行走不便，舌苔薄白或白腻，脉弦紧或濡缓；风湿性关节炎、类风湿性关节炎见上述症候者。

2. 中风后遗症　系由肝肾不足，风邪入络，血脉痹阻所致半身不遂，肌肤不仁，或有耳鸣，视物不清，肢体拘急，或腰膝酸软，头晕目眩，舌苔白腻，脉弦缓；中风后遗症见上述症候者。

【用法用量】丸剂：口服。水蜜丸每次 6g。大蜜丸每次 1 丸，每日 2～3 次。

片剂：口服。每次 6 片，每日 2～3 次。

【不良反应】有文献报道，患者服用常规剂量天麻丸后，出现红色丘疹，伴瘙痒、眼睑水肿等过敏反应。又有患者同时服用天麻丸和艾司唑仑，3 日后出现过敏性紫癜。

【注意事项】

1. 本品祛风除湿，补益肝肾，凡湿热痹病慎用。

2. 本品有活血药物，有碍胎气，并含有毒药材附子，孕妇忌用。

3. 服药期间，忌食生冷油腻。

【剂型与规格】大蜜丸：每丸重 9g。

【贮藏】密封，置阴凉干燥处。

天 眩 清

【药物组成】天麻——有效成分为天麻素。

【性状】本品为无色澄明液体。

【功能与主治】镇静，安眠，镇痛。

【临床应用】用于：各种类型头痛、眩晕（梅尼埃病、前庭神经元炎、椎基底动脉供血不足）、神经痛（三叉神经痛、坐骨神经痛等）。

本品也可作癫痫的辅助用药。

【用法用量】肌内注射，每次 2ml（200mg），每日 1~2 次；必要时可适当增加剂量。

【不良反应】少数患者出现口鼻干燥、食欲下降、嗜睡等不良反应，停药后可自行消失。

【剂型与规格】注射剂，每支 1ml 含有效成分 200mg（6 支/盒）。

【贮藏】密封，置阴凉干燥处。

天麻头风灵胶囊

【药物组成】天麻、钩藤、地黄、玄参、当归、川芎、杜仲、槲寄生、牛膝、野菊花。

【功能与主治】滋阴潜阳，祛风湿，强筋骨。用于阴虚阳亢及风湿阻络所致的头痛、手足麻木、腰腿酸痛。

【临床应用】

1. 头痛　系因肝肾不足，肝阳上亢所致，症见头痛而胀，反复不愈，朝轻暮重，头晕目眩，腰膝酸软，口干口苦；原发性高血压、血管神经性头痛见上述症候者。

2. 痹病　多因肝肾不足，风湿阻络所致，症见腰腿酸痛，感受风湿后加重，手足麻木，腰膝乏力，头晕目眩；风湿、劳损所致的腰腿痛见上述症候者。

【用法用量】口服。每次 4 粒，每日 2 次。

【不良反应】目前尚未检索到不良反应报道。

【注意事项】

1. 由于外感所致的头痛者忌用。

2. 忌食辛辣、油腻食物。

3. 脾胃虚弱者慎服。

【剂型与规格】每粒装 0.2g。

【贮藏】密封，置阴凉干燥处。

太极通天液

【药物组成】川芎、白芷、细辛、羌活、薄荷等。

【性状】本品为棕色液体；气香，味辛、微苦涩。

【功能与主治】活血化瘀，通脉活络，疏风止痛。用于治疗头痛。

【临床应用】临床观察表明，太极通天液是治疗偏头痛、神经性头痛、精神紧张性头痛以及缺血性脑血管病所致头痛的有效中成药；具有显效快、作用强、疗效确切等特点，且无不良反应、无成瘾性。

本品也用于改善脑血管疾病后遗症、预防脑血栓形成。

【用法用量】口服，每次 10ml，每日 2~3 次。7 日为 1 个疗程。治疗中风后遗症 15 日为 1 个疗程，可连服 3 个疗程。

【剂型与规格】口服液，每支 10ml。

【贮藏】密封，置阴凉干燥处。

醒脑再造胶囊

【药物组成】胆南星、僵蚕（炒）、白附子（制）、冰片、石菖蒲、细辛、猪牙皂、天麻、地龙、全蝎（去钩）、珍珠（豆腐制）、石决明、决明子、三七、当归、川芎、红花、赤芍、桃仁（炒）、葛根、黄芪、红参、白术（炒）、枸杞子、玄参、制何首乌、淫羊藿、仙鹤草、黄连、连翘、大黄、泽泻、粉防己、槐花（炒）、沉香、木香。

【功能与主治】化痰醒脑，祛风活络。用于风痰闭阻清窍所致的神志不清、言语謇涩、口角流涎、筋骨酸痛、手足拘挛、半身不遂；脑血栓恢复期及后遗症见上述症候者。

【临床应用】中风因风痰闭阻清窍所致，症见神志不清，半身不遂，手足拘挛，语言謇涩，口角流涎，筋骨酸痛，舌暗红，苔腻，脉弦涩；脑血栓恢复期及后遗症见上述症候者。

【用法用量】口服。每次 4 粒，每日 2 次。

【不良反应】目前尚未检索到不良反应的报道。

【注意事项】

1. 神志不清危重症候要配合相应急救措施，不宜单独使用本品。

2. 孕妇忌服。

3. 本品含朱砂，不可过量、久服。

【剂型与规格】每粒装 0.35g。

【贮藏】密封，置阴凉干燥处。

松龄血脉康胶囊

【药物组成】葛根、珍珠层粉等。

【性状】本品为胶囊剂，内容物为浅褐色至褐色粉末；气微，味苦。

【功能与主治】平肝潜阳，镇心安神。用于肝阳上亢，症见头痛眩晕、急躁易怒、心悸失眠者。

【临床应用】用于高血压病有上述症候患者。

【用法用量】口服，每次 3 粒，每日 3 次，或遵医嘱。

【剂型与规格】胶囊剂，每粒 0.5g（30 粒/瓶，20 粒/瓶）。

【贮藏】密封，置阴凉干燥处。

（杨　劼　郤素会）

第四章

眩 晕 用 药

眩晕（"真性眩晕"）是指头晕目眩，如坐舟车中。中医学对此症的记述早见于 2000 年前的《素问》经典著作中，认为眩晕乃巅顶之疾，肝风"可致掉眩，肾精乏，髓海不足，则脑转耳鸣，胫竣眩冒。"历代医家论眩晕多以此为依据，并进而各有不同的主张，有认为眩晕乃血气虚，风邪入脑所致（《诸病源候论》）；有认为六淫外感，七情内伤，皆系致眩晕之因（《济生方》）；张景岳则以虚立论，主张"无虚不能作眩"，认为"眩晕一症，虚者居其八九，而兼火兼痰者不过十中一二耳"。

正如前述，引起眩晕之疾病颇多，故应以对因治疗为主；当病因未明，眩晕发作之时，患者应在安静、光线暗淡室内静卧，并予以精神安慰，酌情使用镇静剂（口服），如地西泮（每次 2.5mg，每日 3 次），或苯巴比妥（每次 30mg，每日 3 次）。饮食宜清淡，偶遇严重无法进食时则需补液。

眩晕宁颗粒（片）

【药物组成】泽泻、菊花、陈皮、白术、茯苓、半夏（制）、女贞子、墨旱莲、牛膝、甘草。

【功能与主治】利湿化痰，补益肝肾。用于痰湿中阻、肝肾不足所致的眩晕，症见头晕目眩、胸脘痞闷、腰膝酸软。

【临床应用】

1. 眩晕　因痰湿中阻，风阳上扰所致，症见头晕目眩、视物旋转、头重如蒙、胸闷作恶；高血压、梅尼埃病见上述症候者。

中成药篇

2. 头痛 因痰湿中阻，风阳上扰所致，症见头痛、眩晕、脘痞、腰膝酸软、耳鸣、目涩、心烦、口干；原发性高血压见上述症候者。

【用法用量】 颗粒剂：开水冲服，每次 8g，每日 3 ~ 4 次；片剂：口服，每次 4 ~ 6 片，每日 3 ~ 4 次。

【不良反应】 目前尚未检索到不良反应报道。

【注意事项】

1. 肝火上炎所致的眩晕慎用。

2. 服药期间忌食辛辣寒凉食物。

3. 平素大便干燥者慎服。

【剂型与规格】 颗粒剂：每袋装 8g（相当于原药材 15g）。片剂：每片相当于总药材 3g。

【贮藏】 密封，置阴凉干燥处。

抑眩宁胶囊

【药物组成】 苍耳子（炒）、菊花、胆南星、黄芩、竹茹、牡蛎（煅）、山楂、陈皮、白芍、生铁落、茯苓、枸杞子等。

【性状】 内容物为棕褐色粉末；味苦酸、微腥。

【功能与主治】 平肝潜阳，降火涤痰，养血健脾，祛风清热。主治肝阳上亢、气血亏虚证之眩晕。

【临床应用】 用于眩晕，症见头昏目眩、头疼脑胀、耳鸣、少寐多梦等。

【用法用量】 口服，每次 4 ~ 6 粒，每日 3 次。

【剂型与规格】 胶囊剂，每粒 0.3g。

【贮藏】 密封，置阴凉干燥处。

【备注】 胆南星为制天南星细粉与牛、羊或猪胆汁加工而成。生铁落系生铁煅至赤红，外层氧化时被锤落之铁屑。

脑立清丸（胶囊）

【药物组成】 磁石、珍珠母、赭石、猪胆汁、冰片、薄荷脑、半夏（制）、熟酒曲、酒曲、牛膝。

【功能与主治】平肝潜阳，醒脑安神。用于肝阳上亢，头晕目眩，耳鸣口苦，心烦难寐；高血压病见上述症候者。

【临床应用】

1. 眩晕　系因肝阳上亢所致的眩晕耳鸣，头痛且胀，每因烦劳或恼怒而增剧，面色潮红，性急易怒，少寐多梦，心烦，口苦；原发性高血压、神经衰弱见上述症候者。

2. 头痛　多由肝阳上亢所致，症见头痛且胀，每因烦劳或恼怒而增剧，伴有面色潮红，烦躁易怒，失眠多梦，口苦咽干；血管神经性头痛、原发性高血压见上述症候者。

【用法用量】丸剂：口服，每次 10 丸。每日 2 次。

胶囊剂：口服，每次 3 粒，每日 2 次。

【不良反应】有文献报道，服用本品可致慢性皮肤过敏。

【注意事项】

1. 肾精亏虚所致的头晕、耳鸣忌用。

2. 本品芳香走窜，孕妇慎服。

3. 服药期间忌食寒凉、油腻之品。

4. 体弱虚寒者忌服。

【剂型与规格】丸剂：每 10 丸重 1.1g。胶囊剂：每粒装 0.33g。

【贮藏】密封，置阴凉干燥处。

晕复静片

【药物组成】制马钱子、珍珠、九里香、僵蚕（炒）。

【功能与主治】化痰，息风。用于痰浊中阻所致的头晕，目眩，耳胀，胸闷，恶心，视物昏旋；梅尼埃病及晕动症见上述症候者。

【临床应用】眩晕。用于痰湿中阻，风阳上扰所致的头晕目眩，视物旋转，头重如蒙，胸闷作恶；梅尼埃病见上述症候者。

【用法用量】饭后服。每次 1～3 片，每日 3 次。

【不良反应】目前尚未检索到不良反应报道。

【注意事项】

1. 本品以祛风化痰、降浊定眩为主，故肝火上炎所致的眩晕忌用。

2. 本品含有马钱子，不宜久服、多服，服药后若出现肌肉颤抖、复视等症状应停药。

3. 服药期间忌食辛辣寒凉食物。

【贮藏】密封，置阴凉干燥处。

晕 痛 定 片

【药物组成】蜜环菌发酵培养物、川芎。

【功能与主治】平肝息风，活血通络。用于风阳上扰、瘀血阻络所致的头痛日久、痛有定处、头目眩晕、夜寐不安；原发性高血压、脑血管病见上述症候者。

【临床应用】

1. 头痛　此由风阳上扰、瘀血阻络所致，症见头痛或偏头痛、头晕目眩，心烦，失眠，神疲乏力，舌红，脉沉弦；原发性高血压、神经性头痛见上述症候者。

2. 眩晕　多因风阳上扰所致，症见头晕目眩，头胀头痛，心烦失眠，或肢体麻木；原发性高血压、脑血管病恢复期见上述症候者。

【用法用量】口服，每次4片，每日3次；或遵医嘱。

【不良反应】偶有口干、恶心、嗜睡等。

【注意事项】

1. 外感以及虚证所致的头痛者慎用。

2. 本品含活血药物，有碍胎气，孕妇慎服。

3. 服药期间忌辛辣、油腻食物。

【剂型与规格】每片重0.3g。

【贮藏】密封，置阴凉干燥处。

（梁立革）

第五章

失眠症（不寐）用药

　　失眠症，中医称之为"不寐""少寐"，是指睡眠时间少或夜眠不实易醒之症。这种睡眠的质和量的不满意状况，持续相当长的时间才能诊断为失眠症。偶然的1～2夜失眠并不说明有严重的病变，亦即不一定要给予药物治疗。中医学认为，失眠多为情志所伤、劳逸失度、久病体虚、五志过极、饮食不节等引起，其基本病机为外感惊恐，肝郁化火而内扰心神；或为阴血不足，心神失养。火盛每致伤阴，阴虚致阳亢，故病机变化多虚夹杂，互为因果。

　　西医治疗失眠症应用镇静药与催眠药，如苯二氮䓬类、巴比妥酸盐类等。中医用以治疗失眠症的复方，称之为"安神中成药"，具有安神定志的功效，与西医中镇静药和抗焦虑药作用相似。近年来，在经典方剂的基础上研制成功了一系列治疗失眠症的成药，其药效与西药相比成瘾性较低，同时具有更广的药效。

天王补心丸

　　【药物组成】 地黄、天冬、麦冬、酸枣仁（炒）、柏子仁、当归、党参、五味子、茯苓、远志（制）、石菖蒲、玄参、丹参、朱砂、桔梗、甘草。

　　【功能与主治】 滋阴养血，补心安神。用于心阴不足，心悸健忘，失眠多梦，大便干燥。

　　【临床应用】

　　1. 心悸　因心肾阴虚，心脏失养所致，症见心悸、气短、舌红少苔、脉细数或结代；病毒性心肌炎、冠心病、原发性高血压、室

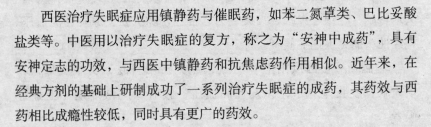

中成药篇

性早搏及甲状腺功能亢进见上述症候者。

2. 不寐　因阴虚血少，心神失养所致，症见心悸、失眠多梦、健忘、舌红少苔、脉细数；神经官能症、更年期综合征、老年性记忆力减退见上述症候者。

此外，本品尚有治疗复发性口疮报道。

【用法用量】口服。水蜜丸每次 6g，小蜜丸每次 9g，大蜜丸每次 1 丸，每日 2 次。浓缩丸每次 8 丸，每日 3 次。

【不良反应】目前尚未检索到不良反应报道。

【注意事项】

1. 本品中含有朱砂，不宜长期服用，肝肾功能不全者禁用。

2. 脾胃虚寒、阳虚内寒者不宜服用。

3. 严重心律失常者，冠心病发病严重者，心肌炎发作急性期者，当及时做心电图或动态心电图，留院观察治疗。

4. 睡前不易饮用浓茶、咖啡等刺激性饮品。

【剂型与规格】大蜜丸每丸重 9g；浓缩丸每 8 丸相当于原药材 3g。

【贮藏】密封，置阴凉干燥处。

柏子养心丸（片）

【药物组成】炙黄芪、党参、当归、川芎、柏子仁、酸枣仁、远志（制）、五味子（蒸）、肉桂、茯苓、半夏曲、朱砂、炙甘草。

【功能与主治】补气，养血，安神。用于心气虚寒，心悸易惊，失眠多梦，健忘。

【临床应用】

1. 心悸　由于心气虚寒，心神失养所致心悸易惊、失眠、多梦、健忘、神疲乏力，或肢冷畏寒，舌淡苔白、脉细弱或结代；心律失常、神经衰弱见上述症候者。

2. 不寐　多因心气虚寒，心失温养所致，症见少寐多梦、易醒难眠、心慌气短、精神恍惚、自汗、肢冷、舌淡脉细弱；神经衰弱见上述症候者。

【用法用量】丸剂：口服。水蜜丸每次6g，小蜜丸每次9g，大蜜丸每次1丸，每日2次。

片剂：口服。每次3~4片，每日3次。

【不良反应】目前尚未检索到不良反应报道。

【注意事项】

1. 阴虚火旺或肝阳上亢者禁用。

2. 保持精神舒畅，劳逸适度。忌过度思虑，避免恼怒、抑郁、惊恐等不良情绪。

3. 失眠患者睡前不宜饮用浓茶、咖啡等兴奋性饮品。

4. 宜饭后服用。

5. 本品含有朱砂，不可过服、久服，不可与溴化物、碘化物等药物同服。

【剂型与规格】丸剂：大蜜丸每丸重9g。

【贮藏】密封，置阴凉干燥处。

枕中丸

【药物组成】龟甲、龙骨、石菖蒲、远志。

【功能与主治】滋阴降火，镇心安神。主治心烦不寐，头晕耳鸣，梦寐遗精，神疲体倦；舌质红、少苔，脉细数者。

【临床应用】用于神经官能症（失眠，记忆力减退），自主神经功能紊乱（遗精、盗汗）。

【用法用量】口服，每次1丸（9g），每日2~3次，空腹温开水送服。

【注意事项】脾胃虚弱、食少、便溏者少用。

【剂型与规格】大蜜丸，每丸重9g。

【贮藏】密封，置阴凉干燥处。

琥珀多寐丸

【药物组成】琥珀、羚羊角、党参、茯苓、远志（制）、甘草。

【功能主治】平肝安神。

【临床应用】用于肝阳上亢，导致的心神不安，惊悸怔忡，失眠。

【用法用量】口服。每次 1.5~3g，睡前顿服。

【剂型与规格】水蜜丸，每 42 丸重 1g。

【贮藏】密闭防潮。

脑 乐 静

【药物组成】甘草浸膏、小麦、大枣。

【功能与主治】养心安神。用于心神失养所致的精神忧郁、易惊不寐、烦躁。

【临床应用】

1. 脏躁　心气不足，心血耗伤，亡神失养而出现精神恍惚、心神不宁、悲忧善哭、舌质淡、脉弦细；癔病、神经衰弱、更年期综合征见上述症候者。

2. 失眠　心脾两虚而致多梦易醒、心悸健忘、神疲乏力、面色少华、舌淡、脉细。

此外，本方还可治疗轻度抑郁症属心脾两虚者。

【用法用量】口服。每次 30ml，每日 3 次。小儿酌减。

【不良反应】目前尚未检索到不良反应报道。

【注意事项】

1. 肝郁化火，痰火扰心者忌用。

2. 饮食宜清淡，忌辛辣烟酒刺激物品。

【贮藏】密闭防潮。

脑力静糖浆

【药物组成】小麦、甘草流浸膏、大枣、甘油磷酸钠（50%）、维生素 B_1、维生素 B_2、维生素 B_6。

【功能与主治】健脾和中，养心安神。用于心脾不足所致的失眠健忘、心烦易躁、头晕；神经衰弱症上述症候者。

【临床应用】

1. 不寐　多由心气不足，脾气虚弱所致，症见失眠多梦、心神不安、烦躁不宁、气短、自汗、头晕、健忘、腹胀纳差、舌淡苔薄、脉缓弱；神经衰弱见上述症候者。

2. 郁证　多由情志不遂，思虑过度，耗伤气血，心神失养而致心烦易躁、情绪不宁、失眠、健忘、头晕、心悸、面色不华、舌淡、苔薄白、脉细；神经衰弱、更年期综合征见上述症候者。

【用法用量】口服，每次 10～20ml，每日 3 次。

【不良反应】目前尚未检索到不良反应报道。

【注意事项】

1. 阴虚内热、痰热内盛之不寐、郁证者慎用。

2. 失眠患者睡前不宜饮用浓茶、咖啡等兴奋性饮品。

3. 保持心情舒畅。劳逸适度。忌过度思虑，避免恼怒、抑郁等不良情绪。

【剂型与规格】每瓶装：①10ml；②20ml；③100ml；④168ml。

【贮藏】密闭防潮。

国光速效枣仁安神胶囊

【药物组成】酸枣仁、左旋延胡索乙素。

【功能与主治】养心安神。用于心神不安、失眠、多梦、惊悸等。

【临床应用】主要用于失眠（"心肝血虚、神志不安证"）。

【用法用量】口服，每次 1 粒，临睡前用温开水送服。

【不良反应】①极少数患者服后可有胃内灼热感、恶心及头晕等反应。②临床对部分失眠患者用药后进行血常规、尿常规及肝、肾功能检查，均未发现异常变化。

【贮藏】密闭防潮。

安神健脑液

【药物组成】人参、麦冬、五味子（醋炙）、枸杞子、丹参。

【功能与主治】益气养血，滋阴生津，养心安神。用于气血两亏、阴津不足所致的失眠多梦、心悸健忘、头晕头痛、神疲乏力、口干津少。

【临床应用】

1. 不寐　多因气血两亏、阴津不足所致，症见心神不安、失眠、入睡困难、多梦、易醒、神疲乏力、津少口干、舌红、脉细数；脑动脉硬化、神经衰弱见上述症候者。

2. 健忘　多因气血两亏、阴津不足所致神志失聪，遇事善忘，气短乏力，精神疲惫，口干，舌淡，脉细数；脑动脉硬化、神经衰弱、疲劳综合征见上述症候者。

3. 心悸　多因气血两亏、阴津不足所致心失所养或心肾不交，心神不能内守，症见心悸不安、少寐、神疲乏力、胸闷不舒、少津口渴、舌淡红、脉细数；心律失常见上述症候者。

【用法用量】口服。每次 10ml，每日 3 次。

【不良反应】目前尚未检索到不良反应报道。

【注意事项】

1. 本品为益气养血滋阴之品，凡痰湿壅滞或痰火内盛者禁用。

2. 脾胃虚寒，腹胀便溏者不宜使用。

3. 感冒发热禁用。

4. 失眠患者睡前不宜饮用浓茶、咖啡等兴奋性饮品。

5. 保持精神舒畅，劳逸适度。忌过度思虑，避免恼怒、抑郁、惊恐等不良情绪。

【剂型与规格】每支装 10ml。

【贮藏】密封，置阴凉干燥处。

安神补心丸（胶囊、颗粒）

【药物组成】丹参、五味子（蒸）、石菖蒲、首乌藤、地黄、墨旱莲、女贞子、菟丝子、合欢皮、珍珠母。

【功能与主治】养心安神。用于心血不足、虚火内扰所致的心悸失眠、头晕耳鸣。

【临床应用】

1. 不寐　系由心血不足，虚火内扰，阳不入阴而致，症见入睡困难或眠而多梦、易醒心悸、口燥咽干、盗汗、烦热、头晕、耳鸣、腰膝酸软、神疲乏力、舌淡红少苔、脉细数；贫血、更年期综合征、神经衰弱见上述症候者。

2. 心悸　多因阴血不足，虚火内扰，心失所养，神无所附所致，症见心中动悸、烦躁易惊、头晕、耳鸣、失眠、健忘，或面色不华、唇舌色淡，或五心烦热、盗汗、口干，脉细弱或细；心律失常、心肌炎见上述症候者。

【用法用量】水丸：口服，每次15丸，每日3次。胶囊剂：口服，每次4粒，每日3次。颗粒剂：口服，每次1.5g，每日3次。

【不良反应】目前尚未检索到不良反应报道。

【注意事项】

1. 痰火扰心之失眠、心悸者不宜单独使用本品。

2. 脾胃虚寒，素有痰湿者禁用。

3. 失眠患者睡前不宜饮用浓茶、咖啡等兴奋性饮品。

4. 保持心情舒畅。劳逸适度。忌过度思虑，避免恼怒、抑郁、惊恐等不良情绪。

【剂型与规格】水丸每15丸重2g。胶囊剂：每粒装0.5g。颗粒剂：每袋装1.5g。

【贮藏】密封，置阴凉干燥处。

脑力宝（浓缩丸）

【药物组成】石菖蒲、远志、五味子、茯苓、维生素E等。

【性状】本品为包糖衣的浓缩丸，除去糖衣后显棕黑色；味咸、酸、略苦涩。

【功能与主治】健脑，安神，益智；补脾肾，养血；清虚热。主要用于失眠健忘、烦躁多梦、神疲体倦及血虚所致虚热等。

【临床应用】主要用于神经衰弱症的治疗。

观察神经衰弱及神经衰弱症状群患者323例，其中以青壮年占大多数，总有效率为94.1%。对头晕、失眠、多梦等症疗效显著。另一方面，可见半数以上的患者，血红蛋白及红细胞数均见增加；大多数患者体质增强，工作学习的耐力有所延长，这可能由于患者病情好转，体质增强；睡眠改善，饮食增加，摄入营养物质增多的缘故。

【用法用量】口服，每次4丸，每日3次。

【剂型与规格】浓缩丸，每丸（素丸）重约0.2g。

【贮藏】密封，置阴凉干燥处。

神衰康颗粒

【药物组成】倒卵叶五加。

【功能与主治】益气健脾，补肾安神。用于脾肾阳虚所致的失眠多梦、体虚乏力、食欲不振；神经衰弱症见上述症候者。

【临床应用】不寐，多因脾肾阳虚而致，症见失眠多梦，体虚乏力，食欲不振，舌淡苔薄，脉细弱；神经衰弱、妇女更年期综合征见上述症候者。

【用法用量】开水冲服。每次5g，每日2次。

【不良反应】目前尚未检索到不良反应报道。

【注意事项】

1. 肝郁气滞，痰热互扰不寐者不宜服用。

2. 睡前不宜饮用浓茶、咖啡等兴奋性饮品。

【剂型与规格】每袋装5g。

【贮藏】密封，置阴凉干燥处。

刺五加片（胶囊）

【药物组成】刺五加浸膏。

【功能与主治】益气健脾，补肾安神。用于脾肾阳虚，体虚乏力，食欲不振，腰膝酸痛，失眠多梦。

【临床应用】不寐多因脾肾阳虚，心神失养所致，症见失眠多梦、头晕、形寒肢冷、气短、纳差、面色无华、经血量多而色淡、舌质淡、苔薄白，脉沉迟；神经衰弱见上述症候者。

【用法用量】片剂：口服，每次 2～3 片，每日 2 次。胶囊剂：口服，每次 2～3 粒，每日 3 次。

【不良反应】目前尚未检索到不良反应报道。

【注意事项】

1. 阴虚内热及邪实体壮者忌用。

2. 睡前不宜服用咖啡、浓茶等兴奋性饮品。

【贮藏】密封，置阴凉干燥处。

神奇精乌胶囊

【药物组成】制黄精、制首乌、女贞子、墨旱莲等。

【功能与主治】补肝肾，益精血，壮筋骨。

【临床应用】用于失眠多梦、耳鸣健忘、须发早白、脱发、腰膝酸软、病后体虚、年老体弱等。

【用法用量】口服，每次 4 粒，每日 2～3 次，2 周为 1 个疗程，每疗程间隔 2～3 日。

【注意事项】便溏泄泻，伤食腹胀者慎服。

【剂型与规格】胶囊剂：每粒 0.5g（12 粒/板）。

【贮藏】密封，置阴凉干燥处。

养血安神片（浓缩丸）

【药物组成】首乌藤、鸡血藤、熟地黄、地黄、合欢皮、墨旱莲、仙鹤草。

【性状】本品片心呈黑棕色；味苦而涩。

【功能与主治】滋阴养血，宁心安神。用于阴虚引起的头眩心悸、精神疲倦、失眠健忘、睡眠多梦、腰酸乏力等。

【临床应用】用于神经官能症、贫血、更年期综合征、甲状腺功能亢进有以上症状者。

【用法用量】口服，每次 5 片，每日 3 次，温开水送下。

【剂型与规格】糖衣片，每片含浸膏量 0.25g，每 5 片相当于原药材约 4.375g，每瓶装 100 片。

【其他剂型】养血安神丸（浓缩丸）每 100 粒重 12g，口服，每次 6g，每日 3 次。

【贮藏】密封，置阴凉干燥处。

灵芝冲剂（胶囊）

【药物组成】天然灵芝。

【性状】本品为浅棕色的长方形块；味甜、略苦。

【功能与主治】补心安神，滋补强壮，扶正固本，延缓衰老。主治神经衰弱、久病体虚、冠心病、慢性支气管炎及体弱多病等。

【临床应用】灵芝临床上可用于慢性病的治疗，除上述主治项所列的疾病外，也可用于肺心病、肝病、冠心病、高脂血症、支气管哮喘，以及儿童大脑发育不全等的辅助治疗。

【用法用量】口服，每次 1 袋，每日 3 次，开水冲服；2 周为 1 个疗程。

【剂型与规格】冲剂，每袋装 13g（或制块，每块 13g），相当于灵芝 3g。

【其他剂型】灵芝胶囊每粒 0.27g（20 粒/盒）。口服，每次 2 粒，每日 2 次，2 周为 1 个疗程。

【贮藏】密封，置阴凉干燥处。

七叶神安片

【药物组成】三七叶总皂苷。

【功能与主治】益气安神，活血止痛。用于心气不足、心血瘀阻所致的心悸、失眠、胸痛、胸闷。

【临床应用】

1. 不寐　多因心气不足，瘀血阻滞而致，症见入睡困难、多梦易醒、胸痛胸闷、倦怠乏力、舌质淡或淡暗，或有瘀斑、瘀点、脉弱；神经衰弱见上述症候者。

2. 胸痹　系由心气不足，瘀血阻滞而致，症见心胸隐痛、甚或刺痛、胸部憋闷、心悸、气短神疲乏力、倦怠懒言、舌质淡或淡暗，或有瘀斑、瘀点，脉虚涩或结代；冠心病见上述症候者。

【用法用量】 口服。每次 50～100mg，每日 3 次。饭后服，或遵医嘱。

【不良反应】 临床偶见三七过敏的报道。

【注意事项】

1. 阴虚火旺，痰热内盛之不寐者不宜服用。

2. 寒凝血瘀，痰扰互阻，阴虚血瘀之胸痹心痛者不宜单独使用。

3. 三七有活血作用，孕妇禁用。

4. 饮食宜清淡、低盐、低脂。食勿过饱。忌食生冷、辛辣、油腻之品。失眠患者睡前不宜服用咖啡、浓茶等兴奋性饮品。

5. 保持心情舒畅。忌过度思虑、避免恼怒、抑郁等不良情绪。

6. 在治疗期间，心绞痛持续发作，宜加用硝酸酯类药。若出现剧烈心绞痛，心肌梗死，若见有气促、汗出、面色苍白者，应及时急诊救治。

【剂型与规格】 每片含三七叶总皂苷：①50mg；②100mg。

【贮藏】 密封，置阴凉干燥处。

朱砂安神丸

【药物组成】 朱砂、黄连、地黄、当归、甘草。

【功能与主治】 清心养血，镇心安神，养阴清热。用于心火亢盛，心神不宁，胸中烦热，心悸易惊，夜寐不安，失眠多梦，舌红，脉细数。

【临床应用】 用于神经衰弱、失眠、室性心律失常、早搏、精神抑郁等症。

【用法用量】 口服，水蜜丸每次 6g，小蜜丸每次 9g，大蜜丸每次 1 丸；每日 1～2 次，温开水送服，连续用药不宜超过 7 日。

【注意事项】 ①阴虚、脾弱者忌用；孕妇、婴幼儿忌服。②肝肾功能不全者禁服。③不宜与碘、溴化物并用，因朱砂含硫化汞（＞96%）在胃肠道内遇到碘、溴化物产生有刺激性碘化汞、溴化汞，引起赤痢样大便，从而产生严重的医源性肠炎。④不宜多服久服，儿童尤不宜久用。因朱砂排泄缓慢，易致蓄积性中毒；对一般患者连服的时间不宜超过7日。

【朱砂的中毒症状】动物实验表明，口服朱砂半衰期为0.2h，血液中含汞量达到峰值时间为11h，而汞在人体内的半衰期为65～70日。可见朱砂的吸收并不缓慢，但排泄缓慢，体内滞留时间长，故容易引起蓄积性中毒。

为尽早发现朱砂的中毒现象，将朱砂中毒症状总结如下：①神经系统：表现为嗜睡（早期），失眠多梦，记忆力减退，头晕头疼，躁动不安，步态不稳，手脚麻木，视力减退，甚至可见脑中毒、痴呆、汞中毒性脊髓病。②消化系统：中毒初期可表现为恶心呕吐、咽喉肿痛、食欲不振、腹痛、腹泻等，较重时可里急后重，脓血便甚至消化道穿孔。③泌尿系统：多表现于中毒中、后期，有少尿、尿闭、水肿、蛋白尿、尿毒症等，严重者可致急性肾衰竭而死亡。④心血管系统：常表现于中毒后期，心电图出现T波低平，血压下降，心律失常，或由中毒性心肌炎引起循环衰竭。

【剂型与规格】水蜜丸、小蜜丸或大蜜丸（每丸重9g）。

【贮藏】密封，置阴凉干燥处。

磁 朱 丸

【药物组成】磁石（煅）、朱砂、六神曲（炒）。

【性状】①水丸呈朱红色，丸心呈紫色，味微苦、涩。②小蜜丸，呈赤褐色至棕褐色；味甜。

【功能与主治】镇心安神，明目。用于心肾阴虚，心阳偏亢，心悸失眠，耳鸣耳聋，视物昏花，亦治癫痫。

【临床应用】用于：①神经衰弱、多种类型的精神疾患。②高血压病引起的心悸失眠、早期耳源性眩晕、癫痫等。③眼科病，如白内障、玻璃体、晶状体之病变以及房水循环障碍等。

【用法用量】口服，小蜜丸，每次3g，每日3次；水丸每次3～6g，每日2次，空腹温开水送服。

【不良反应】个别患者服后有胃部不适。曾报道一患者服后出现皮疹（过敏性），患者全身瘙痒，躯干、四肢出现弥漫性红斑，对称分布，中间夹有红色小米粒大小血斑。停药，口服扑尔敏后痒止，静脉滴注氢化可的松，口服泼尼松（3日），红斑消退，皮肤恢复正常，自觉症状消失。痊愈后用本品贴布区均出现水肿性红斑，对照区安乃近无任何反应。

【注意事项】①脾胃虚弱而胃脘疼痛者慎用；气虚下陷、急性眼病、孕妇，以及胃溃疡、肝肾功能不良者禁用。②本品含朱砂量较大（＞14％）不宜多服或久服。③不宜与碘化物、溴化物并用。

【剂型与规格】小蜜丸；水丸，18粒重1g。

【贮藏】密封，置阴凉干燥处。

【备注】有人建议对疗效一般或需长期服用的朱砂制剂，应尽量避免使用或改用其他制剂。

乌灵胶囊

【药物组成】发酵乌灵菌粉。

【功能与主治】补肾填精，养心安神。用于心肾不交所致的失眠、健忘、神疲乏力、腰膝酸软、头晕耳鸣、少气懒言、脉细或沉无力；神经衰弱见上述症候者。

【临床应用】不寐多因心肾不交所致，症见失眠、健忘、神疲乏力、耳鸣、心悸；神经衰弱见上述症候者。

【用法用量】口服。每次3粒，每日3次。

【不良反应】临床偶见服用本品致严重腹泻者。

【注意事项】

1. 脾胃虚寒者慎用。

2. 孕妇禁用。

【剂型与规格】每粒装0.33g。

【贮藏】密封，置阴凉干燥处。

甜梦胶囊（口服液）

【药物组成】刺五加、黄精、蚕蛾、桑葚、党参、黄芪、砂仁、枸杞子、山楂、熟地黄、淫羊藿（制）、陈皮、茯苓、马钱子（制）、法半夏、泽泻、山药。

【功能主治】益气补肾、健脾和胃，养心安神。

【临床应用】头晕耳鸣，视减听衰，失眠健忘，食欲不振，腰膝酸软，心慌气短，中风后遗症；对脑功能减退，冠状血管疾患，脑血管栓塞及脱发也有一定作用。

【用法用量】口服。每次3粒，每日2次。

【剂型与规格】胶囊剂，每粒0.4g（相当于原药材2.18g）。

【贮藏】密封。

【备注】本方也可制成口服液。

（杨　劼　梁立革）

第六章

急性脑血管病（中风）用药

急性脑血管病，又称脑血管意外、脑卒中，中医称为中风，是指突然发生的脑部血液循环障碍而出现的神经系统功能障碍的一组疾病。根据脑动脉的病变情况，脑中风分为以下 2 种：

1. 出血性脑中风　包括脑出血和蛛网膜下腔出血；以高血压性脑出血为常见，发病较急，一是清楚或昏迷（视出血部位而定），常有头痛、呕吐、偏瘫（病灶对侧）、偏深感觉障碍，部分患者有偏盲。早期手术清除血肿，可使死亡率下降。近年来由于高血压病得到有效的防治，发病率在急性脑血管病中的比例逐年下降（约占 20%）。

2. 缺血性脑中风　可分为以下 3 种类型：

（1）脑缺血性发作（小中风）：多见于 50 岁以上老年人。其特点是突然发生单侧上、下肢软弱无力，或说不出话来、或言语含糊，或感觉障碍，或短暂的单侧失明。药物治疗可用脑血管扩张药、抗血栓药等。

（2）脑血栓形成：由于脑动脉硬化，管腔狭窄，加上血流缓慢或血黏度改变，以致某处脑动脉发生血液凝集，形成血栓，引起血管闭塞和脑梗死，其症状主要根据受累动脉而定。

（3）脑栓塞：栓子主要来自各种心脏病，尤以风湿性心脏左房室瓣狭窄伴有房颤所形成的附壁血栓与脱落，随血流进入脑动脉，引起某支脑动脉堵塞。

中医认为出血性脑中风主要病因是，肝肾阴虚，肝阳上亢，火生风动，气血上冲，络破血溢（"血管破裂、出血"）。短暂性脑缺血发作多为气血亏虚，在痰虚内聚基础上因情志所伤，生活起居失宜等诱发。致营血脉络失和，气滞血瘀，气血不能濡养，闭阻经络，乃出现肢体瘫痪、眩晕、失语等症，至于脑血栓形成及脑栓塞则因气虚血瘀，经络阻滞所致；气为血帅，其虚则无力推动血液运行，血液凝涩，阻闭经络脑窍，于是肢体偏枯、语言不利。

中医治疗中风依辨证论治：①肝肾阴虚、风阳上扰，治宜镇肝息风、育阴潜阳，可用脑安、脑血康片等，具有平肝息风、活血化瘀、通络醒脑之功。②气虚血瘀、经脉阻滞，治宜补气活血通络，可选用补阳还五口服液、消栓再造丸、脑得生丸、中风回春丸等。

近年来在活血化瘀药应用于脑血管病方面取得了很好的成效。中风，尤以缺血性脑中风多数气虚血瘀或气血瘀滞，治宜行气活血或补气活血。行气活血法常用川芎、当归、红花、桃仁、乳香、没药、牛膝、丹参、葛根等活血药，配以通络止痛或散寒止痛，如华佗再造丸；配以补气的人参、黄芪成方，通过补气以促进血行，如补阳还五口服液、人参再造丸等。这些方药具有改善微循环、增加脑血流量、降低血黏度、抑制血小板聚集、抗血栓形成的作用。不同处方各有药效特点，应结合症候加以选用，以期提高治疗效果。

补阳还五口服液（颗粒剂）

【**药物组成**】黄芪、当归尾、赤芍、地龙、川芎、红花、桃仁。

【**功能与主治**】补气、活血、通络。用于中风后半身不遂，口眼歪斜，语言不利，口角流涎，下肢痿废，小便频数或遗尿不禁，苔白脉缓。

【**临床应用**】主要用于下列疾患：

1. 脑血管病 ①急性闭塞性缺血性脑血管病，包括脑血栓形成、脑栓塞及短暂性脑缺血发作等。②脑中风后遗症。③颅脑外伤后遗症，脑震荡后遗症。④蛛网膜下腔出血。

2. 心血管疾病 ①冠心病、心绞痛。②急性心肌梗死。③雷诺病（肢体动脉痉挛病）。④闭塞性动脉硬化（早期）。

3. 神经系统疾病 如坐骨神经痛、多发性神经炎，宜辨证加其他药品，以增强疗效。

【用法用量】口服，每次 10ml，每日 2 次，30 日为 1 个疗程；可连用 2 ~3 个疗程。

【不良反应】除个别患者感觉口干、咽痛外，未见其他不良反应。

【注意事项】①本品宜久服缓治，疗效方显。②高血压患者用之无妨，但阴虚血热者忌用。③无气虚者慎用本品。④凡出现明显的意识障碍者禁用本品。

【剂型与规格】口服液，每支 10ml。

【其他剂型】补阳还五颗粒剂每服 1 袋，用热开水冲服，可配胶囊 1 粒，日服 3 次。

【贮藏】密封，置阴凉干燥处。

【备注】一般认为脑出血急性期应禁用；对蛛网膜下腔出血据报道有较好疗效，可能与本品具有促进瘀血吸收、改善血液循环、增加组织血氧供应有关。本品系依据清代王清任《医林改错》补阳还五汤剂改制而成。

豨莶丸

【药物组成】豨莶草。

【功能与主治】清热祛湿，散风止痛。用于风湿热阻络所致的痹病，症见肢体麻木、腰膝酸软、筋骨无力、关节疼痛。亦用于半身不遂、风疹湿疮。

【临床应用】

1. 痹病　因湿热闭阻所致，症见关节红肿热痛、痛无定处，伴有发热、汗出不解、口渴、心烦、小便黄、舌红苔黄腻、脉滑数；风湿性关节炎见上述症候者。

2. 麻木　因风湿痹阻，肌肤失养所致，症见关节不利，麻木不仁，多伴有长期渐进性肢体关节肌肉疼痛，遇阴雨天加剧，舌淡，苔薄白，脉沉细或濡。

3. 中风　因外风侵及人体经络所致，症见半身肢体麻木、活动不灵活、甚则手足拘急、关节酸痛、口眼㖞斜、舌淡红、苔薄白或白、脉浮。脑卒中恢复期见上述症候者。

4. 风疹　外感风湿热毒所致，症见面部、颈部、四肢皮疹，呈淡红色，微隆起，灼热瘙痒，色鲜红或紫红，耳后及枕部脊核肿大，初起多有流涕、咳嗽、咽痛，也可有食欲不振、发热，舌红苔薄黄，脉浮数。

5. 湿疮　湿热内蕴，外感风湿热邪棚搏，浸淫肌肤所致，表现为发病急，局部皮损，皮肤潮红灼热，轻度肿胀，继而粟疹成片或水疱密集，渗液流津，瘙痒无休，身热，口渴，心烦，大便秘结，小便溲赤；舌质红，苔薄白或黄，脉弦滑或弦数。

【用法用量】口服。每次 1 丸，每日 2~3 次。

【不良反应】目前尚未检索到不良反应的报道。

【注意事项】

1. 本品性味苦寒，寒湿痹病不宜服用。

2. 本品具有清热祛湿，散风止痛之功，对久病血虚者，宜与养血通络之品同服。

【剂型与规格】每丸重 9g。

【贮藏】密封，置阴凉干燥处。

大川芎口服液

【药物组成】大川芎等。

【性状】制剂为棕红色半透明液；气香、味苦。

【功能与主治】活血化瘀，平肝息风，通络止痛。主治头风与瘀血型头痛；眩晕、颈项紧张不适，上下肢及偏身麻木、耳鸣等症。

【临床应用】用于脑血栓形成、脑梗死等闭塞性脑血管症。

【用法用量】口服，每次 1 支（10ml），每日 3 次，连服 15 日为 1 个疗程，或遵医嘱。久置后会有微量沉淀物，服前摇匀。

【注意事项】孕妇及外感头痛、出血性脑血管病急性期患者禁用。重症患者宜遵医嘱服用。

【剂型与规格】口服液，每支 10ml。

【贮藏】密封，置阴凉干燥处。

华佗再造丸

【药物组成】川芎、吴茱萸、冰片等。

【功能与主治】活血化瘀，化痰通络，行气止痛。

【临床应用】瘀血或痰湿闭阻经络之中风瘫痪，拘挛麻木，口眼歪斜，言语不清。

【用法用量】口服。每次 4 ~ 8g，每日 2 ~ 3 次，重症每次 8 ~ 16g，或遵医嘱。

【注意事项】孕妇忌服。

【剂型与规格】浓缩水蜜丸。

【贮藏】密封，置阴凉干燥处。

小活络丸

【药物组成】制川乌、制草乌、胆南星、乳香（制）、没药（制）、地龙。

【功能与主治】祛风散寒，化痰除湿，活血止痛。用于风寒湿邪闭阻、痰瘀阻络所致的痹病，症见肢体关节疼痛，或冷痛，或刺痛，或疼痛夜甚，关节屈伸不利，麻木拘挛。

【临床应用】

1. 痹病　因风寒湿邪闭阻，痰瘀阻络所致，症见肢体关节等处疼痛、酸楚、重着、麻木等，阴寒潮湿加剧，严重者则疼痛、酸楚显著，关节肿大，屈伸不利，步履艰难，行动受阻，舌苔薄白或白腻，脉弦紧或濡缓；类风湿关节炎、骨关节炎、强直性脊柱炎、坐骨神经痛见上述症候者。

2. 中风　因痰湿瘀阻所致，症见半身麻木、手足不仁、肢体沉重疼痛或活动不利；脑卒中恢复期见上述症候者。

此外，还有小活络丹用于治疗坐骨神经痛、十二指肠壅积症的文献报道。

【用法用量】黄酒或温开水送服。每次 1 丸，每日 2 次。

【不良反应】文献报道小活络丸的不良反应有乌头碱损害心肌引起的心律失常、药疹、急性胃黏膜出血。

【注意事项】

1. 本品性味辛温，为风湿痰瘀阻络所致痹病、中风偏瘫所设，若属湿热瘀阻或阴虚有热者慎用。

2. 本品含有毒及活血药，孕妇忌用。

3. 本品含乳香、没药，脾胃虚弱者慎用，过敏体质慎用。

4. 本品含川乌、草乌有毒，应在医生指导下使用，不可过量服用。

【剂型与规格】每丸重 3g。

【贮藏】密封，置阴凉干燥处。

大活络丸

【药物组成】蕲蛇、乌梢蛇、全蝎、地龙、天麻、威灵仙、制草乌、肉桂、细辛、麻黄、羌活、防风、松香、广藿香、白豆蔻、僵蚕（炒）、天南星（制）、牛黄、乌药、木香、沉香、丁香、青皮、香附（醋制）、麝香、安息香、冰片、两头尖、赤芍、没药（制）、乳香（制）、血竭、黄连、黄芩、贯众、葛根、水牛角、大黄、玄参、红参、白术（麸炒）、甘草、熟地黄、当归、何首乌、骨碎补（烫、去毛）、龟甲（醋淬）、狗骨（油酥）。

【功能与主治】祛风散寒，除湿化痰，活络止痛。用于风痰瘀阻所致的中风，症见半身不遂、肢体麻木、足痿无力；或寒湿瘀阻之痹病、筋脉拘急、腰腿疼痛；亦用于跌打损伤、行走不利及胸痹心痛。

【临床应用】

1. 中风　由风痰瘀阻，气血两亏，肝肾不足而致半身不遂，或瘫痪，口舌㖞斜，手足麻木，疼痛拘挛，或肢体痿软无力；缺血性中风、面神经麻痹见上述症候者。

2. 痹病　由寒湿瘀阻血致，肢体关节疼痛，屈伸不利，筋脉拘急，麻木不仁，畏寒喜暖，腰腿沉重，行走不便，舌黯淡，苔白腻，脉沉弦或沉缓；风湿性关节炎、骨关节炎、坐骨神经痛见上述症候者。

3. 胸痹　由风痰瘀阻而致。心胸憋闷不舒，或心胸作痛，心悸神疲，喘息气短，舌黯淡或有瘀点，脉弱或涩；冠心病心绞痛见上述症候者。

4. 跌打损伤　由瘀阻筋脉而致，局部肿痛，行走不便。

此外，本品还可用于风痰瘀阻的癫痫、高脂血症等。

【用法用量】温黄酒或温开水送服。每次 1 丸，每日 1~2 次。

【不良反应】文献报道，有患者服用大活络丸后出现皮疹、眼口腔黏膜糜烂，形成大疱性表皮坏死松解型药疹；又有患者服大活络丹引起口唇疱疹、过敏反应及消化道出血。

【注意事项】

1. 本品性偏燥烈，阴虚火旺者慎用；出血性中风初期，神志不清者忌用。

2. 方中含活血通络之品，有碍胎气，孕妇忌服。

3. 服药期间，忌食膏粱厚味，戒酒。

4. 本品含有乳香、没药，脾胃虚寒者慎用；对本品有过敏反应者忌用。

5. 本品含草乌有毒，应在医生指导下使用，不可过量服用。

【剂型与规格】每丸重 3.5g。

【贮藏】密封，置阴凉干燥处。

再 造 丸

【药物组成】人参、黄芪、白术（炒）、制何首乌、熟地黄、当归、玄参、龟甲（制）、骨碎补（炒）、桑寄生、冰片、麝香、人工牛黄、黄连、朱砂、水牛角浓缩粉、威灵仙（酒炒）、豹骨（制）、白芷、羌活、防风、麻黄、细辛、粉萆薢、蕲蛇肉、葛根、两头尖（醋制）、天竺黄、广藿香、白豆蔻、草豆蔻、茯苓、母丁香、沉香、檀香、乌药、香附（醋制）、青皮（醋炒）、化橘红、附子（制）、肉桂、天麻、全蝎、僵蚕（炒）、地龙、三七、血竭、川芎、大黄、赤芍、穿山甲（制）、乳香（制）、没药（制）、片姜黄、油松节、建曲、红曲、甘草。

【功能与主治】祛风化痰，活血通络。用于风痰阻络所致的中风，症见半身不遂、口舌歪斜、手足麻木、疼痛拘挛、言语謇涩。

【临床应用】

1. 中风病　风痰上扰，脑脉痹阻或血溢脑脉之外而出现半身不遂、行走不利、肢体麻木、手足拘挛、言语不利、饮水呛咳等症；用于中风病恢复期、后遗症期的治疗，对于促进肢体和言语功能的恢复具有一定疗效。

2. 痹病　肝肾不足，风寒湿邪痹阻经络，而致筋骨痿软、肢体关节疼痛、遇寒痛增、关节不可屈伸等。

【用法用量】口服。每次1丸，每日2次。

【不良反应】目前尚未检索到不良反应报道。

【注意事项】

1. 感冒期间停服。

2. 孕妇禁用。

【剂型与规格】每丸重9g。

【贮藏】密封，置阴凉干燥处。

中风回春胶囊（片、丸）

【药物组成】川芎（酒制）、丹参、当归（酒制）、川牛膝、桃仁、红花、茺蔚子（炒）、鸡血藤、土鳖虫（炒）、全蝎、蜈蚣、地龙（炒）、僵蚕（麸炒）、木瓜、金钱白花蛇、威灵仙（酒制）、忍冬藤、络石藤、伸筋草。

【功能与主治】活血化瘀，舒筋通络。用于痰瘀阻络所致的中风，症见半身不遂、肢体麻木、言语謇涩、口舌歪斜。

【临床应用】中风：中风病恢复期和后遗症期出现的痰瘀阻络，症见肢体活动不利，重则瘫痪不起，肢体麻木、疼痛或发凉，手足肿胀，手指拘挛，关节疼痛、屈伸不利，口舌歪斜，言语不利等；缺血性中风和出血性中风的恢复期、后遗症期属以上症候者。

【用法用量】胶囊剂：口服，每次 2～3 粒，每日 3 次；或遵医嘱。

片剂；口服，每次 4～6 片，每日 3 次；或遵医嘱。

丸剂：温开水送服，每次 1.2～1.8g，每日 3 次；或遵医嘱。

【不良反应】文献报道有脑血管病患者，特别是脑血栓伴血压偏低患者在服用中风回春片后出现不同程度的头晕目眩症状。若减量眩晕可自行恢复。

【注意事项】

1. 脑出血急性期忌用。

2. 风火痰热上攻者忌用。

3. 孕妇禁用。

4. 有文献报道血压偏低的患者服用中风回春片后，眩晕明显，注意由小剂量开始渐加量。

【剂型与规格】胶囊剂：每粒装 0.5g。

【贮藏】密封，置阴凉干燥处。

脑脉泰胶囊

【药物组成】红参、三七、当归、丹参、鸡血藤、红花、银杏叶、葛根、制何首乌、山楂、菊花、石决明、石菖蒲。

【功能与主治】益气活血，息风豁痰。用于中风气虚血瘀、风痰瘀血闭阻脉络，症见半身不遂、口舌歪斜、言语謇涩、头晕目眩、半身麻木、气短乏力；缺血性中风恢复期及急性期轻症见上述症候者。

【临床应用】中风气虚血瘀，痰瘀阻络或风痰瘀血痹阻脉络所致，症见半身不遂、口舌歪斜、言语謇涩、头晕目眩、偏身麻木、气短乏力、自汗、手足肿胀、口角流涎、舌质淡暗、舌苔白腻或薄白；中风恢复期见上述症候者。

【用法用量】口服。每次 2 粒，每日 3 次。

【不良反应】目前尚未检索到不良反应报道。

【注意事项】

1. 中风病痰热症、风火上扰者慎用。

2. 孕妇忌用。

3. 忌辛辣、厚腻肥甘之品。

【剂型与规格】每粒装 0.5g。

【贮藏】密封，置阴凉干燥处。

灯盏花素片

【药物组成】灯盏花素。

【功能与主治】活血化瘀，通经活络。用于脑络瘀阻，中风偏瘫，心脉痹阻，胸痹心痛；中风后遗症及冠心病心绞痛见上述症候者。

【临床应用】

1. 中风　因瘀阻脑脉所致，症见半身不遂、肢体无力、半身麻木、言语謇涩、舌质暗或有瘀点瘀斑、脉涩；缺血性中风及脑出血后遗症见上述症候者。

2. 胸痹　因瘀阻心脉所致，症见胸部憋闷疼痛，甚则胸痛彻背、痛处固定不移、入夜尤其甚，心悸气短，舌质紫暗，脉弦涩；冠心病、心绞痛见上述症候者。

【用法用量】口服。每次 2 片，每日 3 次。

【不良反应】有文献报道个别患者服用本品出现皮肤瘙痒。

【注意事项】

1. 脑出血急性期及有出血倾向者不宜使用。

2. 心绞痛剧烈及持续时间长者，应做心电图及心肌酶学检查，并采取相应的医疗措施。

3. 孕妇慎用。

【剂型与规格】每片含灯盏花素 20mg。

【贮藏】密封，置阴凉干燥处。

灯盏花素注射液、注射用灯盏花素

【药物组成】灯盏花素。

【功能与主治】活血化瘀，通经活络。用于脑络瘀阻，中风偏瘫，心脉痹阻，胸痹心痛；中风后遗症及冠心病心绞痛见上述症候者。

【临床应用】

1. 中风　因瘀阻脑脉所致，症见半身不遂、肢体无力、半身麻木、言语謇涩、舌质暗或有瘀点瘀斑、脉涩；缺血性中风及脑出血后遗症见上述症候者。

2. 胸痹　因瘀阻心脉所致，症见胸部憋闷疼痛，甚则胸痛彻背、痛处固定不移、入夜尤其甚，心悸气短，舌质紫暗，脉弦涩；冠心病、心绞痛见上述症候者。

此外，尚有报道将灯盏花注射液用于治疗椎－基底动脉缺血性眩晕，改善老年血液流变、干燥综合征及肾病综合征。

【用法用量】灯盏花素注射液：肌内注射，每次 5mg，每日 2次；静脉滴注，每次 10～20mg，用 10% 葡萄糖注射液 500ml 稀释后使用，每日 1 次。

注射用灯盏花素：肌内注射，每次 5～10mg，每日 2 次；临用前，用 2ml 注射用水溶解后使用。静脉注射，每次 10～20mg，每日 1 次；用生理盐水 250ml 或 5% 或 10% 葡萄糖注射液 500ml 溶解后使用。

【不良反应】有文献报道，个别患者在静脉滴注灯盏花素注射液后出现寒战、高热、胸闷、气短等症状，个别出现皮疹。

【注意事项】

1. 脑出血急性期及有出血倾向者不宜使用。

2. 心绞痛剧烈及持续时间长者，应做心电图及心肌酶学检查，并采取相应的医疗措施。

3. 孕妇慎用。

【剂型与规格】灯盏花素注射液：①2ml∶10mg；②5ml∶20mg。注射用灯盏花素：①10mg；②50mg。

【贮藏】密封，置阴凉干燥处。

灯盏细辛胶囊

【药物组成】 灯盏细辛。

【功能与主治】 活血化瘀，通经活络。用于脑络瘀阻，中风偏瘫，心脉痹阻，胸痹心痛，舌质暗红、紫暗或瘀斑，脉弦细、涩或结代。

【临床应用】

1. 中风　由瘀阻脑脉所致，症见半身不遂、肢体无力、半身麻木、言语謇涩、舌质暗或有瘀点瘀斑、脉涩；缺血性中风及脑出血见上述症候者。

2. 胸痹　由瘀阻心脉所致，症见胸部憋闷疼痛，甚则胸痛彻背、痛处固定不移、入夜尤甚，心悸气短，舌质紫暗，脉弦涩；冠心病、心绞痛见上述症候者。

【用法用量】 口服，每次 2~3 粒，每日 3 次；或遵医嘱。

【不良反应】 目前尚未检索到不良反应的报道。

【注意事项】

1. 脑出血急性期及有出血倾向者不宜使用。

2. 心绞痛剧烈及持续时间长者，应做心电图及心肌酶学检查，并采取相应的医疗措施。

3. 孕妇慎用。

【剂型与规格】 每粒装 0.18g。

【贮藏】 密封，置阴凉干燥处。

脑 安 颗 粒

【药物组成】 川芎、当归、红花、人参、冰片。

【功能与主治】 活血化瘀，益气通络。用于中风气虚血瘀，症见半身不遂、肢体麻木、口舌㖞斜、舌强语謇、气短乏力、口角流涎、手足肿胀、舌暗或有瘀斑、苔薄白；缺血性中风急性期、恢复期见上述症候者。

【临床应用】 中风：气虚血瘀，脑络阻滞所致，症见肢体活动不利，或松懈瘫软，手足肿胀，肢体发凉，还可伴有气短乏力，动则汗出，舌体胖大，舌质淡、舌苔薄白或白腻，脉沉细或细弦；脑梗死恢复期属上述症候者。

【用法用量】口服，每次 1.2g，每日 2 次，1 周为 1 个疗程；或遵医嘱。

【不良反应】目前尚未检索到不良反应报道。

【注意事项】

1. 出血性中风慎用。

2. 中风病痰热症、风火上扰者忌用。

3. 气虚血瘀是中风病常见症候，但以恢复期和后遗症期最为多见，因此，该药物虽可用于中风病的各个阶段，但临床中仍以恢复期、后遗症期应用机会最多。

【剂型与规格】每袋装 1.2g。

【贮藏】密封，置阴凉干燥处。

脑得生胶囊（丸、颗粒、片）

【药物组成】三七、葛根、红花、川芎、山楂（去核）。

【功能与主治】活血化瘀，通经活络。用于瘀血阻络所致的眩晕，中风，症见肢体不利、言语不利及头晕目眩；脑动脉硬化、缺血性中风及脑出血后遗症见上述症候者。

【临床应用】

1. 中风　因瘀血阻滞脑脉所致，症见半身不遂、口舌歪斜、语言不利、偏身麻木、舌质紫暗或有瘀点瘀斑、脉弦涩；缺血性中风及中风后遗症见上述症候者。

2. 眩晕　由于脑脉瘀滞所致，症见眩晕、头痛、耳鸣、健忘、失眠，或一过性言语不利，肢体麻木，舌有瘀点瘀斑，脉弦或涩；脑动脉硬化症见上述症候者。

【用法用量】胶囊剂：口服，每次 4 粒，每日 3 次。

丸剂：口服，每次 9g，每日 3 次。

颗粒剂：口服，每次 3g，每日 3 次。

片剂：口服，每次6片，每日3次。

【不良反应】目前尚未检索到不良反应报道。

【注意事项】

1. 本方为活血化瘀通络之剂，孕妇忌服。

2. 脑出血急性期忌用。

【剂型与规格】胶囊剂：每粒装0.45g。丸剂：每丸重9g。颗粒剂：每袋装3g。

【贮藏】密封，置阴凉干燥处。

脑血康胶囊（片）

【药物组成】水蛭。

【功能与主治】活血化瘀、破血散结。用于中风瘀血阻络，症见半身不遂、口眼㖞斜、舌强语謇；高血压脑出血后脑血肿、脑血栓见上述症候者。

【临床应用】中风病因脑脉瘀阻所致，症见半身不遂、言语謇涩、舌强流涎、口眼㖞斜、头晕头痛、肢体麻木、舌质暗、脉涩；高血压性脑出血后脑血肿、脑血栓见上述症候者。

【用法用量】胶囊剂：口服，每次1粒，每日3次。

片剂：口服，每次3片，每日3次。

【不良反应】临床使用脑血康有致脑梗死患者脑出血及肺结核咯血死亡1例。

【注意事项】

1. 肝阳化风者不宜单独使用本品。

2. 出血患者禁用。

3. 孕妇忌用。

【剂型与规格】胶囊剂：每粒0.15g。片剂：每片重0.15g。

【贮藏】密封，置阴凉干燥处。

脑心通胶囊

【药物组成】黄芪、丹参、桃仁、红花、乳香、地龙、全蝎等。

【性状】本品为胶囊剂，内容物为土黄色的粉末。味辛、微苦。

【功能与主治】益气活血，化瘀通络。

【临床应用】用于中风（脑血栓、脑栓塞）所致偏瘫、肢体麻木、口角㖞斜、语言不利，及胸痹（冠心病）所致的胸闷、心悸、气短等。

【用法用量】口服，每次4粒，每日3次。

【注意事项】孕妇禁用。

【剂型与规格】胶囊剂：每粒0.4g。

【贮藏】密封，置阴凉干燥处。

通搏益脑胶囊

【药物组成】龟甲、远志、龙骨、灵芝、五味子、麦冬、石菖蒲、党参、人参。

【性状】本品为胶囊剂，内容物为棕褐色粉末；味微苦、甘。

【功能与主治】滋肾，益脑，补肝。用于防治中风、脑外伤后遗症、胸痹等。

【临床应用】①防治脑动脉硬化、老年性痴呆、中风和颅脑外伤后遗症。②冠心病。③神经衰弱、更年期综合征，及其他原因所致的失眠、多梦、目眩耳鸣、心悸气短、精神不振、焦虑等症。

【用法用量】口服，每次3粒，每日3次。

【剂型与规格】胶囊剂：每粒0.3g。

【贮藏】密封，置阴凉干燥处。

蚓激酶（博洛克）

中成药篇

【药物组成】酶复合物，由人工养殖的赤子爱胜蚓中提取而得。

【性状】胶囊剂，内容物为微黄色粉末。

【临床应用】用于缺血性脑血管病中纤维蛋白原增高及血小板聚集率增高的患者。

【用法用量】口服，每次2粒，每日3次，饭前半小时服用。3～4周为1个疗程，可连续服用2～3个疗程。

【注意事项】①本品不良反应较少，可出现皮肤瘙痒、皮疹、恶心、腹泻等。②有出血倾向的患者慎用。

【剂型与规格】肠溶胶囊：每粒20mg，12粒/板。

【贮藏】密封，置阴凉干燥处。

消栓通络胶囊（颗粒、片）

【药物组成】川芎、丹参、黄芪、三七、桂枝、郁金、木香、泽泻、槐花、山楂、冰片。

【功能与主治】活血化瘀，温经通络。用于瘀血阻络所致的中风，症见神情呆滞、言语謇涩、手足发凉、肢体疼痛；缺血性中风及高脂血症见上述症候者。

【临床应用】

1. 中风　多因气虚血瘀所致，症见言语謇涩、半身不遂、口舌歪斜、手足发凉、肢体疼痛或肿胀、舌淡暗、苔白腻或薄白；缺血性中风见上述症候者。

2. 高脂血症　因湿浊内蕴、瘀血内阻所致，症见形体肥胖、肢倦体重、大便不爽、或大便溏、舌暗、苔白腻、脉弦滑。

【用法用量】胶囊剂：口服，每次6粒，每日3次；或遵医嘱。

颗粒剂：口服，每次12g，每日3次。

片剂：口服，每次6片，每日3次。

【不良反应】目前尚未检索到不良反应报道。

【注意事项】

1. 阴虚内热者慎用，风火、痰热证突出者忌用。

2. 出血性中风忌用。

3. 孕妇忌用。

4. 忌食生冷、辛辣、动物油脂食物。

【剂型与规格】胶囊剂：每粒装0.37g。颗粒剂：每袋装12g。薄膜衣片：每片重0.38g。

【贮藏】密封，置阴凉干燥处。

消栓再造丸

【药物组成】 三七、丹参、川芎、血竭、当归、天麻、黄芪、泽泻、白花蛇、苏合香、安息香、人参、沉香。

【功能与主治】 消栓通脉，活血化瘀，息风开窍，补养气血。

【临床应用】 用于脑血栓及其后遗症，防治冠心病。

【用法用量】 口服，每次 1~2 丸，每日 2 次，温开水或温黄酒送服。需坚持服用 1 个月以上，疗效始佳。

【剂型与规格】 大蜜丸，每丸重 9g。

【贮藏】 密封，置阴凉干燥处。

【备注】 ①本品亦用于脑出血、蛛网膜下隙出血的恢复期和后遗症期。②本品主要用于气虚血瘀证。

脉络宁注射液

【药物组成】 牛膝、玄参、金银花、石斛。

【功能与主治】 养阴清热，活血祛瘀。用于阴虚内热、血脉瘀阻所致的脱疽，症见患肢红肿热痛、破溃、持续性静止痛、夜间为甚，兼见腰膝酸软、口干欲饮；血栓闭塞性脉管炎、动脉硬化性闭塞症见上述症候者。亦用于脑梗死阴虚风动、瘀毒阻络，症见半身不遂、口舌歪斜、偏身麻木，语言不利。

【临床应用】

1. 脱疽　由阴虚内热、血脉瘀阻所致，症见肢体灼热疼痛、夜间尤甚，或见坏疽；血栓闭塞性脉管炎、动脉硬化性闭塞症见上述症候者。

2. 中风　由阴虚内热、血脉瘀阻所致，症见半身不遂、口眼㖞斜、偏身麻木、言语不利；脑栓塞、脑血栓形成见上述症候者。

此外，有报道本品用于糖尿病足、冠心病、妊娠高血压综合征、椎动脉型颈椎病、硬皮病、高脂血症。

【用法用量】 静脉滴注：每次 10~20ml，每日 1 次，用 5% 葡萄糖注射液或氯化钠注射液 250~500ml 稀释后使用；10~14 日为 1 个疗程，重症患者可连续使用2~3个疗程。

【不良反应】文献报道有脉络宁注射液静脉滴注出现过敏反应。

【注意事项】

1. 本品性属寒凉，体质虚寒者慎用。

2. 本品含有活血通经之品，孕妇慎用。

【剂型与规格】每支装10ml（相当于总药材100g）。

【贮藏】密封，置阴凉干燥处。

血栓心脉宁胶囊

【药物组成】人参茎叶皂苷、丹参、麝香、牛黄、冰片、蟾酥、川芎、水蛭、毛冬青、槐米。

【功能与主治】益气活血，开窍止痛。用于气虚血瘀所致的中风、胸痹，症见头晕目眩、半身不遂、胸闷心痛、心悸气短；缺血性中风恢复期、冠心病心绞痛见上述症候者。

【临床应用】

1. 胸痹　此因气虚血瘀、心脉痹阻所致，症见胸闷、疼痛隐隐、头晕目眩、乏力、动则气短、脉细带涩、苔薄舌紫；冠心病、心绞痛见上述症候者。

2. 中风　此因气虚血瘀、脑脉痹阻所致，症见半身不遂、头晕目眩、乏力、动则气短、脉细涩、苔薄舌紫；中风后遗症或恢复期见上述症候者。

【用法用量】口服，每次4粒，每日3次。

【不良反应】目前尚未检索到不良反应报道。

【注意事项】

1. 寒凝、阴虚血瘀，胸痹心痛者不宜单用。

2. 本品含有活血化瘀之药，孕妇禁用，经期妇女慎用。

3. 久服伤及脾胃，以餐后服用为宜。

4. 饮食宜清淡、低盐、低脂。食勿过饱。忌食生冷、辛辣、油腻之品，忌烟酒、浓茶。

5. 保持心情舒畅。忌过度思虑、避免恼怒、抑郁等不良情绪。

6. 本品中蟾酥有强心作用，正在服用洋地黄类药物的患者慎用。

7. 在治疗期间，心绞痛持续发作，宜加用硝酸酯类药。如果出现剧烈心绞痛、心肌梗死等，应及时救治。

【剂型与规格】每粒装 0.5g。

【贮藏】密封，置阴凉干燥处。

（杨 劼 郭 鸿）

中
成
药
篇

第七章

癫 痫 用 药

癫痫是中枢神经系统常见病，其病理特征是脑部电活动异常；症状表现为突然性短暂阵发的神经系统功能的改变。最常见的发作类型是"强直阵挛发作"：患者突然意识消失，跌倒在地，全身肌肉强直性收缩，头向后仰，口先张后闭，同时喉部痉挛，咽喉狭窄可发出尖锐刺耳的叫声；呼吸暂停，可致口唇及全身皮肤青紫，此期为强直期，最后在一次强直痉挛后，突然停止。然后进入恢复期。大多数患者起病时发作次数较少，1 年 1～2 次，以后增多。大发作数年以上，部分患者出现智能障碍。中医学认为癫痫与七情失调有关，如惊恐、恼怒等或劳役过度；并始幼年，与先天因素有关。在此基础上造成脏腑失调，痰浊阻滞，气机逆转，风阳内动所致。发作期以痰浊蒙闭心窍，窜走经络；休止期，以癫症日久，五脏气血阴阳俱虚，多见脾虚痰甚，或肝火痰热。

西医应用的抗癫痫药物，能阻止脑中异常的病灶放电及向周围健康组织扩散而控制癫痫发作。应用于大发作的药物有苯巴比妥、苯妥英、丙戊酸钠。

中医治痫大发、再发作期，以开窍定痫为主。癫症初发治以息风涤痰泄火。组成治癫处方多含有全蝎、僵蚕、蜈蚣、乌梢蛇，以其息风定惊，配以祛痰化痰药物如胆南星、白附子、白矾，这样配伍已达到涤痰息风。痫症反复发作日久，引起五脏气血亏虚，治宜补益气血，调理阴阳。在休止期：①如见患者神疲力乏，食欲欠佳，胸脘痞闷，大便溏薄，舌质淡，脉濡弱，治宜健脾化痰，可给予六君子丸。②如患者神思恍惚，头晕目眩，健忘失眠，腰酸膝软，舌质红，脉细数，治宜滋补肝肾，可给予大补元煎丸。

医 痫 丸

【药物组成】生白附子、天南星（制）、半夏（制）、白矾、猪牙皂、乌梢蛇（制）、僵蚕（炒）、蜈蚣、全蝎、雄黄、朱砂。

【功能与主治】祛风化痰，定痫止搐。用于痰阻脑络所致的癫痫，症见抽搐昏迷、双目上吊、口吐涎沫。

【临床应用】癫痫：用于肝风夹痰浊上扰清窍，神机失用，风痰阻络所致的癫痫，症见发作性神昏抽搐、两目上视、口吐涎沫、喉中痰鸣等、舌质淡、苔白腻、脉弦滑。

【用法用量】口服，每次3g，每日2～3次；小儿酌减。

【不良反应】目前尚未检索到不良反应报道。

【注意事项】

1. 体虚正气不足者慎用。

2. 如服药期间出现恶心呕吐、心率迟缓等不适症状，应及时就医。

3. 合并慢性胃肠病、心血管病、肝肾功能不全者忌用。

4. 本品含朱砂、雄黄，不宜过量、久服。

5. 孕妇禁用。

6. 忌食辛辣、肥甘厚味之品。

【贮藏】密封，置阴凉干燥处。

镇 痫 片

【药物组成】牛黄、朱砂、石菖蒲、广郁金、胆南星、红参、甘草、珍珠母、莲子心、麦冬、酸枣仁、远志（甘草水泡）、茯苓。

【功能与主治】镇心安神，豁痰通窍。用于癫狂心乱、痰迷心窍、神志昏迷、四肢抽搐、口角流涎。

【用法用量】口服，每次4片，每日3次，饭前服用。

【贮藏】密封，置阴凉干燥处。

全天麻胶囊

【药物组成】天麻。

【功能与主治】平肝，息风，止痉。用于肝风上扰所致的眩晕、头痛、肢体麻木、癫痫抽搐。

【临床应用】

1. 眩晕　因肝风上扰所致，症见头晕目眩、头痛、耳鸣、肢体麻木、舌红、脉弦；原发性高血压见上述症候者。

2. 头痛　因肝风上扰清空所致，症见头痛、眩晕、耳鸣、烦躁、失眠、脉弦；偏头痛见上述症候者。

3. 中风　因肝阳上亢，肝风内动所致，症见肢体麻木、半身不遂、口眼㖞斜、语言謇涩；脑梗死恢复期见上述症候者。

4. 痫病　因肝风上扰所致，症见突然昏仆，两目上视，口吐涎沫，四肢抽搐，或口中怪叫，移时苏醒，一如常人。

5. 痹病　由风湿痹阻经络所致，症见肢体关节麻木、肿痛、屈伸不利；风湿性关节炎、类风湿性关节炎见上述症候者。

【用法用量】口服，每次 2~6 粒，每日 3 次。

【不良反应】目前尚未检索到不良反应报道。

【注意事项】

1. 本品平肝息风止痉以治标为主，用于痫病、中风时，应配合其他药物治疗。

2. 由气血亏虚引起的眩晕，应结合辨证用药，不宜单纯使用本品。

【剂型与规格】每粒 0.5g。

【贮藏】密封，置阴凉干燥处。

礞石滚痰丸

【药物组成】金礞石（煅）、黄芩、熟大黄、沉香。

【功能与主治】逐痰降火。用于痰火扰心所致的癫狂惊悸，或喘咳痰稠、大便秘结。

【临床应用】

1. 癫狂　因痰火扰心而致的语无伦次，狂躁奔走，或喃喃自语，神情呆滞，大便秘结，舌红、苔黄腻，脉弦滑；精神分裂症见上述症候者。

2. 咳嗽　痰热壅肺所致的咳嗽不止，痰稠色黄，胸闷憋气，腹胀，便秘，舌质红、舌苔黄厚腻，脉滑数或弦滑；急性支气管炎见上述症候者。

3. 喘证　痰热内蕴，肺气不降所致的喘促气急，胸闷气短，咯痰色黄，舌质红、舌苔黄厚腻，脉滑数或弦滑；喘息型支气管炎见上述症候者。

4. 不寐　痰热扰心而致的心烦不寐，急躁易怒，神思恍惚，大便秘结，舌质红、舌苔黄腻，脉滑数或弦滑；神经衰弱见上述症候者。

5. 惊惕　肝郁化火，痰火扰心而致心中悸动，胆怯善惊，坐卧不安，大便秘结，舌质红、舌苔黄腻，脉弦滑有力或滑数。

6. 便秘　肠胃积热，痰热内蕴，腑气不通而出现大便燥结，腹胀，腹痛，口干口苦，舌质红、舌苔黄腻或黄燥，脉弦滑有力。

【用法用量】 口服，每次 6~12g，每日 1 次。

【不良反应】 目前尚未检索到不良反应报道。

【注意事项】

1. 非痰热实证、体虚及小儿虚寒成惊者忌用。

2. 癫狂重症患者，需在专业医生指导下配合其他治疗方法。

3. 本品含礞石、熟大黄，重坠泻下之品，孕妇禁用。

4. 忌食辛辣、油腻食物。

5. 药性峻猛，易耗损气血，须病除即止，切勿久服过量。

【贮藏】 密封，置阴凉干燥处。

中成药篇

320

大补元煎丸

【药物组成】 党参、当归、枸杞子、山药（麸炒）、山茱萸、甘草（蜜炙）、熟地黄、杜仲（盐炒）。

【功能与主治】益气养血，滋补肝肾，潜阳定痫。用于肝肾不足，气血两亏，精神疲惫，心悸健忘，头晕目眩，四肢酸软。

【临床应用】癫痫反复发作见上述症候者。

【用法用量】口服，每次 6～9g，每日 2 次。

【注意事项】①忌辛辣、生冷、油腻食物。②凡阴虚阳亢、外感风寒或风热者慎服。

【剂型与规格】每丸 6g。

【贮藏】密封，置阴凉干燥处。

（郗素会）

参 考 文 献

[1] 国家药典委员会. 中华人民共和国药典二部 [M]. 北京: 人民卫生出版社, 2005.

[2] 四川美康医药软件研究开发有限公司. 药物临床信息参考 [M]. 成都: 四川科学技术出版社, 2006.

[3] 谢斌. 实用新药手册 [M]. 北京: 人民卫生出版社, 1999.

[4] 陈新谦, 金有豫, 汤光. 新编药物学 [M]. 第16版. 北京: 人民卫生出版社, 2007.

[5] 国家药典委员会. 中华人民共和国药典一部 [M]. 北京: 人民卫生出版社, 2005.

[6] 张家铨. 西医临床中成药手册 [M]. 北京: 人民卫生出版社, 2006.

[7] 刘贺之, 龙卿, 宋殿坤. 实用处方与非处方药物大全 [M]. 北京: 军事医学科学出版社, 2003.

[8] 左言富, 孙世发. 简明中成药辞典 [M]. 上海: 上海科学技术出版社, 2002.

参
考
文
献